쌍두의악마 2

SOTO NO AKUMA (DOUBLE HEADED DEVIL)
by ARISUGAWA Alice
Copyright © 1992 ARISUGAWA Alice
All rights reserved.

Originally published in Japan by TOKYO SOGENSHA Co., Ltd., Tokyo.
Korean translation rights arranged with
TOKYO SOGENSHA, Japan
through THE SAKAI AGENCY and YU RI JANG LITERARY AGENCY.

이 책의 한국어판 저작권은 유·리·장 에이전시를 통한 저작권자와의 독점 계약으로 ㈜시공사가 소유합니다.
저작권법에 의해 한국 내에서 보호를 받는 저작물이므로 무단전재와 무단복제를 금합니다.

DOUBLE
HEADED
DEVIL

쌍두의 악마 2

아리스가와 아리스 지음 | 김선영 옮김

시공사

## 등장인물

**기사라 기쿠노**木更菊乃 —— 기사라 마을의 현現 당주
**오노 히로키**小野博樹 —— 화가
**스즈키 사에코**鈴木冴子 —— 화가
**야기사와 미쓰루**八木沢満 —— 음악가
**고비시 시즈야**小菱静也 —— 무용가
**시도 아키라**志度晶 —— 시인
**고자이 고토에**香西琴絵 —— 조향가調香家
**지하라 유이**千原由衣 —— 전직 아이돌 가수
**마에다 데쓰오**前田哲夫, **마에다 데쓰코**前田哲子 —— 조형작가, 부부
**니시이 사토루**西井悟 —— 소설가
**히구치 미치오**樋口未智男 —— 동판화가

**에가미 지로**江神二郎 —— 에이토 대학 문학부 4학년
**모치즈키 슈헤이**望月周平 —— 에이토 대학 경제학부 3학년
**오다 고지로**織田光次郎 —— 에이토 대학 경제학부 3학년
**아리스가와 아리스**有栖川有栖 —— 에이토 대학 법학부 2학년
**아리마 마리아**有馬麻里亜 —— 에이토 대학 법학부 2학년

**아이하라 나오키**相原直樹 —— 카메라맨
**호사카 아케미**保坂明美 —— 간호사, 마리아의 친구
**하지마 기미히코**羽島公彦 —— 초등학교 교사
**나카오 군페이**中尾君平 —— 의사
**무로키 노리오**室木典生 —— 우체국 직원
**누마이**沼井 —— 고치高知 현 경찰본부 경감
**후지시로**藤城 —— 스기모리 경찰서 경위

차례

제9장　밀회의 말로 - 아리스　9

제10장　도끼와 해머 - 마리아　53
**독자에 대한 첫 번째 도전** 103

제11장　배달되지 못한 편지 - 아리스　104
**독자에 대한 두 번째 도전** 150

제12장　사냥꾼의 이름 - 마리아　151

제13장　부름을 받은 자 - 아리스　194

제14장　죽음의 표본 - 마리아　227

제15장　유류품 - 아리스　267

제16장　미궁의 출구 - 마리아　293
**독자에 대한 세 번째이자 마지막 도전** 321

제17장　실락의 향기 - 마리아　322

에필로그　아리스/마리아　366

작가의 말　374
작품 해설　야마구치 마사야　382
옮긴이의 말　394

제9장

# 밀회의 말로 - 아리스

/ 1 /

"정말 죽은 거 맞죠?"

나는 맥을 짚는 모치즈키에게 물어보며 쓰러져 있는 아이하라의 얼굴을 엉거주춤한 자세로 들여다보았다. 아이하라는 눈을 '뜨고' 있었는데 언제까지고 눈꺼풀을 움직일 기미가 없었다.

"야, 최악이다. 이거. 살해당했어."

오다의 말이 넋 나간 내 머릿속에 메아리쳤다. 살해당했다고? 오다는 어째서 그런 소리를 하는 거지? 그렇게 생각하고 있는데 오다가 "봐." 하고 재킷의 옷깃을 젖혔다. 거무죽죽한 목걸이. 교살 흔적이 보였다.

"그렇지? 누군가 목을 졸라 죽였어. 엄청난 걸 발견하고 말았다."

모치즈키가 마른침을 꼴깍 삼켰다.

"작년 여름 이래로 살인 사건을 만나다니……."

"저는 올여름 이래라고요."

나는 주위를 둘러보았다. 범인이 주변에 숨어 있는 기척은 없다. 아이하라가 죽은 후로 시간이 제법 흘렀다는 사실은 시체를 보면 확연했지만 만일을 위해 확인했다.

카메라와 가방이 바닥에 나뒹굴고 있었다. 내 목구멍은 달 표면처럼 바싹 말라 삼킬 침조차 없다.

"아리스, 괜찮냐?"

오다가 내 안색을 살피며 말했다. 괜찮지는 않지만 서 있을 수는 있다. 나는 일단 괜찮다고 대답했다.

"당장 경찰에 신고하자. 다행히 전화는 저녁때부터 복구되었으니까."

오다의 말에 모치즈키가 대답했다.

"경찰이야 당연히 부를 거지만, 나카오 선생님도 부르는 편이 낫지 않을까? 아이하라 씨가 숨을 거둔 건 틀림없지만 경찰의가 여기까지 오는 데 몇 시간이나 걸릴지 모르잖아."

오다의 판단은 신속했다.

"그러자. 나카오 선생님 댁 전화를 빌려 경찰에 신고하자. 그 편이 빨라."

우리는 폐교에서 뛰쳐나왔다.

'카메라맨은 어째서 살해당한 거지? 누가 외지에서 온 아이하라 씨를……?'

나는 달리면서 생각했다. 뭔가를 생각하는 동안에는 잠시나마 시체의 얼굴을 잊을 수 있었기 때문이다.

'마리아가 여기 없어서 다행이야.'

나는 처음으로 그 사실에 감사했다.

하지만 선생의 집에는 아직 불빛이 켜져 있었지만 진료소는 조금 전에 봤을 때처럼 캄캄했다. 자고 있을 것 같아 미안한 마음으로 벨을 눌렀다. 몇 분 기다렸다가 다시 누르려는 참에 사람 그림자가 젖빛 유리 너머로 불쑥 나타났다.

"무신 일인교, 급한 환자입니꺼?"

잠옷 위에 솜옷을 걸친 의사는 잠기운이 묻어나는 콧소리로 말했다. 정면에서 나카오와 눈이 마주친 내가 사정을 설명했다.

"선생님, 초등학교 교실까지 함께 가주세요. 카메라맨 아이하라 씨가 큰일 났어요." 똑똑히 말해야 한다. "쓰러진 채로 움직이질 않아요. 죽었어요." 더 똑똑히 말해! "그것도 살해당한 것 같아요. 목을 졸려서."

나카오는 못 믿겠다는 눈초리로 나를 보았다.

"그 카메라맨이 살해당했다고예? 핵교 교실에서? 설마 지를 놀리는 건 아이겠지예?"

"한밤중에 그런 몹쓸 장난을 칠 리 없잖아요. 가보시면 알아요. 참, 선생님, 전화 좀 빌릴 수 있을까요? 경찰에 신고해야 해요."

우리가 뿜어내는 범상치 않은 분위기와 '경찰에 신고'라는 말을 듣고서야 겨우 믿을 마음이 든 모양이다. "전화는 이쪽입니더." 하고 우리를 진료실로 안내해 전화번호부를 찾아 스기모리 경찰서 번호를 알려주었다.

경찰에 전화하기는 난생처음이다. 첫마디를 뭐라고 할까 망설일 새도 없이 굵은 남자 목소리가 나왔다. 단 한마디.

"경찰입니다."

그렇구나, 경찰은 "경찰입니다." 하고 전화를 받는구나. 나는 이상한 부분에 감탄하며 순간 입을 우물거렸다.

"여보세요?"

"아, 예. 저기, 나쓰모리 마을에서 전화 드리는데요, 변사체를 발견했습니다. 아무래도 살인 사건 같아요."

"어디에서 전화를 걸고 계십니까? 귀하의 이름은?"

제길, 역시 차분하게 대답하는군. 별로 '제길'이라고 생각할 필요는 없나.

"아리스가와 아리스라고 합니다. 나쓰모리 마을 진료소 전화를 빌려서 걸고 있습니다."

"아리스가…… 뭐라고요?"

망했다. 이름이 요상한 사람은 긴급 전화를 하면 안 된다. "풀네임으로 말하지 마." 옆에서 모치즈키가 종알거렸다. 나는 "아리스가와입니다."라고 똑똑하게 바꿔 말했다.

"나쓰모리 마을에서 변사체를 발견하셨다고요? 마을 어디입니까?"

"나쓰모리 촌 폐교 교실이에요. 빨리 와주세요."

"잠깐. 변사체라니, 어떤 상태였습니까?"

"목을 졸린 흔적이 있어요. 사고나 자살은 아닙니다."

"알겠습니다. 잠시 그대로 기다리십시오."

기다리라니, 무슨 뜻이지? 묘한 기분이 들었다. 내가 입을 다물자 주위 사람들은 의아한 얼굴이었다. 설명하려 했을 때 굵은 목소리가 돌아왔다.

"많이 기다리셨습니다. 진료소 전화로 신고하셨다고요. 근처에 나카오 선생님이 계십니까?"

"예."

"선생님을 바꿔주시겠습니까?"

"예……." 나는 의사에게 수화기를 건네주었다.

"경찰이 선생님을 바꿔달라고……."

나카오는 재빨리 수화기를 들고 전화를 받았다. 그는 복잡한 표정으로 "예, 그렇습니다."라고 대답했는데, 무슨 대화를 하는지 알 수 없었다. 이윽고 나카오가 "알겠습니다." 하고 단호하게 말하더니 전화를 끊었다. 복잡한 표정 그대로 우리를 바라보았다.

"산사태 때메 바로는 못 온다 캅니더. 지한테 검시를 맡겼십니더."

"산사태?" 우리는 합창했다.

"심각하지는 않지만 길을 뚫고 이짝에 도착하는 건 새벽녘이 될지도 모른다 카네요. 그때까지 현장을 보존해달랍니더."

전화도 전기도 복구되고 비도 그친 마당에 산사태 때문에 길이 막혔다니. 운이 나쁜 건지, 이런 상황에 전화라도 연결되어 다행인 건지. 아니, 이런 생각을 할 때가 아니다. 나카오는 쏜살같이 옷을 갈아입고서 진료 가방을 들고 나왔다.

"자, 안내하이소."

"잠깐만요."

모치즈키의 한마디에 나는 헛발을 디뎠다.

"여관에 돌아가 주인아주머니께 말씀드리지 않으면 걱정하실 거야."

나카오가 애가 탄다는 듯이 말했다.

"이 전화를 쓰소. 그 편이 빠릅니더."

모치즈키는 그의 제안을 따랐다. 다만 살인 사건이 터졌다는 소식으로 주인아주머니를 놀라게 하는 사태를 피하려는 건지, 설명이 귀찮아서 그런 건지, 아이하라와 함께 나카오 선생님 댁에 묵게 되어 오늘 밤은 돌아가지 않을 거라는 말로 둘러댔다.

"자, 가입시더."

나카오를 선두로 우리 넷이 밖으로 나오자 "무슨 일이십니까?" 하는 목소리가 들렸다. 이웃집 열린 창문으로 하지마 선생이 고개를 내밀고 있었다. 복장으로 보건대 아직 잠자리에 들지는 않았던 모양이다.

"아아, 선상님. 큰일이 터진 것 같십니다."

나카오가 간단히 설명하자 하지마는 "저도 가겠습니다." 하고 따라왔다. 그런 엄청난 사건 소식을 들었으니 잠이 오지 않을 것이다. 과거에 자신이 근무했던 초등학교가 현장이라면 더더욱.

다섯 명이 한 덩어리가 되어 폐교로 달려갔다. 달려가면서 문득 밤하늘을 올려다본 나는, 그곳에서도 이변을 발견했다. 아니, 조금 놀랐을 뿐 이변이고 나발이고 할 건 없지만.

구름 사이로 달이 고개를 내밀고 있었다.

/ 2 /

"죽은 지 네 시간에서 여섯 시간쯤 지났는갑네."

나카오는 시체 위에 몸을 숙인 채로 말했다. 하지마와 우리 셋은 복도에 나란히 서서 창문 너머로 나카오의 검시를 바라보고 있었다. 이게 무슨 일이람. 이런 곳에서 이런 현장을 지켜볼 줄은 꿈에도 몰랐다.

"끈에 목을 졸려 질식사했구마. 끈은 안 보이는 것 같은데, 그걸 찾는 건 경찰이 할 일이겠제. 지가 시방 할 수 있는 말은 이기 답니더."

나카오는 일어서더니 낮게 신음하면서 허리를 폈다. 창밖에서 하지마가 말했다.

"충분합니다. 사후 네 시간에서 여섯 시간이라는 건, 어제 오후 7시부터 9시라는 뜻이겠죠? 하지만 날이 밝은 후에 조사하면 사망 추정시간은 폭이 더 커지지 않겠습니까? 경찰이 선생님께 검시를 의뢰한 건 현명한 판단입니다."

"나카오 군페이라는 마을의 명사를 신뢰했다 이기가."

나카오는 고개를 설레설레 저었다. 그리고 우리가 있는 복도로 나와 어깨에서 한 짐 덜었다는 표정으로 담배에 불을 붙였다.

"저짝 교실로 가입시더."

나카오의 제안에 따라 옆 교실로 이동해 싸늘한 의자에 앉았다. 초등학생이 앉는 의자이다 보니 엉덩이가 남는다. 아마도 기분 탓이겠지만 교실 공기가 먼지 때문에 탁하게 느껴졌다. 나카오가 무심코 버릇 때문인지, 소용없다는 걸 알면서도 그러는지 스위치를 눌러보았다.

"나카오 선생님, 불이 들어올 리 없잖아요. 폐교가 된 지 몇 년이 지난 줄 아십니까."

하지마의 말을 듣고 의사는 쓴웃음을 지으며 가까운 의자에 걸터앉았다. 하지마가 다시 입을 열었다.

"그나저나 어떻게 된 일일까요? 관광객인 아이하라 씨가 이런 화를 당하다니. 강도짓도 아닌 것 같지요?"

나카오는 "그란 것 같제."라고 대답하며 담뱃재를 무심히 바닥에 떨어뜨렸다.

"강도한테 습격을 받은 것 같지는 않고…… 그칸다고 남의 원한을 사서 살해당했다는 생각은 더 안 드는구마. 애초에 그 양반하고 말을 나눈 사람이 이 마을에 몇이나 되겠노."

"그야 그렇죠. 흐음, 그렇다면 어떻게 된 일일까요?"

하지마는 다리를 다시 꼬았다. 고민하고 있다.

아이하라 나오키를 죽이고 싶을 정도로 증오할 사람은 이 마을에 없다. 그렇겠지. 그는 기사라 마을을 살피러 왔을 뿐 이 마을에는 볼일이 없었고, 마을 사람들에게도 그저 관광객에 지나지 않았을 터였다. 누구와 접촉했는지 손으로 꼽을 수 있겠다. 시험 삼아 손가락을 꼽아보니 우리를 제외하면 나카오 의사, 호사카 아케미, 여관의 주인아주머니, 후쿠주야 주인, 어제 오후 마을에 온 니시이 사토루. 하지만 선생과 우체국 직원 무로키도 만났겠지. 달리 떠오르지 않는다. 이 사람들 속에 무슨 이유로 살의가 싹틀까?

하지만 잠깐. 그 외에도 아이하라와 접촉한 사람은 있다. 그것도 비우호적으로 접촉한 사람이. 말할 필요도 없이 기사라 마을 사람이다. 불법으로 침입한 아이하라를 완력으로 쫓아낸 야기사와 미쓰루라는 남자의 얼굴을 떠올렸다. 그 밖에도 아이하라에게 격렬한 분노를 느낀 마을 사람이 있었을지 모른다. 예를 들면 그 시도 아키라라는 괴상한 시인은 어떨까? 그는 아닐지도 모른다. 아이하라에 대해 이야기하면서도 억지로 분노를 삭이는 낌새는 없었으니까. 이름은 모르겠지만 빗속에서 몸싸움을 했던 다른 사람들 가운데 해당하는 인물이 있을지도 모른다. 그렇다.

그렇다, 지하라 유이는 어떨까? 연예계는 물론이고 세상으로부터도 달아나, 상심한 채로 기사라 마을에 남몰래 숨어 사는 그녀를 쫓아온 집념 어린 하이에나. 아이하라는 그녀의 눈에 그런 모습으로 비치지 않았을까? 그렇다면 아이하라는 미움을 사도 싸다. 유이가 죽여버리고 싶다는 생각까지 했을지는 모르겠지만……

잠깐, 잠깐. 나는 이마에 손을 짚었다. 기사라 마을 사람들 중에 아이하라에게 나쁜 감정을 품은 사람이 있을지도 모르지만, 그들 가운데 아이하라를 죽인 범인이 있을 리는 없다. 다쓰모리 강에 걸린 다리가 떨어진 것은 어제 오전 11시 30분경. 그 이후 두 마을은 왕래가 불가능했다. 범행 시간이 오후 7시부터 9시 사이라면 기사라 마을 주민은 전원 결백하다는 뜻이 된다.

그건 그렇다 쳐도…….

되풀이하지만 아이하라라는 남자의 존재는 나쓰모리 마을 사람들에게는 아무런 의미도 없었다는 생각이 든다. 그런 그를 누가 왜 죽여야만 했는지 이해할 수 없었다. 의미가 있을 법한 쪽은 기사라 마을 주민이지만 그들은…….

잠깐. 이런 인물이 있다. 니시이 사토루. 그는 과거에 기사라 마을의 주민이었다. 그리고 어젯밤 틀림없이 나쓰모리 마을, 다리 이쪽 편에 있었다. 나는 니시이의 어수룩한 얼굴과 동작을 떠올렸다. 살인범이라고 생각하기는 어려웠지만, 그의 입장만 두드러지게 특이해 보였다. 약간 마음에 걸린다.

하지만 니시이가 아이하라를 죽일 이유가 있을까? 아이하라가 지하라 유이를 쫓아다니는 하이에나라는 사실을 안 니시이가 의분을 느꼈다? 그런 이유가 살인 동기가 될 것 같지는 않다. 그렇다면…….

"야, 아리스."

오다가 내 쪽을 보고 있다.

"엉?"

"뭐가 '엉'이야. 뭘 멍청하게 넋을 놓고 있어? 사람이 말하는데."

혼자서 말없이 토론하느라 깜빡했다. 그러고 보니 수영장 물속에서 듣는 주변 소리처럼 웅얼거리는 목소리가 들렸던 것 같다.

"죄송합니다. 무슨 얘길 했죠?"

"알리바이 얘기. 범행 시간이 오후 7시부터 9시 사이라면, 우리는 알리바이가 성립한다는 얘기를 하고 있었어."

"모두 다행한 일입니다."

하지마가 진지한 얼굴로 말했다. 나는 곧바로 "그러네요."라고 대답하지 못했다. 그 모습을 본 오다가 구박했다.

"야, 고민하지 말라고. 금방 알 수 있잖아. 여관에 돌아간 게 7시. 주인아주머니하고 마주쳤지. 하지마 선생님이 '슬슬 갈까요.' 하고 전화한 게 7시 20분쯤. 숙소에 마중을 와주셔서 그 멋스러운 술집에 도착한 게 마침 7시 반이었잖아. 그때부터 10시쯤까지 계속 후쿠주야에서 마셨으니 어디에 내놓아도 부끄럽지 않은 어엿한 알리바이가 성립한다고."

어디에 내놓아도 부끄럽지 않을 알리바이라는 것도 묘한 표현이다. 그럼 불초不肖한 알리바이라는 것도 있을까? 아아, 그런 생각을 할 때가 아니다. 나는 오다의 이야기를 곧이곧대로 집어삼키지 않고 내 기억을 점검했다.

"어, 그러니까 다쓰모리 강에 떨어진 다리를 보러 갔다가 숙소로 돌아온 게 7시 전이었지요. 그런 다음 선생님 전화를 받고…… 그래요, 전화는 분명 7시 20분쯤에 왔어요. 선생님이 바로 오셨으니까, 7시 반에는 후쿠주야에 도착했지요. 네, 맞아요."

"이해했어?"

"네. 저희한테도, 하지마 선생님께도 다행한 일이네요."

"꼭 그렇지도 않아요, 아리스가와 씨." 하지마가 말했다. "제게는 7시부터 7시 20분 사이의 알리바이가 없습니다. 전기가 들어와 집에서 텔레비전으로 뉴스를 보고 있었거든요. 경찰이 신문하면 난처해요."

나카오는 웃으며 또 담배에 불을 붙였다.

"중요 참고인도 아인데, 우째서 하지마 선상님이 신문을 받겠십니꺼? 그래 따지면 지는 좀 걱정이구마. 진료는 7시까정이라 그 후에는 아케미 씨도 돌아가뻐고, 내내 혼자였다 카이."

"줄곧 혼자 계셨습니까? 내내?" 하지마가 물었다.

"내내 혼자였십니더. 급한 환자가 생깄다는 전화 한 통 안 왔다카이. 우짜면 이래 알리바이가 없노."

"아닙니다, 나카오 선생님. 그건 지극히 당연한 일이에요.

그게 선생님의 일상이니까 사건 당일 밤에만 알리바이가 있는 편이 부자연스럽다고 할지도 모릅니다."

"위로할 필요 없십니더. 지가 와 그 카메라맨을 죽이겠십니꺼? 알리바이가 없어도 상관없십니더."

두 선생의 그런 대화를 듣고 있는 사이에 나는 '누가 왜 아이하라를 죽여야 했나?'라는 문제와는 또 다른 의문점을 깨달았다.

"왜 이곳이 범행 현장일까요? 아이하라 씨는 무슨 볼일이 있어 이곳에 왔던 걸까요? 아이하라 씨가 이곳에서 살해당한 건 확실하지요, 나카오 선생님?"

나카오는 나를 향해 고개를 끄덕였다.

"와 아니겠소. 다른 곳에서 죽이가꼬 시체를 업어 운반한 흔적은 없십니더. 하지만 그걸 판단하는 건 경찰의 몫이 아이겠십니꺼?"

"아리스의 의문은 당연해. 아이하라 씨는 어째서 굳이 이런 곳에 와서 살해당했을까? 카메라맨으로서 호기심에 이끌려 폐교 사진을 찍으러 왔다가 습격당한 걸까……?"

모치즈키가 말하자 오다가 약간 심술궂게 물었다.

"지나가던 강도가 덮쳤다는 거냐? 아니면 범행 기회를 노리고 미행한 사람이 덤벼들었나?"

그런 걸 물어도 지금 시점에서 누가 알겠나. 모치즈키는 그렇게 되받아치는 대신 두 눈동자를 한 바퀴 굴렸다.

"이곳에 볼일이 있는 사람이 있나요?"

내가 묻자 하지마는 손을 설레설레 내저었다.

"없습니다. 썩든 말든 방치해놓은 상태예요. 이게 도시 한 구석이었다면 부랑자나 비행 청소년들이 자기네 소굴로 삼았겠지만, 이런 산속에서는 그런 걱정도 없으니 그냥 내버려두는 거죠. 이곳에 아이들이 돌아올 일은 없겠지만 당장 허물 계획도 없습니다."

나는 피살체를 발견한 충격에서 벗어나, 자꾸만 이곳에서 무슨 일이 있었는지 알고 싶었다. 하지마에게 질문을 하나 더 던졌다.

"선생님도 오랜만에 여기 교실에 들어오신 거죠? 뭔가 알아차린 점은 없으세요?"

"알아차린 점이라뇨?"

"뭔가 이상한 점 말이에요. 모습이 달라졌다거나, 뭔가 사라졌다거나."

"아뇨." 하지마는 그렇게 말하고는 잠시 생각에 잠겼다. "아뇨……, 아무것도 모르겠습니다. 다시 현장을 보러 갈 것도 없이, 보셨다시피 아무것도 없는 텅 빈 교실이니까요."

"그럼 그 반대로, 뭔가 더 생겼다거나 하는 건요?"

"책상하고 의자는 전부터 그 상태였어요. 그것 말고는 아무

것도 없었죠? 새로운 건 아이하라 씨의 시신뿐입니다."

모두 입을 다물었다. 저마다 이곳에서 어떠한 참극이 벌어졌는지 생각하고 있는 것이리라. 기나긴 침묵이었다.

나카오의 목이 앞으로 풀썩 꺾였다. 다음 순간 화들짝 놀라 고개를 든다. 깜빡 졸았던 모양이다.

"3시네요."

나는 경찰을 애타게 기다리며 말했다.

/ 3 /

애타게 기다린 사람들이 찾아온 것은 새벽녘, 6시가 지나서였다. 관할서의 자동차가 산사태로 발이 묶여 있는 사이에 따라잡았는지 고치 현 경찰본부의 경찰차도 함께 온 듯했다.

"왔다."

창문으로 이쪽을 향해 달려오는 경찰차를 본 모치즈키는 그냥 짧게 그렇게만 말했다. 늦가을 이른 아침의 공기를 뒤흔들며 다가온 그 자동차는 진군하는 적처럼 보였다. 한편으로는 안도하면서도 불안이 부풀어 올랐다. 논밭으로 나가려다 그 광경을 본 농부 한 사람이 우뚝 서 있었다. 시체 발견으로부터 약 여섯 시간 후, 마침내 경찰이 도착했다.

경찰 한 명이 우리 앞에 섰다. 온통 마맛자국이 남아 여름 감귤 같은 얼굴을 한 그 남자는 고치 현 경찰본부 수사1과의 누마이라고 이름을 밝혔다. 마흔 안팎일까. 배가 약간 튀어나왔다.

"나카오 선생님은 어느 분이십니까?"

당연한 일이지만 우리 세 사람에게는 시선도 주지 않고 나카오와 하지마 두 사람을 견주어보며 물었다. 나카오가 자기라고 대답하자 누마이는 수사 협력에 대한 감사를 표했다. 그런 다음 이번에는 우리 쪽으로 몸을 돌렸다.

"시체를 발견한 사람은 여러분입니까?"

기분 탓인지 눈초리가 매서웠다. 첫 번째 용의자로 보고 있는 건지, 형사라는 인종의 속성인지는 잘 모르겠다. 우리는 저마다 "예." "그렇습니다." "네."라고 대답했다.

누마이는 입을 일자로 다문 채 등을 돌리더니 "계장님." 하고 약간 떨어진 위치에 서 있던 남자를 불렀다. 잰걸음으로 다가온 그는 스기모리 경찰서 수사과의 경위, 후지시로라고 했다.

"여기서 말씀을 듣도록 하지요. 앉으십시오."

누마이는 그렇게 말하며 가까운 의자에 걸터앉았다. 후지시로 경위와 우리도 자리에 앉았다.

나란히 앉은 두 형사를 번갈아 보던 나는 긴장이 약간 풀렸다. 여름 감귤처럼 생긴 고치 현 경찰본부의 누마이에 비해 동년배로 보이는 관할서 후지시로의 얼굴은 껍질을 깐 삶은 달걀처럼 하얗고 매끈했다. 자그마한 입이 깜찍할 정도라, 시골 형사라기보다 옛날 귀족 같은 얼굴이다. 여름 감귤과 삶은 달걀이 진지한 표정으로 나란히 앉아 있는 모습은 이런 상황에서도 우스꽝스러웠다.

"먼저 자기소개를 부탁합니다."

누마이의 말과 동시에 다른 형사가 나카오 의사를 옆 교실로 데리고 가는 모습이 시야 한구석에 보였다. 살인 현장에서 형사와 경찰의가 나카오에게 의견을 구하는 건지도 모른다. 하지마는 알아서 조금 떨어진 자리로 이동해 대기하고 있는 모양이다.

우리가 자기소개를 하자 누마이, 후지시로 두 형사는 제각기 수첩에 메모했다. 다음 질문은 교토의 학생이 무슨 일로 이곳에 머무르고 있는가 하는 점이었다. 이건 얘기하자면 길다. 내가 말할까, 하고 눈짓으로 양해를 구하는 모치즈키에게 대표 자리를 맡기기로 했다. 에가미 선배와 마리아의 이름이 나오자 형사들의 볼펜이 움직였다. 모치즈키의 설명은 5분 정도 이어졌는데 형사들은 한 번도 말을 끊지 않았다.

"알겠습니다."

이야기가 끝나자 누마이는 고개를 깊이 끄덕였다. '그럼 이제 돌아가도 될까요?'라고 말할 수 있다면 얼마나 좋을까.

"살해당한 남성을 알고 계십니까?"

"아이하라 나오키 씨라고 하는데, 도쿄에서 온 카메라맨입니다. 같은 여관에 묵고 있습니다."

"같은 숙소에 묵을 뿐, 다른 관계는 없습니까?"

"네."

"아이하라 씨가 이곳에 온 목적을 들었습니까?"

"네. 들었다기보다 어쩌다 알게 됐다고 할까요……."

일단 그렇게 대답한 후에 모치즈키는 작게 심호흡했다. 요 사흘 동안 아이하라와 우리 사이에 있었던 모든 일을 설명하기 전에 호흡을 가다듬은 것이다. 모치즈키는 아이하라가 기사라 마을에 들어가려다가 거부당하는 장면을 우연히 보았던 일부터 순서대로 말했다. 우리가 기사라 마을에 불법침입을 시도했다가 쫓겨난 일과, 그때 시도 아키라의 이야기로 알게 된 아이하라의 정체도 포함해 그 후에 아이하라를 다그친 경위를 설명했다. 기사라 마을에 지하라 유이가 은둔하고 있다는 사실도 언급하지 않을 수 없다. 그 10분 남짓한 시간에도 형사들은 모치즈키가 그냥 말하도록 내버려두었다.

"조리 있게 말씀해주시니 고맙군요."

누마이의 그런 대답을 듣고 모치즈키는 한숨을 쉬었다. 아직 어깨의 짐을 내려놓은 것은 아니지만, 상대가 이야기를 잘 이해한 듯하니 다소 짐이 가볍게 느껴졌으리라.

"그렇다면 강 건너편의 기사라 마을 주민들은 피해자에게 좋은 감정이 없었겠군요? 반면 이쪽 나쓰모리 마을 주민들은 피해자를 제대로 알지도 못했고요. 흐음. 뭐, 사실 여부는 탐문을 하면 알겠지만요."

옆에서 후지시로 경위가 고개를 까딱 숙였다.

"그럼 말씀대로라면, 이 마을에서 피해자와 가장 친했던 사람은 여러분이라는 뜻이 됩니까?"

누마이가 대뜸 말했다. 가장 친했냐고 물으면 고개를 갸웃거릴 수밖에 없다. 지금 모치즈키가 한 이야기를 듣고 아이하라와 우리가 여행지에서 의기투합한 친구처럼 보였나? 오다가 아이하라를 계단에서 떼민 사건은 생략했지만, 아이하라와 우리 사이에 신뢰관계가 없다는 사실은 문맥에서 전달되었을 텐데.

"친하다고 할 만한 사이는 아니지만, 대화를 나눈 횟수는 가장 많았을지도 모릅니다."

모치즈키는 정중한 말투로 정정했다. 그렇고말고. 오다와 나는 고개를 끄덕여 옹호했다.

"그 지하라 유이라는 전직 인기 가수가 기사라 마을에 있다는 사실은 아이하라 씨가 알아낸 거지요?"

누마이가 질문을 계속했다.

"그렇습니다. 아이하라 씨는 우리에게도 숨겼지만, 기사라 마을의 시도 씨라는 분이 해준 이야기 때문에 들통 나고 말았어요. 우리가 다그치니 아이하라 씨는 별수 없다는 듯이 말해주었습니다."

"유이 씨가 기사라 마을에 있다는 사실을 나쓰모리 마을 사람들은 아무도 모릅니까?"

"그 밖에 나카오 선생님과 호사카 아케미 씨, 그리고 어제 오후 여관에 온 니시이 사토루 씨라는 소설가는 알고 있습니다."

"그 세 사람은 어떻게 알았습니까?"

"저희가 말했거든요. 아니, 정확히 말하면 그 세 사람은 그 전부터 알고 계셨습니다. 나카오 선생님과 간호사인 아케미 씨는 기사라 마을에 왕진을 간 적이 있고, 니시이 씨는 원래 기사라 마을에 살았던 분이니까요."

누마이는 거기서 짧게 메모를 했다.

"그럼 피해자를 발견한 경위를 말씀해주시겠습니까?"

하지마와 후쿠주야에서 술을 마시다가 숙소로 돌아와 주인아주머니에게 아이하라가 돌아오지 않았다는 이야기를 들었다. 11시가 지나도 돌아오지 않기에 아이하라의 신변이 걱정되었다기보다는 온갖 수단을 동원해 기사라 마을에 건너간 게 아닐까 걱정되어 찾으러 나갔다. 폐교로 가는 길에 떨어져 있는 필름 상자를 보고 혹시나 싶어 이곳에 와보았다. 그리고 시체 발견. 모치즈키는 이것도 조리 있게 이야기했다. 모치즈키에게 대표를 맡기길 잘한 모양이다. '형사를 상대로 하는 진술의 달인'이라는 말을 들어도 기쁘지 않겠지만.

"아이하라 씨는 언제부터 외출했던 겁니까?"

"오후 6시쯤, 저희와 함께 숙소를 나가 다쓰모리 강의 상황을 보러 갔습니다. 거기서 헤어졌는데, 주인아주머니 말씀에 따르면 그 후 다시는 숙소에 돌아오지 않았다고 합니다."

"살아 있는 아이하라 씨를 마지막으로 본 것은 정확히 몇 시였습니까?"

"지금 말씀드린 대로, 떨어진 다리 옆에서 헤어졌을 때가 마지막인데…… 6시 반쯤이었습니다. 그렇지?"

모치즈키는 오다와 내게 확인을 요청했다. 맞는 정보다.

"6시 반입니까." 누마이는 중얼거리더니 화제를 바꾸었다. "다리 옆에서 헤어진 아이하라 씨는 그 후 어째서 이런 곳에 왔을까요?"

방금 전 내가 말한 것과 같은 의문이다. 모치즈키는 모른다고 대답할 수밖에 없었다.

"사진이라도 찍으러 왔나? 하지만 이런 곳을 찍어봤자 무슨 소용 있다고." 이것은 후지시로의 혼잣말이다.

"누마이 경감님."

문 쪽에서 부르는 소리가 났다. 누마이의 계급은 경감인가 보다. 시선을 돌리니 젊은 형사가 장갑을 낀 손에 종이쪽지 같은 물건을 들고 서 있었다.

"뭐지?"

"피해자의 오른쪽 뒷주머니에 이런 게 들어 있었습니다."

젊은 형사는 앞머리를 찰랑이며 상사 곁으로 다가와 한 장의 종이쪽지를 내밀었다. 누마이가 장갑을 끼고 받아 들자 후지시로가 들여다보았다. 두 사람의 눈동자가 위아래로 왕복했다. 뭔가를 읽고 있는 것이다. 나는 허리를 들어 훔쳐보고 싶었지만 그럴 수도 없다. 그렇게 생각한 순간, 누마이는 그 종이를 우리 쪽으로 내밀었다.

"피해자가 이곳에 왔던 이유는 이것이군요."

우리는 이마를 맞대고 그 편지를 읽었다. 검은 볼펜으로 적은 그 글자는 아무리 봐도 필적을 감정할 수 없도록 일부러 엉망으로 적은 듯했다. 단 세 줄의 짧은 메시지. 내용은 이러했다.

> 오늘밤 9시 초등학교 교실에서
> 내밀히 만나고 싶습니다.
> 귀하에게 필요한 물건을 가져가겠습니다.

"이건…… 범인의 호출인가요?"

오다가 두 형사에게 물었다. 누마이가 희미하게 웃었다.

"아직 단정할 수는 없지만 그런 것 같군요. '귀하에게 필요한 물건을 가져가겠습니다.'라고 했으니 뭔가 피해자가 관심을 가졌던 물건으로 끌어들인 거겠지요. 9시라는 시간은 방금 감식반이 말한 사망 추정시각과도 모순되지 않습니다."

그 편지가 적혀 있는 용지가 마음에 걸렸다.

"저……."

"뭐지요, 음, 그러니까 아리스가와 씨?"

"예. 그 편지는 우체국에서 나눠준 메모지에 쓴 것 같은데……."

"그런 것 같군요." 대답한 사람은 후지시로였다. "이건 이곳 우체국에서 선전용으로 온 마을에 뿌린 물건일 겁니다. 스기모리의 저희 집에도 있어요."

"네, 여관의 아이하라 씨나 저희 방에도 같은 메모지가 있어요. 그렇다면 범인은 나쓰모리 마을 주민이라는 뜻이 되나요?"

내 질문에 후지시로가 단호한 목소리로 말했다.

"그렇게 단정하는 건 가설이라고 쳐도 섣부른 판단입니다. 이 메모지는 지금 말씀드렸듯 나쓰모리 마을은 물론이고 주변 마을에도 뿌린 물건이고, 또 기사라 마을에 넘어가지 않았다는 보장도 없으니 범인이 이 마을 주민인지 아닌지는 알 수 없습니다."

"어느 정도 범위까지 뿌렸는지 우체국에서 확인하면 되겠지요."

여름 감귤이 말하자 삶은 달걀은 "예." 하고 턱을 집어넣었다. 누마이는 뒤에 서 있던 젊은 형사에게 편지를 돌려주며 작은 목소리로 뭐라 전했다. 부하가 지시를 받고 물러나자 누마이는 다시 우리를 돌아보았다.

"자, 피해자는 무슨 미끼를 물었던 걸까요? 여러분은 짐작하시겠습니까?"

모르겠다. 하지만 딱 한 가지, 그게 아닐까 싶은 것이 있다. 지하라 유이에 관한 어떠한 정보. 어쩌면 그녀를 찍은 사진 따위가 아닐까? 그거라면 저속한 특종에 굶주린 아이하라가 달려들었을 것이다. 물론 그건 내 빈약한 지식으로 도출한 상상이고, 진상은 완전히 딴판일지도 모른다.

"가령 이런 건 어떨까요? 방금 이야기에 나온 지하라 어쩌고 하는 전직 가수를 몰래 촬영한 선명한 사진. 피해자는 그 사진을 손에 넣으려고 몇 날 며칠을 악전고투했으니, 그건 미끼가 될 겁니다."

누마이도 똑같은 가설을 세웠다. 우리는 그럴지도 모른다는 대답밖에 할 수 없다.

"달리 짐작 가는 바는 없습니까?"

없다.

"하지만 말입니다." 모치즈키가 평소 사용하지 않는 말투로 물었다. "그런 사진을 찍을 수 있었던 사람이 존재할까요? 유이 양은 강 이쪽 편으로는 전혀 건너오지 않았다고 합니다. 도촬의 프로 아이하라 씨가 애먹었던 사진을 누가 찍을 수 있었을지, 이상하네요."

하지만 누마이는 이상하다고 생각하지 않았다.

"분명 그 아가씨는 은밀한 생활을 하며 내내 기사라 마을에 틀어박혀 있었겠지요. 하지만 그 마을은 높은 성벽에 둘러싸여 있는 것도 아니지 않습니까. 이쪽 마을 주민이 뭔가 볼일이 있거나 변덕을 부려 훌쩍 들어갔다가, 우연히 그런 사진을 찍었을 가능성은 충분히 있지 않겠습니까? 그렇지요, 계장님?"

"저도 그렇게 생각합니다."

모치즈키는 석연치 않은 표정이었다. 오다는 고민하고 있다. 나는 어느 쪽인가 하면 누마이 경감의 생각에 동감이었다. 지역 주민이 우연히 기회를 얻어 프로 카메라맨을 제쳤을 가능성을 부정할 수만은 없다.

누마이가 입술을 오므리며 말했다.

"그렇다면 범인은 피해자가 뭘 원했는지 알고 있었다는 뜻이 되는군. 다시 말해 아이하라라는 인물의 정체를 알고 있었다는 말이야."

"흐음, 과연."

아이하라가 무엇을 원했는지 알고 있다는 말은, 그가 사진 잡지와 계약한 카메라맨이라는 사실도 분명 알고 있었다는 뜻이다. 그 조건에 해당하는 인물 가운데 범인이 있다면 용의자는 상당히 한정된다. 누마이는 소리 내어 그 해당자를 열거했다.

"그 조건에 해당하는 인물은 여러분 세 사람. 그 밖에 여러분이 그 정보를 흘린 사람들뿐이군요. 나카오 선생님과 간호사 호사카 아케미 씨. 어제 오후에 도착한 니시이 사토루 씨. 어라, 이게 전부이지 않습니까?"

난처하게도 그것은 우리가 아는 한 사실이었다. 애초에 우리가 나쓰모리 마을에서 접촉한 사람도 몇 안 된다. 그 밖에 하지마와 무로키, 굳이 더하자면 여관의 주인아주머니와 후쿠주야의 주인장. 뒤의 두 사람은 누가 봐도 관계가 없다. 앞의 두 사람은 어젯밤 후쿠주야에서 술을 마셨을 때 우리가 지하라 씨라는 사람이 기사라 마을에 있는지 아느냐고 묻기는 했지만 전직 아이돌 가수 지하라 유이가 기사라 마을에 있다는 사실은 숨겼다. 하물며 아이하라가 그녀를 노리고 있다는 이야기는 더더욱 하지 않았다. 따라서 아이하라의 정체를 아는 사람, 즉 살인 혐의를 받을 사람은 누마이가 말한 여섯 명이 전부인 셈이 된다.

"여러분의 어젯밤 행적에 대해 말씀해주시겠습니까?"

올 게 왔구나. 우리는 시선을 주고받았다. 알리바이 조사다. 하지만 이것이 두려워할 문제가 아니라는 점은 알고 있으니 이쪽은 여유가 있었다. 모치즈키는 또다시 작게 심호흡한 다음 이야기를 시작했다. 떨어진 다리 옆에서 아이하라와 헤어진 오후 6시 반, 그 후의 이야기를.

"오후 7시에 여관에 돌아와 7시 반부터 10시까지 후쿠주야라는 가게에 있었다는 말씀이지요?"

끝까지 들은 누마이는 모치즈키에게 재차 확인을 했다.

"틀림없습니다."

"7시에 돌아오셨는지는 여관 분께 물어보기로 하고, 후쿠주야에 함께 있었던 사람은 하지마 선생님과 우체국 직원 무로키 씨지요?"

"그렇습니다."

거기서 누마이는 하지마를 불렀다.

"하지마 선생님, 이쪽으로 와주시겠습니까? 함께 말씀을 여쭙는 편이 나을 것 같아서요."

하지마는 말없이 내 옆으로 자리를 옮겼다. 졸린지 하품을 삼키고 있다.

"여러분의 대화는 전부 들었습니다. 후쿠주야에서 줄곧 술을 마신 것은 사실입니다."

교사의 말에 누마이는 살가운 표정을 지었다.

"7시 반부터 10시까지 계속 계셨지요? 중간에 자리를 뜬 분은 안 계셨습니까?"

"예. 중간에 사람 수가 줄어든 일은 없었습니다. 늘어나기는 했지만요."

"늘어났다? 하지마 선생님, 모치즈키 씨 일행, 무로키 씨 말고도 함께 계셨던 분이 있습니까?"

"아뇨, 그런 사람은 없습니다. 중간에 늘었다는 사람이 무로키 씨예요. 그분은 가게에 불이 들어와 있는 걸 보고 훌쩍 들어왔거든요."

누마이는 메모할 준비를 하며 물었다.

"그건 몇 시경이었습니까?"

"무로키 씨가 온 건…… 9시쯤이었습니다."

누마이가 우리를 쳐다보았다. 우리 셋은 나란히 고개를 끄덕였다.

"7시 반부터 9시 전까지는 여러분 네 명. 9시경부터 10시까지는 무로키 씨가 가세해 다섯 명이 되었다는 건가요?"

메모. 무로키에게도 확인하겠지.

"그럼 하지마 씨께 묻겠습니다. 7시부터 7시 반까지는 뭘 하고 계셨습니까?"

"7시 20분쯤까지 집에서 혼자 있었습니다. 그리고 모치즈키 씨 일행에게 전화를 걸어 여관에 데리러 갔습니다."

교사는 거침없이 대답했고 형사는 메모를 적었다. 그리고 질문을 바꾼다.

"아이하라 씨가 이곳에 머문 이유를 알고 계셨습니까?"

"아니요. 방금 모치즈키 씨 이야기를 듣고 깜짝 놀랐습니다. 풍경 사진을 찍으러 온 줄 알았는데 사진 잡지 카메라맨이었군요. 그나저나 지하라 유이가 이런 곳에 있을 줄은 꿈에도 몰랐네요."

하지마는 팔짱을 끼면서 말했다. 누마이도 볼펜을 수첩 사이에 끼우고는 팔짱을 꼈다

"아이하라 씨와 이야기를 나눈 적은 있습니까?"

"전 없습니다. 카메라를 들고 마을을 어슬렁거렸으니 얼굴은 알고 있었지만요."

"지금까지 이야기 속에 나오지 않은 분들 중에 아이하라 씨와 접촉한 사람이 있을까요?"

"글쎄요……. 짐작이 가지 않네요. 그 사람은 그저 카메라를 들고 돌아다녔을 뿐이라."

"지하라 유이를 본 적 없냐고 캐묻고 다니는 일도 없었습니까?"

"없었을 겁니다. 특종이니 노골적으로 들쑤셔 소문을 퍼뜨리고 싶지 않았겠지요. 스스로 비밀을 흘리는 결과가 될 수 있으니까요."

아마추어의 분석을 들은 누마이는 쓴웃음을 지었다.

질의응답이 끊겼을 때, 문이 열리더니 방금 전의 젊은 형사가 나타나 보고했다.

"나카오 선생님께서 교무실에 대기하고 계십니다."

"알았네." 누마이는 허리를 들며 우리에게 말했다. "잠시 여기서 기다려주시겠습니까? 나카오 선생님의 말씀을 들은 후에 다시 여쭈어야 할 질문이 생길지도 모르니까요."

여름 감귤과 삶은 달걀이 떠나자 우리는 서로 얼굴을 마주 보았다. 누가 농담이라도 던져주지 않을까. 하지만 모두 말이 없었다.

기나긴 밤이 밝았다. 흐린 하늘에서 아련한 햇살이 창가로 쏟아졌다.

문득, 맹렬한 수마가 나를 덮쳤다.

/ 4 /

"고생하셨네요."

어제와 마찬가지로 방석 위에 단정히 앉은 니시이는 우리를 위로하듯 말했다.

"예, 좀."

모치즈키가 피곤한 목소리로 대답했다.

오후 1시. 여관의 우리 방.

8시가 다 되어서야 신문에서 풀려날 수 있었다. 마을 사람들의 호기심 어린 시선을 피해 여관에 돌아온 우리는 아침 식사를 부탁하고, 주인아주머니에게 무슨 일이 있었는지 간단히 설명한 후에 바로 이불에 풀썩 쓰러졌다. 하지만 느긋하게 쉬지도 못하고 정오가 지나 다들 잠이 깨고 말았다. 점심도 먹지 않고 멍하니 넋을 놓고 있는데 니시이가 찾아왔다. 방금 니시이에게 어젯밤의 전말을 대강 말한 참이다.

"나카오 선생님 말씀을 들은 후에 경찰은 여러분에게 뭔가 질문하던가요?"

"예, 이것저것."

두 선배는 입도 벙긋하기 힘들어 보였기 때문에 내가 니시이를 상대했다.

"나카오 선생님과 여러분 이야기가 서로 모순되기라도 했나요?"

"그렇지는 않지만, 저희가 숨기는 이야기가 있다고 얄밉게 말하더군요. 악의가 있어서 숨긴 건 아니지만, 아이하라 씨와 오다 선배 사이에 옥신각신 다툼이 있었던 일을 말하지 않았거든요."

"옥신각신이라면…… 제가 이곳에 오기 직전의 그 일 말씀인가요?"

그렇다, 니시이가 오기 직전의 그 소동이다. 오다가 아이하라를 떼밀어 계단에서 굴러떨어지고 말았던 야단법석. 허둥지둥 진료소로 달려가 나카오와 아케미를 불러 아이하라를 치료하고 있을 때 니시이가 불쑥 나타났던 것이다. 그 후 아이하라와 함께 니시이를 둘러싸고 이런저런 이야기를 나누었기 때문에 니시이는 그 경위를 알고 있다.

"맞아요. '요란하게 싸웠다면서요? 정직하게 말씀하셔야지요.'라고 하기에 '바로 화해했습니다.'라고 맞받아쳤지만 나쁜 인상을 준 것 같아요."

니시이가 가슴에 손을 얹으며 말했다.

"괜찮을 겁니다. 정말로 바로 화해했으니까요. 그 이야기는 저도 누마이 경감님께 말씀드렸고요."

그때 모치즈키가 두 손으로 T자를 만들었다. 배구의 '타임'을 흉내 낸 모양이다.

"잠깐만요. 니시이 씨는 언제 누마이 경감님과 이야기를 하셨죠?"

"여러분이 쉬고 계시는 동안에요. 여기까지 탐문을 오셨더군요. 아이하라 나오키라는 카메라맨에 대해 아는 바가 있는지, 그 사람이 어젯밤 무슨 행동을 했는지, 이것저것 묻던데요. 그때 아이하라 씨와 오다 씨가 엎치락뒤치락 다툰 모양이던데 실제로는 어땠냐고 질문을 받았습니다. 그래서 아이하라 씨는 바로 잊어버렸다고 대답했어요. 화해한 아이하라 씨와 여러분하고 함께 기사라 마을 이야기를 주절주절 떠들었다고요."

"고맙습니다." 오다가 말했다.

"천만에요. 사실인걸요."

니시이는 진지한 눈빛으로 말했다. 그런 그에게 나는 한 가지 묻고 싶었다.

"기사라 마을에 대해서는 구체적으로 무슨 말을 했는지 묻지 않던가요? 지하라 유이 씨 문제는요?"

"그런 질문도 있었습니다. 저는 사실을 있는 그대로 말씀드렸습니다."

"니시이 씨가 이곳에 온 이유도요?"

"예. 사모님과 오노 씨의 약혼부터 설명했어요. '네놈이 온 날 밤에 사건이 터졌다는 점이 의심스러워.'라고 생각할지도 모르겠네요."

"그건 순전히 우연이잖아요. 어째서 니시이 씨가 의심을 사야 하죠? 아이하라 씨를 살해할 동기도 없는데요."

내 말에 니시이는 고개를 저었다.

"동기야 어떻게든 갖다 붙일 수 있습니다. 아이하라 씨의 체재 이유를 안 제가 유이 씨를 감싸기 위해 정의의 철퇴를 휘둘렀다고 볼 수도 있겠지요. 경찰은 모든 가능성을 고려하고, 모든 사람을 의심하는 게 일이니까요."

경찰관을 대단히 헤아려주는 견해다.

"그럼 니시이 씨 알리바이도 묻던가요?"

"예. 형사 드라마에서 흔히 듣던 대사였어요. '6시 반부터 9시 반 사이, 당신은 어디에서 무엇을 하고 있었습니까?'라고요."

모치즈키가 또다시 허둥지둥 타임을 걸었다.

"6시 반부터 9시 반? 7시부터 9시가 아니고요? 저희한테는 그 시간대만 묻던데요."

니시이는 태연한 얼굴로 대답했다.

"처음에는 그런 소견이었다더군요. 나카오 선생님이 그러셨다지요? 하지만 경찰의는 거기에 전후 30분의 폭을 더 둔 모양이에요."

그건 이상하다. 사망 추정시각의 폭을 얼마나 두는가를 놓고 담당한 의사들마다 개인차가 있다는 이야기는 들은 적이 있지만, 나카오가 훨씬 더 이른 시점에 검시를 했으니 그의 견해를 우선시해도 되지 않나? 아니면 경찰의 소견을 채택했다는 말은 법의학 전문가의 솜씨를 신용했다는 뜻인지도 모른다. 혹은 나카오가 사건의 혐의 범위 내에 있다고 판단하고 그 의견을 채택하지 않은 걸까?

"나카오 선생님을 의심하는 걸까?" 오다가 나하고 비슷한 생각을 했는지 그렇게 말했다. "용의자가 한 검시는 믿을 수 없다는 뜻인가?"

"그럴지도 모르지." 모치즈키는 일단 동조한 다음 말을 이었다. "하지만 나카오 선생님은 어젯밤 7시 이후의 알리바이가 전혀 없잖아? 7시까지는 아케미 씨라는 증인이 있었어. 그런 나카오 선생님이 허위로 사망 추정시각을 말했다면 '범행은 7시 이전에 일어났다.'고 하지 않았을까? 그 외의 거짓말은 의미가 없어. 바꾸어 말하면 6시 반부터 9시 반 사이에 범행이 일어났다고 해야 할 부분을 7시부터 9시 사이라고 속여 봤자 그 선생님한테는 아무런 이득도 없잖아."

"그냥 경찰의가 신중한 건지도 모르지. 그런데 니시이 씨는 그 시간대에 뭘 하고 계셨어요?"

"7시 반에 식사를 한 후에는 내내 소설을 쓰고 있었습니다. 펜을 움직이는 시간보다 팔짱을 끼고 신음하는 시간이 더 길었지만, 어쨌든 이 방에서는 나가지 않았어요. 물론 주인아주머니의 눈을 피해 몰래 여관에서 빠져나갔다가 돌아올 수는 있었으니, 경찰의 판정은 '알리바이 없음'이겠지요."

"같이 한잔하러 가셨으면 좋았을 텐데."

내 말에 그는 "그러게요."라고 대답했다.

"어이, 아리스. 얘가 뭘 모르고 있네."

모치즈키가 말했다. 무슨 말을 하고 싶은 건지 모르겠다.

"사망 추정시각의 폭이 커지면 어떤 결과가 되는지 모르겠어? 6시 반부터 7시까지, 우리는 어디에 있었지? 다쓰모리 강기슭에서 아이하라 씨하고 헤어져 어슬렁어슬렁 여관으로 돌아오는 길이었잖아. 그사이의 알리바이를 증언해줄 제삼자가 없어. 이제는 알리바이가 성립하지 않는 거야."

"그거 엄청 심각한데요."

나는 웃었다. 오다도 웃고 있다.

"하지만 모치, 9시 전후의 알리바이가 있으면 되는 거 아니야? 아이하라 씨가 갖고 있던 범인의 편지에는 '9시에 초등학교 교실에서'라고 적혀 있었으니까 6시 반부터 7시 사이의 알리바이는 별문제 아니겠지."

모치즈키는 안쓰럽다는 듯이 한숨을 쉬었다.

"왜 이러시나, 둘 다. 전혀 의심을 않는군. 범인이 편지에 '9시에'라고 썼으니 문제가 되는 건 9시 전후의 알리바이라고? 그런 걸 믿어서 어쩌겠다는 거야. 실제 범행시각은 7시경이고, 범인이 위장 공작으로 그런 편지를 아이하라 씨 주머니에 집어넣었을지도 모르잖아. 그렇게 현장을 떠난 다음, 이후의 알리바이를 확보하고 내심 웃고 있을걸. 그런 속임수에 넘어갈까 보냐 했더니만 홀랑 넘어간 사람이 여기에 둘이나 있네."

"이거 복잡하네. 그 편지가 범인의 위장 공작이라는 말이야?"

오다가 귀찮다는 듯이 집게손가락으로 눈초리를 긁적였다.

"위장 공작이라고 단언하는 게 아니라, 그럴 가능성도 있다는 말이지. 사망 추정시각인 6시 반부터 9시 반까지 세 시간 동안의 연속적인 알리바이가 없다면 용의자 범위에서 벗어날 수 없어."

사망 추정시각 폭이 확대되는 바람에 용의자의 원 안에 도로 끌려 들어가고 만 것이다.

"하지만 알리바이가 없다고 한탄할 필요 없어요. 이 마을 사람들은 대부분 알리바이가 없을 테니까요."

"하지만 아리스." 오다가 여전히 눈초리를 긁적이며 말했다. "아이하라 씨하고 아무런 접점도 없는 사람들한테는 알리바이를 묻지도 않는다고. 오늘 아침 신문 때 말이 나온 몇 사람만 문제가 되겠지."

"지금 상황은 그럴지도 몰라요. 하지만 아이하라 씨가 언제, 어디서, 누구와 은밀히 접촉했는지는 조사해보지 않으면 모르잖아요? 은밀히 만났던 사람이기 때문에 그런 편지로 한밤중의 밀회를 요청했을지도 모르니까요."

어항처럼 좁은 마을이지만 남몰래 누군가를 만났을 가능성은 충분히 존재한다. 그것이 경찰 수사로 밝혀진다면 용의자는 늘어날지도 모른다.

"알리바이라고 하니 말인데, 호사카 아케미 씨는 어땠을까요? 경찰은 아케미 씨에 대해 뭐라 말하지 않던가요?"

모치즈키가 니시이에게 물었다. 그렇다. 오늘 아침, 아이하라가 이 마을에 체재한 이유를 알고 있던 몇 안 되는 인물로 아케미의 이름도 거론되었지. 경찰은 당연히 그녀의 알리바이를 조사했을 것이다.

"진료소 간호사 말씀이죠? 예, 형사님과 이야기할 때 잠깐 이름이 나왔습니다. '당신은 어제 이 마을에 온 후에 나카오 의사나 간호사인 호사카 아케미 씨를 만나셨습니까?' 그런 식으로 묻더군요. 제가 여관에 도착했을 때 아이하라 씨를 치료하는 모습을 본 게 전부라고 대답했습니다."

"아케미 씨도 용의자 속에 포함되어 있을지도 모릅니다. 아이하라 씨의 정체를 알고 있었거든요. 아케미 씨도 의심하는 기색이던가요?"

"글쎄요, 어떨지. 전 모르겠습니다."

아마도 형사는 이미 그녀를 방문했을 것이다. 직접 물어보는 게 빠르다.

"그나저나……."

니시이가 안경을 고쳐 쓰며 뭐라 말했다. 우리는 니시이에게 주목했다.

"그나저나 방금 전 아이하라 씨의 주머니에 들어 있던 편지는 범인이 위장 공작을 위해 집어넣었을지도 모른다는 이야기가 나왔지요? 만약 그렇다면 아이하라 씨는 어째서 그곳에 갔는가 하는 의문으로 되돌아가는 것 아닙니까?"

모치즈키가 느릿하게 대답했다.

"역시 범인이 불러냈겠지요. 위장 공작일지도 모른다고 했던 제 말은 그 편지의 내용이 하나부터 열까지 거짓이라는 뜻이 아닙니다. 범인이 관심을 끌 무언가를 가지고 있다고 속여 아이하라 씨를 끌어내는 건 자연스러운 일이에요. 문제는 밀회를 약속한 시간이죠. 그 편지에는 9시라고 적혀 있었지만, 그건 믿을 수 없어요. 아이하라 씨가 받은 편지에서는 7시였을지 8시였을지 누가 알겠어요? 7시라고 적은 편지에 이끌려 찾아온 아이하라 씨를 살해한 후 9시라고 적은 편지로 바꿔치기한 게 아닐까 의심할 여지는 있습니다."

"아아, 그렇군요. 그런 뜻인가요. 그거라면 이해하겠는데, 그럼 아이하라 씨를 유혹한 미끼는 구체적으로 뭐였을까요?"

모치즈키는 거듭 질문하는 니시이에게 대답했다.

"유이 양에 관한 정보일 겁니다. 사진이나 그 밖에 여태껏 알려지지 않았던 정보 같은 거요. 아이하라 씨가 집착했던 물건은 그것밖에 떠오르지 않으니까요. 편지로 '잠시 드릴 말씀이'라고 하는 정도로는 움직이지 않겠지요."

"그건 이해할 수 있습니다. 하지만 아이하라 씨의 입장이 되어 생각해보면 말이죠. 난데없이 그런 모호한 편지를 받았는데 뜻을 제대로 이해했을까요? 형사님이 보여주셨는데, 으음, 그 편지글은 분명······."

나는 정확하게 기억하고 있었다.

"오늘 밤 9시 초등학교 교실에서 내밀히 만나고 싶습니다. 귀하에게 필요한 물건을 가져가겠습니다."

"맞아요, 맞아, 그렇습니다. 서명도 없는 그런 편지 한 통으로 상대가 무슨 말을 하고 싶은지 알 수 있을까요? 과연 아이하라 씨가 '아하, 누가 내게 지하라 유이의 정보를 제공하려고 접근하는구나.' 하고 생각했을지······."

모치즈키가 가볍게 고개를 끄덕이며 말했다.

"논리적인 생각이군요. 그 말씀이 맞아요. 그렇다면 진상은 이렇지 않을까요? 편지의 주인은 그 내용을 쓰기 전에 다른 방법으로 아이하라 씨와 이미 접촉했고, 그때 신용을 얻었을 겁니다. 그러니 사건 당일 밤 아이하라 씨를 불러낼 때는 시간과 장소, 요전에 말한 그 물건을 가져가겠다는 내용만으로 충분하지 않았을까요?"

옳거니. 엘러리 퀸을 열렬히 사랑하는 이 선배는 기사라 마을의 빗속 전투에서 활약하지 못했던 몫을 지금 이곳에서 되찾고 있다.

니시이는 즉각 반응했다.

"예, 그렇게 생각합니다. 그럼 그건 누구죠?"

"그 녀석이 바로 범인이죠. 간단히 알 수 있으면 누가 고생하겠어요."

"간단히 알 수는 없지만, 여기서 범인의 자격을 검토할 수 있지 않겠습니까?"

"자격이라니요?"

"아이하라 씨의 신용을 살 수 있었던 인물 말입니다. 이 사람이라면 유이 씨의 사진이나 정보를 쥐고 있어도 이상하지 않다고 사료되는 인물. 그것이 범인의 자격 아닐까요?"

모치즈키는 고개를 살짝 갸웃거렸다.

"말씀은 알겠지만, 글쎄요. 이 마을에 사는 사람이라면 누구나 '기사라 마을에 잠깐 들어갔을 때 우연히 지하라 유이를 보았다.'라고 말할 수 있을걸요. 그렇다면 유이 양의 정보를 얻는 일이 특히나 자연스러웠던 사람은 누굴까 생각해보면 눈에 익은 사람들이 되겠지요. 기사라 마을에 불려 들어간 적 있는 나카오 선생님과 아케미 씨. 우체국 직원 무로키 씨. 불법으로 침입했던 저희. 그리고 원래 기사라 마을 주민이었던 니시이 씨입니다."

"그런가……."

니시이는 입을 다물었다.

"무로키 씨 알리바이는 어떤가요?"

나는 문득 떠올렸다. 무로키가 후쿠주야에 홀쩍 나타난 것은 9시 경이었다. 그때가 범행을 마친 후였을 가능성은 있다. 하지만.

"하지만 우체국 직원이 아이하라 씨를 죽일 이유가 뭐죠?"

니시이의 질문에 이번에는 내가 입을 다물 수밖에 없었다. 도통 석연치 않다. 아이하라 나오키는 대체 누구에게 어떤 특별한 의미를 지닌 사람이었을까? 좀처럼 보이지 않는다.

"지금 이름이 거론되지 않은 누군가가 아이하라 씨와 접촉했다고 쳐도, 그 사람을 찾아내기는 어려울지도 몰라. 아이하라 씨의 행동을 빠짐없이 감시한 사람은 없으니까."

오다의 말에 니시이는 "그렇겠지요." 하고 맞장구를 쳤다.

"경찰도 그 점을 염두에 뒀는지 아이하라 씨의 소지품을 꼼꼼히 조사하더군요. 메모라도 더 남아 있지 않나 살핀 거겠지요."

"소지품을 조사했다면…… 아이하라 씨의 방을 수사했나요?"

내가 묻자 니시이는 슬며시 웃었다.

"밤을 새우고 곯아떨어져 그 소리도 못 들으셨나 보군요. 오전에 옆방 물건을 싹 뒤진 모양입니다. 제가 신문을 받은 다음이었어요."

얇은 벽을 사이에 두고 우리는 코를 골고 있었겠지. 아무리 그래도 기가 막힌다. 하지만 싹 뒤졌다고 해봤자 아이하라의 소지품은 뻔하다. 그리 요란한 난리법석은 아니었으리라.

"뭔가 수확은 있어 보이던가요?" 모치즈키가 물었다.

"수사가 한창일 때 저는 아래층에 있었고, 형사님들도 어떤 수확이 있었는지 얘기해주지 않았으니 자세한 내용은 모르지요. 하지만 여관을 나가는 모습을 슬쩍 보니 전망이 밝은 기색은 아니었습니다."

9시에 누구누구를 만나겠다는 메모가 적힌 수첩은 당연히 없겠지. 밀회니까.

"그건 그렇고 소설은 완성하셨어요?"

오다가 화제를 바꾸자 니시이는 힘없는 미소를 지었다.

"완성했습니다. 끝마치고 보니 마침 밤 12시가 지났더군요. 여러분이 아이하라 씨의 시체를 발견했을 무렵입니다."

니시이는 눈이 시린 표정으로 창밖의 흐린 하늘을 보았다. 혼잣말처럼 이렇게 중얼거리는 소리가 들렸다.

"난 대체 뭘 하러 온 건지……."

제10장

# 도끼와 해머 - 마리아

/1/

7시 5분.

에가미 선배가 찾아온 후로 두 번째 아침을 맞이했다. 눈부신 햇빛은 오늘도 창가에 찾아오지 않았지만, 보아하니 계속되던 비는 물러간 모양이다. 그것이 사태가 호전될 징조라면 고맙겠다.

나는 옷을 갈아입고 침대를 벽 쪽으로 밀었다. 어젯밤 에가미 선배의 제안대로 침대를 문 앞으로 옮겨 빗장 대신 사용했다. "영차." 내 목소리를 들으며 어째서 이런 짓을 해야 하는지 한심한 생각이 들었다.

'빨리 이 마을에서 나가고 싶어.'

지금 내 머릿속은 온통 그 생각뿐이다. 공포가 이곳을 지배하고 있기 때문이 아니다. 내가 있을 곳은 이런 폐쇄된 세계가 아니라는 사실을 뼈저리게 깨달았기 때문이다. 그리고 운명은 도망치는 사람을 괴롭힌다는 사실을 알았기 때문에. 하루라도 빨리 이곳에서 나가기 위해서라도 오노 히로키 살인범을 밝혀내야만 한다.

뇌리에 에가미 선배의 얼굴이 떠올랐다. 나는 가시키지마 섬에서 벌어진 비극적 사건의 진상을 파헤친 그 명석한 두뇌에 간절히 기대지 않을 수 없었다. 도저히 이길 수 없는 선배가 있다는 사실은 즐거운 일이자 또한 행복한 일이기도 하다. 내게 에가미 지로라는 선배가 있다는 사실에 감사한다. 그런 선배의 두뇌가 또다시 비극을 매듭짓는 데 사용된다고 생각하면 괴롭지만, 나는 의지하고 싶다. 그 사람에게는 이길 수 없으니까.

어젯밤 야기사와의 연주를 듣기 위해 음악실에 모이기 전에 에가미 선배는 나를 방으로 불러, 자기가 오기 전에 기사라 마을에서 무슨 일이 있었는지 물었다. 내가 각자의 프로필과 인간관계에 대해 알고 있는 사실을 말하자, 사건 당일에 대해서는 더 상세하게 말하라고 했다. 나는 기억하는 한 사소한 일까지 남김없이 이야기했다. 에가미 선배는 말없이 조용히 귀를 기울이고 있었지만 뭔가를 발견한 것 같지는 않았다.

나는 복도로 나가 에가미 선배의 방이 있는 서쪽 건물을 흘깃 쳐다보고 1층으로 내려갔다. 식당에 얼굴을 내밀자 에가미 선배를 포함해 거의 모든 사람들의 모습이 보였다. 고토에와 사에코가 토스트와 오렌지 주스를 식탁에 나르고 있다.
"안녕히 주무셨어요?" 나는 아침 인사를 뿌리며 상차림을 도우러 갔다.

그러고 있는데 고비시가 "안녕하세요." 하고 문 앞에서 인사를 하며 들어왔다. 이제 전부 모였나? 아니, 한 명 모자라네. 그런 생각을 하고 있는데 시도가 더벅머리를 긁적거리며 나타났다.

"심기는 어떠신지?"

시인은 멀리 떨어진 자리에 앉은 에가미 선배에게 물었는데, 정작 본인은 별로 심기가 좋아 보이지 않았다. 부릅뜬 눈이 벌겋다.

"그럭저럭 괜찮습니다."

"그거 대단하군. 신에게 감사드려야겠어."

시도의 조울증 기미는 모두가 아는 사실이지만 아무래도 오늘은 우울증인가 보다. 왠지 부루퉁한 표정으로 두 팔을 늘어뜨리고 빈 의자로 향했다.

사건이 일어난 것은 그 순간이었다. 주스 쟁반을 든 사에코 옆을 빠져나가려던 시도의 팔꿈치가 사에코의 몸에 살짝 닿은 것을 나는 보았다. 별일도 아니다. 그런데 사에코는 외마디 비명을 지르며 펄쩍 뛰어올랐다. 균형을 잃은 유리잔이 쟁

반 위에서 쓰러졌고, 오렌지색 액체가 사에코의 검은 운동복과 바닥에 쏟아졌다.

"어이쿠, 조심해."

시도는 감정이 결여된 목소리로 말하며 사에코의 눈을 쳐다보았다. 사에코는 창백한 얼굴로 벽에 등을 딱 붙이고 아무 대답도 하지 않았다. 기울어진 쟁반 모서리에서 주스가 계속 쏟아지는데도 안중에 없었다.

"왜 그래?"

시도는 붉은 눈을 더욱 크게 뜨고 여류화가에게 물었다. 나도 이상했다. 사에코의 태도가 평소답지 않다. 마치 시도를 두려워하는 것 같았다.

"뭐야, 왜 그러는 거지?"

시도가 한 걸음 다가서자 사에코는 벽에 들러붙어 시도에게서 두 걸음 떨어졌다. 그렇게까지 노골적으로 행동하니 시도의 접근을 거부하고 있다는 사실은 누가 봐도 뻔했다. 식당의 공기가 대번에 변했다.

"내가 가까이 가는 게 싫은가 보군. 언제부터 그렇게 미움을 샀지?"

시도는 입술을 일그러뜨리며 불쾌한 심기를 드러냈다. 그리고 사에코의 반응을 시험하듯 또 한 걸음 앞으로 다가섰다. 사에코는 천천히 한 걸음 물러섰다. 뭐가 어떻게 된 거지? 시도는 몸을 비틀어 사에코의 옆을 지나가려 했을 뿐이다. 영문도 모른 채 나는 입안 가득 시큼한 침이 퍼지는 것을 느꼈다.

"그렇게 무서운 얼굴로 보지 마세요. 제가 정신을 놓고 있었던 것뿐이니까요."

사에코는 간신히 그렇게 말했다. 간절한 그 목소리도 공포에 떨고 있다.

"어이, 확실하게 말하지그래? 나의 어떤 점이 당신을 불쾌하게 만드는지 말해봐. 무례한 것도 정도가 있지."

시도의 눈에 노기가 서렸다. 그는 은근슬쩍 도망치려는 사에코를 가로막듯 그 정면으로 이동해 두 손으로 와락 벽을 짚었다. 벽을 등진 사에코는 뒤로 물러나지도, 옆으로 피하지도 못하고 그 자리에 얼어붙고 말았다. 마른침을 삼키는 사에코의 하얀 목덜미가 꼴깍 움직였다. 시도는 입술을 일그러뜨리며 얼굴을 들이밀었다. 이건 지나친 행동이다. 누가 말리지 않을까. 하지만 모두들 얼이 빠졌는지 그저 우뚝 서 있기만 했다.

"시도 씨, 잠깐만요. 조용히 얘기해요."

내 목소리에 시도는 번개처럼 고개를 돌렸다. 분노 서린 눈동자가 내리꽂힌다. 나도 마른침을 삼켰다.

"조용히 얘기해? 내가 아우성치고 있는 걸로 보여?"

불쾌한 목소리에 나도 순간 몸이 굳었지만, 시도는 몸을 일으켜 벽에서 손을 떼었다. 사에코는 코로 한숨을 내쉬며 머리카락을 어깨 뒤로 쓸어 넘겼다.

"왜 그러시는 거예요?"

나는 시도에게서 시선을 돌려 사에코에게 물었다. 묻지 않을 수 없다. 사에코는 시간을 벌 요량인지 쟁반을 테이블 위에 내려놓더니 유리잔을 하나씩 똑바로 세웠다. 그것은 내 눈에도 답답해 보였다.

"무슨 말이든 해봐." 시도의 목소리가 날아들었다.

사에코는 운동복 소매를 매만지면서 고개를 들어 나를, 그리고 시도를 쳐다보았다. 잠깐 치켜들었던 턱을 다시 집어넣고는 겨우 입을 열었다.

"추태를 부려 죄송했습니다."

"그게 다야?"

그 말만으로는 설명이 되지 않는다. 시도의 기분은 풀리지 않으리라. 그는 손바닥으로 천천히 입가를 훔쳤다.

"맞혀볼까? 당신은 내가 살인범이라고 생각했지? 그래서 나하고 몸이 닿은 것만으로도 겁에 질려서 펄쩍 뛰어오른 거야."

"그래요. 저는 시도 씨가 오노 씨를 죽였을지도 모른다고 생각했어요."

"뭐라고?"

사에코가 서슴없이 인정하자 시도는 길길이 화를 내기보다는 놀란 표정이었다. 나도 깜짝 놀랐다. 어째서 사에코가 그런 생각을 품었는지 그 근거를 모르겠다.

"사에코 씨, 어째서 그렇게 생각하셨지요? 말씀해주세요."

기쿠노가 일어서서 말했다. 똑바로 사에코를 바라보고 있다. 사에코는 기쿠노를 향해 몸을 빙글 돌렸다.

"증거가 있는 게 아니어서 제 가슴속에만 담아두려 했어요. 하지만 일이 이리 되었으니 말할 수밖에 없겠군요. 제가 시도 씨를 의심하는 이유는 이 마을에서 나가기를 가장 두려워하는 사람은 시도 씨라고 생각하기 때문이에요."

시도가 끼어들려 했지만 말할 틈을 주지 않았다.

"시도 씨는 이 마을 밖 생활이 두려울 겁니다. 사모님과 오노 씨의 약혼 소식을 들은 후부터 몹시 동요하고 있어요."

"어쩌나, 정서 불안은 옛날부터 있던 일인데."

사에코는 그 말을 무시했다.

"이런 실례되는 말씀을 드려 마음이 불편합니다만, 시도 씨를 제외한 다른 분들은 바깥세상에서도 어떻게든 먹고살 길이 있습니다. 저만 해도 원래는 상업 디자인으로 먹고살았어요. 하지만 몹시 유감스럽게도 시도 씨의 훌륭한 시는 돈이 되지 않습니다."

"오지랖 한번 기가 막히게 넓군."

사에코는 시도의 항의를 재차 무시했다.

"시도 씨는 오노 씨가 미웠겠지요. 애초에 시도 씨는 오노 씨를 좋아하지 않았어요. 오노라는 이름을 입 밖에 내지 못할 정도로. 알고 계셨나요? 시도 씨는 '화백' 아니면 '그 사람'이라고만 부르지, 본인에게나 제삼자에게나 '오노 씨'라고 부른 적이 없어요. 그 이름을 입에 담지 못하는 겁니다."

"이상한 소리를 하는군. 내가 그 사람을 어떻게 부르건 그게 무슨 상관이지?"

"지금도 '그 사람'이라고 하는군요."

끝까지 가볼 셈인지 사에코가 냉정을 되찾았다. 뭐라 되받아치려다 말문이 막힌 시인은 두 팔을 벌리고 천장을 우러러 보았다. 모든 사람들이 사에코를 주시했다.

"저는 시도 씨가 오노 씨의 이름을 부르는 걸 들은 적이 없습니다. 시도 씨는 '오노'라는 이름에 거부반응을 보이기 때문이에요. '오노'라는 이름에서 도끼를 연상하기 때문이겠지요도끼는 일본어로 '오노斧'이다.—옮긴이. 시도 씨는 도끼를 증오하니까요."

"도끼?"

사에코가 무슨 말을 하려는지 짐작이 갔다. 시도의 어머니는 어린 그의 눈앞에서 술에 취한 주정뱅이 아버지의 손에 목숨을 잃었다. 아버지가 휘두르는 도끼에 목을 맞고 죽은 것이다. 그때의 선율이 시도에게 각인되어 있다고 말하고 싶은 것이리라. '오노'라는 이름에서 '도끼'를 연상해 무의식중에 깊은 혐오감이 되살아난다는 설명은 어째 흔해빠진 정신분석 같지만, 나는 생각도 못한 가설이었다. 사에코는 말하라니까 털어놓았을 뿐이다. 하지만 단순한 가설의 영역에 지나지 않는데 굳이 시도의 정신적 외상을 끄집어내야 했을까. 나는 동정 어린 마음으로 시도를 쳐다보았다. 그는 피식 웃었다.

"근거도 못 되는군. 내가 오노 히로키라는 이름에서 잠재의식 밑바닥의 혐오와 공포를 연상해 그 사람의 야망을 증오했다 쳐도, 살인범이라는 사실을 증명하기에는 거리가 멀어."

"시도 씨가 창작한 작품은 시도 그렇고 우화도 그렇고, 피와 함께 도끼라는 모티프가 빈번히 나오죠. 예전에 들었던 〈연못의 정령〉이야기는 그 전형이에요."

"그래서 그게 뭘······."

"심지어는 당신이 듣는 음악에도 도끼가 등장하잖아요?"

사에코는 처음으로 '당신'이라며 시도에게 직접 말했다. 시도가 듣는 음악이란 어젯밤 에가미 선배와 내가 들었던 그 곡을 말함이리라.

"오노 씨의 시신을 장식한 방법에서도 그 이름에 대한 공포를 엿볼 수 있어요. 언어를 자유자재로 구사하는 전문가인 시도 씨다운 말장난이지요. 오노 씨의 이름을 로마자로 풀어

뒤집으면 역시나 오노ONO라는 이름이 나와요. 어머니의 적과 자신의 적. 물구나무를 선 그 시체는 이중의 원한을 풀었다는 뜻, 세상을 향한 시도 씨의 표명이었던 거예요."

"세상이라는 단어의 의미를 생각해본 적도 없는 환쟁이가 무슨 소리야." 시도는 비웃었다. "오노는 뒤집어도 오노라. 그게 당신 가설의 핵심이군. 그렇다면 시체와 그 소지품에 쏟아놓은 향수는 뭘 의미하지? 시체를 굳이 바윗단 위까지 끌어올린 이유는? 귀를 자른 이유는? 당신이 설명을 붙인 건 넘쳐나는 장식의 극히 일부에 지나지 않아. 해석 수준 이전의 문제야."

시도가 기관총 같은 기세로 역습을 개시했다.

"어째서 그런 빈약한 추측에서 영양가 없는 결론을 끌어냈는지 나는 알지. 당신은 처음부터 나를 의심했던 거야. 결론이 먼저 존재하고 거기에 맞는 논리를 날조해 끼워 맞췄다, 이게 진상이지. 당신이 근거도 없이 의혹을 먼저 품은 이유를 알려줄까? 방금 내 트라우마를 들쑤셨는데, 거기에 착안했다는 점에서 당신 망상의 원천을 엿볼 수 있어. 당신은 내 아버지 이야기를 들먹이고 싶었던 거야. 시도 아키라의 몸에는 살인자의 피가 흐르고 있다. 조심해. 허점을 보이면 덤벼들 거다. 그게 당신 본심이야. 고개 저어 부정하지 말라고. 그게 뭐 어때서? 내가 오노라는 이름을 꺼렸다고 지적해준 답례로 말해주지. 당신은 내 눈을 보며 말한 적이 없었지? 당신에게 내 존재는 기사라 마을의 불순분자, 검은 양이다!"

시도는 바람을 가르듯 단숨에 몸을 돌려 식당을 떠났다. 아무도 붙잡지 못했다.

/ 2 /

"가엾은 시도 씨······."

나는 무릎에 팔을 얹고 턱을 괸 채로 중얼거렸다. 에가미 선배가 이쪽을 돌아보는 모습이 시야 한구석에 보였다.

"사에코 씨가 오래된 상처를 건드려서?"

"네, 그리고 아무도 그 사람을 옹호해주지 않았던 점이요. 에가미 선배도, 저도 아무 말도 하지 못했어요."

나는 그렇게 말하며 비가 갠 화단을 보았다. 은빛 구슬을 머금은 로즈메리 잎사귀와 마찬가지로 시야 한구석에서 에가미 선배의 머리카락이 한들거리고 있다. 그 상냥한 바람이 사과처럼 달콤한 로만 캐모마일 줄기의 향기를 내 코에 가져다주었다.

"방금 전 시도 씨는 진심으로 논쟁하고 싶었던 걸까?" 에가미 선배가 말했다. "등을 휙 돌리고 불쾌한 얼굴로 떠나는 모습을 연기하고 싶었을 뿐인지도 몰라. 사에코 씨의 지적은 전혀 논리적이지 못했으니까."

우리는 뒤뜰의 퍼걸러pergola, 뜰이나 편평한 지붕 위에 나무를 가로세로로 얽어 덩굴성 식물이 올라갈 수 있게 만든 서양식 정자 또는 길—옮긴이 벤치에 앉아 있었다. 5월이 되면 형형색색의 장미가 머리 위를 뒤덮을 텐데. 말라버린 줄기의 가시는 저마다 이슬을 머금고 있었다.

"하지만 도끼가 시도 씨가 품은 트라우마의 상징이라는 말은 그럴듯하지 않아요?"

"어젯밤 그런 곡을 들었기 때문에?"

에가미 선배가 긴 다리를 꼬더니 나처럼 무릎에 팔을 얹고 턱을 괴었다.

***

〈달에 홀린 피에로〉가 끝나자 시도는 다른 CD를 넣었다. 이번에는 어떤 곡이 시작될까. 나는 귀를 기울였다. 단조롭게 반복되는 베이스기타의 코드 두 개에 오르간이 가세했다. 또다시 듣는 이의 불안을 조장하는 선율이었다. 나는 해설을 요청하는 눈빛으로 에가미 선배를 쳐다보았다.

"〈도끼를 조심해, 유진Careful with that Axe, Eugene〉. 시드 배럿이 빠진 후의 핑크 플로이드 곡."

시도는 씩 웃더니 손가락을 기묘한 모양으로 꼬며 눈을 감았다. 남자가 부르는 가녀린 코러스가 들려온다. 그것이 스피커에서만 나는 소리가 아니라, 핑크 플로이드의 데이비드 길모어와 시도의 하모니라는 사실을 깨달았다. 투명한 하모니였다. 시인은 음악가가 되고 싶었던 게 아닐까. 나는 문득 그런 생각을 했다.

곡은 끝없이 무겁고 나직한 울림으로 차츰 템포를 높이더니 열병에 시달리는 듯이 불타올랐다. 나는 울렁거리는 마음을 억눌렀다. 속삭이는 로저 워터스의 목소리. '도끼를 조심해, 유진.' 그리고 지각을 뚫고 치솟는 뜨거운 마그마처럼 곡은 갑작스레 절정을 맞이했다. 스피커에서 광기 어린 비명이 터져 나온 것이다. 내 온몸의 소름을 일깨운 그 비명은 방을 가득 채웠다. 격렬한 절정을 보이는 곡에 호응한 비명이 두 번, 세 번 이어졌다. 뭉크의 명화 〈절규〉를 보았을 때, 나는 아름다운 그림이라고 생각했다. 두 귀를 막고 절규하는 남자의 얼굴은 어딘지 모르게 사랑스러웠다. 하지만 이 곡은 다르다. 살인 사건을 목격한 날 밤에 이런 곡을 듣게 되다니.

나는 시도를 보았다. 그는 눈을 굳게 감은 채 입을 꾹 다물고 있었다. 마치 그러지 않으면 자기 입에서도 똑같은 비명이 튀어나올 거라는 뜻으로 보였다. 그 모습에 나는 또다시 오한을 느꼈다.

비명을 정점으로 곡은 점차 수그러들어 잠잠해졌다. 이윽고 가사라곤 비명밖에 없는 노래가 안개처럼 끝났을 때, 나는 이마에 맺힌 땀을 천천히 닦아냈다.

시도는 몸을 일으켜 플레이어의 스위치를 껐다. 정적이 암막처럼 내려왔다.

"아직 안 잘 거야?"

시도가 중얼거리는 목소리로 말했다. 우리를 쫓아내고 싶었는지도 모른다.

"슬슬 실례하겠습니다."

에가미 선배가 말하자 시도는 말없이 자리에서 일어섰다.

나는 복도로 나와 에가미 선배의 얼굴을 올려다보았다.

"이상한 음악회였어요……. 마지막 곡이 아직 귀에 생생하게 남아 있어요."

아마도 내 안색이 썩 좋지는 않았나 보다. 에가미 선배가 위로하듯 살가운 미소를 지었다.

"그 곡은 하드록 중에서도 명곡이더군."

"오늘 밤은 별로 즐거운 꿈을 못 꿀 것 같아요."

"오늘 밤은 빗소리 없이 잘 수 있는데도?"

나는 어깨를 움츠렸다.

"〈도레미 송〉이라도 부탁할걸 그랬어요."

"마리아의 애창곡이지."

웃으며 잘 자라는 인사를 나누었다. 나는 방으로 돌아와 "솔은 작은 솔방울." 하고 흥얼거리며 침대로 문을 막고 피로한 육체의 도움을 받아 잠에 곯아떨어졌다.

꿈을 하나 꾸었다.

실제로는 집에서 통학하는 아리스의 하숙집에 놀러 갔다.

그곳에서 아리스의 고백을 듣는다.

'추리작가가 되고 싶어.'

아리스는 '임상범죄학자'라는 직함을 가진 탐정이 등장하는 자신의 작품을 내게 보여주었다. 실은 이 부분은 진짜로 있었던 일이다.

'힘내.'

나는 짧은 격려의 말을 보냈다.

그리고 아리스는 앨범을 꺼내 어릴 적 사진을 보여주었다. 농담을 주고받으며 보고 있었는데, 마지막 한 권만은 안 된다면서 보여주지 않았다. 기어코 빼앗아 펼치니 식물원을 배경으로 아리스와 내가 나란히 찍힌 사진이 붙어 있었다. 꽤 최근 사진인 것 같았다.

'이거, 언제 찍은 사진?'

'모르겠어……'

찍은 기억이 없는데 이상하다며 둘이서 의아해했다.

조금 즐거운 꿈이었다.

***

에가미 선배가 주머니에서 뭔가를 꺼냈다. 눈에 익은 얇은 수첩이다. 부장은 책갈피를 끼워놓았던 페이지를 펼쳐 내 쪽으로 내밀었다. 들여다보니 기사라 마을 주민들의 이름이 적혀 있다.

"이건?"

"수사 메모를 만들까 하고. 이름 밑에 ○×가 붙어 있지? 그건 범인의 조건인 '시체를 바윗단 위에 끌어 올리는 일'이 가능한지를 나타낸 거야. ○는 범인의 자격이 있고, ×는 자격이 없고."

기사라 기쿠노, 고자이 고토에, 스즈키 사에코, 지하라 유이. 네 여성의 이름에는 ×가 붙어 있었다. 시도 아키라, 고비시 시즈야, 야기사와 미쓰루, 마에다 데쓰오. 네 명의 남성은 ○다. 마에다 데쓰코만 △인 이유는 혼자서는 불가능해도 남편의 손을 빌릴 수 있다는 뜻이리라.

"현재의 조건은 이게 전부야. '범행시각의 알리바이가 없다.' '향수를 빼낼 수 있었다.'라는 조건에는 전원 ○가 되니 굳이 쓰지 않았어. 이 ○× 밑에 동기 유무를 쓰려는데, 도와주겠어?"

"물론 도울게요. 하지만 누구 마음속에 어떤 살의가 숨어 있었는지, 겉으로는 짐작할 수 없는 점도 있어요."

"알아. 그런 문제는 다 알지만 한번 정리하고 싶어. 나는 이곳에 온 지 얼마 되지 않았는데 '당신은 이 마을에서 나가기 싫었을 것이다.' '나는 아니다, 당신이야말로.' 이런 대화를 들으니 혼란스러워. 마리아의 눈에 상황이 어떻게 비치는지 알려주겠어?"

"네. 시작해요."

나는 기억을 떠올렸다.

기쿠노와 오노의 약혼에는 나도 충격을 받았다. 바깥세상의 찬바람 속으로 쫓겨나는 일이 두려웠다. 그래서 다른 사람들의 반응이 궁금해 이 사람 저 사람에게 '어쩌실 거예요?' 하고 오지랖 넓게 처신에 대한 질문을 던져보았다. 확고하게 결정을 내린 사람도 있거니와 태도를 보류한 사람도 있었다. 분명하게 싫다고 표명한 사람은 유이, 오노와 식당에서 입씨름했던 마에다 부부. 고토에도 약혼 발표 직후에 싫다고 항의했다. 반대로 도리 없는 일이라고 생각하는 기색을 보인 사람은 고비시. 고향으로 돌아가겠다고 서슴없이 말하는 그의 말을 듣고 나도 마을을 떠날 각오를 다졌다. 그리고 야기사와. 그는 이곳에서 해야 할 일은 끝마쳤다는 분위기였다. 야기사와처럼 적극적이지는 않았지만 사에코도 별수 없다고 체념한 모습이었다.

"시도 씨는?"

"그게, 잘 모르겠어요. 물어볼 기회가 없었거든요."

"사에코 씨 말로는 시도 씨가 약혼 발표 후에 동요했다고 하던데."

"동요하기는 모두 마찬가지예요. 두 사람 사이가 좋은 줄은 알고 있었지만, 약혼은 뜻밖이었으니까요."

"그래서 어떻게 생각하지? 시도 씨는 이곳을 나가는 일에 강한 거부감을 가지고 있었을까?"

대답을 뒤로 미루어줄 제안이 떠올랐다.

"있잖아요, 에가미 선배. 이건 ○×로 대답할 설문이 아닌 것 같아요. 어떤 사람들은 단호하게 반대였거나 혹은 찬성이었고, 나머지 사람들은 그 사이에 분포해 있었어요. 수량화하는 편이 이해가 빠를 것 같아요."

"수량화?"

"그러니까 백 퍼센트 반대라거나, 20퍼센트 반대라거나."

"그거야말로 막무가내인데. 아까는 ○× 판정도 어렵다고 했으면서."

나는 대답할 말이 궁했다.

"뭐, 괜찮겠지. 해봐."

내가 꺼낸 말이니 망설이는 것도 한심하다는 생각이 들어 서슴없이 판정을 내렸다. 이윽고 이런 표를 완성했다.

기사라 기쿠노　×　0

고자이 고토에　×　80

고비시 시즈야　○　10

마에다 데쓰오　○　95

마에다 데쓰코　△　95

스즈키 사에코　×　30

야기사와 미쓰루　○　10

시도 아키라　　○

지하라 유이　　×　95

　내가 공란으로 남겨둔 시도 아키라의 '동기 지수'를 본 에가미 선배는 침묵했다. 그 무언의 재촉에 나는 에라 모르겠다, 하고 숫자를 써넣었다. 세상에서 더없이 어중간한 지수 50. 그것을 본 부장은 입을 오므렸다.

"대단히 흥미로운 표가 되었군."

"그래요?"

"그런 줄 알아. 이 표로 판단하자면 기쿠노 씨는 제외되겠군."

"당연하죠. 약혼자를 잃었으니."

"진정해, 진정. 남은 사람들을 보면 일정한 경향이 있어. 시체를 바윗단에 끌어 올릴 수 있었던 사람, 즉 남성은 대체로 동기가 약해. 반대로 시체를 끌어 올릴 수 없었던 여성 중에는 동기가 강한 사람이 많군."

"커다란 예외가 있어요. 마에다 부부 말이에요. 범인 조건이 ○이고 동기도 강해요. 가장 유력한 용의자라는 뜻이 돼요."

"이 표로 판단하는 한은 말이지. 그 부부는 이곳에 어떤 계기로 왔지?"

"신진 조형작가 몇 명과 합동으로 긴자의 화랑에 출품했던 작품이 기사라 가쓰요시 씨의 눈에 들었대요. 초청을 받아 3년 전부터 이곳에 계세요."

"이곳에 오기 전까지는 뭘 했지?"

"뭐긴요, 줄곧 창작을 계속했죠. 두 사람 다 반년은 밤낮없이 일하고, 나머지 반년은 창작에 쏟아붓는 생활이었대요. 경제적으로는 상당히 어려웠다고 들었어요."

"이곳은 간신히 발견한 안주의 땅이로군."

"안주만으로는 곤란하겠지만, 그렇게 생각하겠죠."

"이곳에 온 후에 만든 작품이 인정받은 일은 아직 없고?"

"그런 것 같아요."

에가미 선배는 표에 눈길을 주며 말했다.

"시도 씨의 동기 지수가 90 정도였다면 그 사람도 가장 유력한 용의자가 되겠군."

찬성하기에는 별로 내키지 않지만 그런 셈이다. 나는 문득 이런 생각이 들었다.

"공범이 있을 가능성은 어떨까요? 에가미 선배는 방금 '○인 사람은 동기가 약하고 ×인 사람은 동기가 강하다.'고 지적했는데, ○와 ×가 함께 저질렀다면……."

"냉정하게 생각해. '동기는 강하지만 시체를 둘러멜 수 없는 A씨'가 '시체를 둘러멜 수 있지만 동기가 약한 B씨'를 찾아가서 '제가 목 졸라 살해한 시체를 높은 곳에 옮겨주세요.' 하고 의뢰하겠어? B씨가 그런 의뢰를 수락할 이유가 없잖아."

나는 눈동자를 굴려 에가미 선배를 올려다보며 항복이라는 말 대신 두 손을 들었다. 그런데도 부장은 마지막 일격을 가했다.

"게다가 공범이 있다면 좀 더 제대로 할 수 있었겠지. 서로 알리바이를 증언해준다거나."

"그럼 범인은 단독범인가요?"

"단언할 수는 없지만 그럴 공산이 커. 하지만 마에다 부부가 어느 한쪽만 범행에 관여했을 가능성은 없겠지. 두 사람은 세트로 봐야 해."

지극히 상식적인 이야기다. 에가미 선배는 좀처럼 번득이는 견해를 보여주지 않았다. 아직 사건의 본질을 전부 파악하지 못한 눈치다. 부장은 수첩을 조용히 덮었다.

"돌아갈까?"

우리는 뒷문으로 저택에 들어갔다. 식당 쪽에서 흘러나오는 카레 냄새와 함께 사에코의 목소리가 들렸다. 누군가를 꾸짖는 듯했다. 또 작은 분쟁이 터진 걸까. 걱정하며 들여다보니 사에코가 꾸짖는 상대는 유이였다. 유이는 카레를 듬뿍 바른 식빵을 우물거리고 있었다. 아침 식사를 마친 지 겨우 한 시간밖에 지나지 않았는데, 유이가 뭘 하고 있는 건지 의아했다.

"그만둬요, 유이 씨." 사에코가 이런 명령조로 말하는 것은 극히 드문 일이다. "애써 하고 있는 다이어트가 물거품이 되고 말겠어요. 자포자기해봤자 본인만 손해예요."

"괜찮아요. 제 문제니까 내버려두세요."

그제야 사정을 파악할 수 있었다. 유이의 병이 도진 것이다. 기사라 마을을 떠나야 한다는 불안과 아이하라라는 카메라맨에게 사진을 찍혔다는 걱정 때문에 유이의 취약한 정신 상태는 균형을 잃었다. 거기에 살인 사건까지. 두려움에 무릎을 꿇은 마음이 분명 유이에게 좋지 못한 도피 행위를 부추긴 것이다. '먹어, 잊으려면.'

"유이, 그만둬. 불안한 건 이해하지만 조금만 참아. 지금까지 해온 노력이 물거품이 될 거야."

유이는 손가락에 묻은 카레를 빨면서 나를 쏘아보았다.

"둘이서 똑같은 말 되풀이하지 마요. 전 음식을 먹고 있어요. 그래요, 뭘 하고 있는지도 모르면서 이걸 입에 넣고 있는 게 아니에요. 다 알고 하는 짓이니 상관 마요."

먹지 않고는 견딜 수 없으니 그런다. 본인이 가장 잘 알고 있다. 그것을 어린애 달래듯 말리는 우리가 몹시 짜증스러울 것이다. 하지만 내버려둘 수는 없다. 어떻게 설득해야 효과적일까. 사에코와 얼굴을 마주 본 나는 말문이 막히고 말았다.

그때, 문가에 선 나와 에가미 선배 사이로 누군가가 끼어들었다. 그 인물은 우리를 헤치며 식당 안에 뛰어들었다.

"이러면 못써!"

야기사와는 유이의 손에서 빵을 낚아챘다. 그러더니 한마디 항의할 틈도 주지 않고 테이블 위의 접시도 치워버렸다. 우리가 했어야 할 일을 그는 번개 같은 속도로 해냈다. 유이는 석가모니처럼 천장을 향해 지저분한 집게손가락을 올린 자세로 멍하니 있었다.

"이런 짓은 이제 그만둬. 넌 스스로를 어디까지 홀대해야 마음이 풀리겠어?"

야기사와의 목소리는 분한 마음 때문인지 희미하게 떨리고 있었다. 그의 말 역시 사에코와 내가 했던 말의 반복에 지나지 않았지만 유이가 이번에는 아무 대꾸도 못했다.

"뚱뚱한 건 죄가 아니야. 넌 체중이 제일 많이 나갔을 때도 충분히 매력적이었어. 문제는 마음에 있어. 사자의 습격을 받은 타조가 모래 속에 머리를 처박고 위험하지 않다고 자신을 속여봤자 결국 잡아먹힐 뿐이야. 체중계 눈금이 아니라, 그런 타조 콤플렉스가 널 불행하게 만드는 거야. 현실이 조금 견디기 힘들면 노래를 하면 되잖아. 네 노래라면 악마라도 반할 거야. 그렇게 공포를 씻어내면 지혜도 샘솟겠지. 폭식으로 현실에서 도망치는 짓은 그만둬. 부탁이야."

야기사와의 애원에 견딜 수 없었는지 유이는 자리에서 일어나 우리를 밀쳐내고 뛰쳐나갔다. 예전에도 보았던 광경이다. 야기사와는 뛰어가는 뒷모습에 뭐라 말하려다가 그만두었다. 그리고 유이에게서 빼앗은 음식을 개수대에 버리고, 그녀가 쓰러뜨린 의자를 덜컹 일으켜 세웠다.

침묵은 한순간이었다.

"잠깐, 큰일 났어요!"

옆 거실에서 들리는 고토에의 비명. 이번에는 또 무슨 일이지?

거실로 뛰어 들어가니 고토에와 데쓰코가 있었다.

"이곳에 계셨어요? 저희가 식당에서 옥신각신하는 동안에도?"

고토에는 그렇게 말하는 사에코를 "쉿!" 하고 제지했다.

"라디오 좀 들어봐요, 사에코 씨."

고토에와 데쓰코 앞의 테이블 위에 CD 라디오카세트가 떡하니 자리를 차지하고 있었다. 뉴스를 보도하고 있다.

─……폐교 교실에서 살해된 아이하라 씨는 풍경 사진을 촬영하기 위해 나쓰모리 마을에 머무르고 있었습니다. 경찰은 아이하라 씨가 모종의 거래를 둘러싼 시비로 살해되었을 가능성이 높다고 판단하고, 현재도 현장 부근을 탐문하고 있습니다. 다음 뉴스입니다.

"여기에 숨어들었던 그 카메라맨이에요. 어젯밤에 살해당했대요."

데쓰코가 라디오의 볼륨을 줄이며 말했다.

"끔찍해라……."

사에코가 내 옆에서 중얼거렸다. 뒤에서도 목소리가 났다.

"밤. 어젯밤……."

뒤를 돌아보자 나와 눈이 마주친 야기사와는 입을 꾹 다물었다.

/ 3 /

마치 폭풍우 속에 있는 듯했다. 소리 하나하나가 몇천 개의 자갈로 바뀌어 듣는 이의 몸을 후려친다. 나는 이렇게 격렬한 피아노곡을 들어본 적이 없다. 마치 연주자를 고문하려는 듯이 너울거리며 서로 질세라 음량을 앞다투는 좌우 파트. 성급

한 포르테시모가 끝없이 이어졌다. 끊임없는 16분 음표의 연속. 가혹하리만치 복잡한 음형의 반음 하강, 상승, 그리고 하강. 그 한가운데에 존 케이지 혹은 키스 에머슨에 맞먹는 팔꿈치 연주가 들어갔다. 음이 끊어지기는커녕 중층을 이루는 레가티시모로 악마와도 같은 중음의 주제 선율을 양손 엄지만으로 반복하며, 나머지 여덟 손가락이 높고 낮은 아르페지오로 그 선율을 감싸는, 난생처음 보는 초절기교. 피아니스트가 머리카락을 흔들 때마다 땀이 흩어지고, 의자가 구원을 요청하듯 삐걱거렸다. 피아노 현을 때리는 부분의 명칭은 해머hammer. 그 영어 단어에는 동사로 '피아노를 연주하다.'라는 의미도 있다던데, 지금 야기사와의 연주는 해머라는 표현이 딱 맞다.

10분 남짓한 연주를 마치고 고개를 돌린 그는 장난스러운 얼굴로 요란한 한숨을 내쉬었다. 에가미 선배와 나는 일어서서 박수를 쳤다. 야기사와가 웃었다.

"기립 박수라니, 고맙습니다."

나는 손뼉을 치며 말했다.

"굉장해요! 이 곡은 처음 들어보는데, 굉장해요!"

말하면서도 내 부족한 어휘가 답답했다.

야기사와는 일어서서 우리 앞에 있는 의자에 마주 앉았다. 구깃구깃한 손수건을 꺼내 땀을 닦는다.

"이게 마지막 곡입니다. 지난주에 간신히 완성했어요. 아니, 아직 손봐야 할 점은 많지만요. 남들 앞에서 연주하기는 처음입니다."

"전에 들려주신 악장도 격렬한 곡이었는데 끝까지 그런 기세네요. 지치지는 않으세요?"

"연속으로 치면 물론 나가떨어지죠. 10분 남짓한 이 곡 하나로 헐떡여서야 말도 안 되지만요. 의향이 있으시면 다음에는 전곡을 들어주세요."

"듣는 사람도 체력을 비축해둬야겠군요."

"이 곡에 표제는 붙어 있습니까?" 에가미 선배가 물었다.

"〈저녁노을〉입니다."

곡이 주는 인상과는 동떨어진 제목이다. 짓궂은 농담이겠거니 했다가 깨달았다. 유이가 기사라 마을에 다다랐을 때, 기쿠노를 비롯한 마을 사람들 앞에서 부른 노래가 〈Evening Falls······〉였다. 그가 사랑하는 여성을 처음 만난 순간에 들었던 그녀의 노래. 때도 마침 저녁노을이 질 무렵이었다. 그래서 야기사와는 사실 현대음악처럼 그럴싸한 표제는 필요 없었을 자작곡을 〈저녁노을〉이라 이름 붙였으리라. 유이의 얼굴이 떠올랐다.

"유이가 좀 걱정이네요."

야기사와는 순간 낯빛을 흐렸지만 바로 밝은 목소리를 지어냈다.

"유이 씨는 괜찮을 겁니다. 조금만 더 참으면 강을 건너갈 수 있을 테니, 이런 상태도 그리 오래 계속되지 않겠죠."

물론 멀거니 앉아서 기다려도 조만간 강 건너편에서 누군가가 다리를 걸어주겠지. 그렇다고 앉아서 기다리는 거야? 어쩔 수 없는 일인가.

여왕 기쿠노는 우리가 강기슭에 가는 일조차 금지했다. '경찰을 불러주세요!' 하고 배반의 목소리를 높일까 봐 경계하는 것이다. 틈을 보아 강기슭으로 달려갈 수는 있겠지만, 맞은편 기슭에 아무도 없으면 고래고래 외쳐봤자 말짱 헛일이다. 게다가 나는 그보다는 일단 기쿠노의 방침을 승인했으니 이틀간 그 방침에 따라도 좋다고 생각하고 있었다. 내부 사람의 손으로 범인을 밝혀낼 수 있다면 더할 나위 없다는 생각도 했다. 이 마을은 하나의 가족이니까.

"유이 씨를 가장 상처 입힌 건 무엇일까요. 역시 살인 사건이라고 생각하십니까? 아니면 이곳에서 쫓겨날지도 모른다는 불안?"

에가미 선배가 피아니스트에게 물었다.

"아닐 겁니다."

"그럼 뭐지요?"

"사진을 찍힌 일일 겁니다. 게다가 유이 씨는 사진을 찍은 사람이 과거에 자신의 약점을 폭로한 남자였다는 것도 똑똑히 알아보았어요. 괴물이 방 안까지 쫓아온 기분이었을 겁니다. 그것도 잊을 만할 때에."

야기사와는 손수건을 힘껏 움켜쥐고 있었다. 뜨거운 분노가 치솟고 있을 것이다. 하지만 그 아이하라 나오키는 이미 이 세상에 없다.

"아이하라 씨는 어째서 살해당했을까요?"

내 말에 야기사와는 천천히 고개를 들었다.

"천벌이라는 말은 경솔할까요? 하지만 기묘한 우연의 일치로군요. 강을 사이에 둔 두 마을에서 하루 차이로 살인 사건이 터지다니."

"뭔가 연관이 있는 걸까……."

내 독백에 야기사와는 단호하게 말했다.

"없습니다."

"그런가요?"

"예. 저도 순서가 반대라면 뭔가 있지 않나 의심했을지도 모릅니다. 하지만 다리가 떨어지기 전에 살해당한 사람이 오노 씨, 떨어진 후에 살해당한 사람이 아이하라잖아요. 이 마을 사람은 아무도 강을 건널 수 없었으니, 이곳에 아이하라를 죽인 범인이 있을 턱이 없어요."

야기사와는 뭔가 착각을 하고 있는 모양이다.

"아뇨. 저는 이 마을에 아이하라 씨 살인범이 있을지도 모른다고 말한 게 아니에요. 두 사건에 연관성이 있을까 했던 거죠."

"어떤 연관성 말인가요?"

"어떤 거라니…… 그야 모르겠지만."

모르겠다. 다만 야기사와가 말한 대로 이 마을의 어느 누구도 아이하라를 살해할 수 없었다는 점만은 분명하다.

"나쓰모리 마을에 유이 씨를 아는 사람이 있을 가능성은 없습니까?"

야기사와는 무슨 뜻으로 묻는지 살피려는 듯 에가미 선배를 흘끔 쳐다보았다.

"그런 말은 들은 적이 없군요. 유이 씨에게서도, 다른 사람들에게서도. 어째서 그런 걸 묻습니까?"

"아이하라 씨가 어떤 사건에 휘말렸는지는 모릅니다. 다만 그 사람이 나쓰모리 마을에 온 목적은 남의 원한을 살 만한 일이었지요. 방금 전 야기사와 씨도 의분을 느끼셨지만, 아이하라 씨를 가장 원망할 사람은 유이 씨 본인이겠지요."

"유이 씨는 죽일 수 없었어요. 다리가……."

"물론 유이 씨의 범행이라는 말이 아닙니다. 아무리 동기가 있어도 그건 불가능했으니까요. 유이 씨는 아닙니다. 그렇다면 유이 씨와 극히 가까운 인물, 유이 씨가 받은 고통에 격

노한 인물의 범행이라는 견해는 어떨까요? 만약 그런 인물이 나쓰모리 마을에 있었다면? 해당자가 있다면 혐의가 짙을 겁니다."

야기사와는 팔짱을 꼈다.

"해당자가 있다면 검토할 가치가 있겠지요. 하지만 그런 인물이 있다면 유이 씨는 숨기지 않고 얘기했을 겁니다."

"유이 씨 본인도 그 사실을 몰랐을 가능성은요?"

야기사와는 휘파람을 불었다.

"여러모로 생각하는군요, 에가미 씨. 극히 가까운 인물이 강 건너편에 있고, 유이 씨가 그 사실을 모르는 경우 말입니까? 전 거기까지는 생각하지 않았어요."

"가능합니까?"

"어떻게 하면 그런 상황이 생기는지 모르겠지만, 불가능하지는 않겠지요. 유이 씨는 그쪽 마을 사람 시선에 노출되기를 꺼려 물건도 사러 나가지 않으니까요. 하지만 유이 씨의 육친이나 친구가 이사 왔을 가능성은 없습니다. 그곳은 사람이 계속 빠져나가는 과소過疎 촌락이니, 그런 사람이 있으면 저도 소문 정도는 들었을 거예요."

"유이의 열광적이 팬이 있다면?" 내 상상이다. "아이돌이었던 유이의 팬이라면 일본 어디에 있어도 이상하지 않아요. 팬이라는 건 일방적으로 아는 관계죠. 그런 사람이 우연히 유이가 기사라 마을에 있다는 사실을 알았다면, 지금 에가미 선배가 말한 그런 상황이 완성되지 않나요?"

나는 이야기를 지어보았다. 기사라 마을에 유이가 있다는 사실을 우연히 안 순진하고 열렬한 한 명의 팬이 있었다. 아마도 남자겠지? 그는 유이를 위해 그 사실을 가슴속에 혼자 담아두었다. 동경하는 여성과 자신만의 비밀. 그런 비밀을 가질 수 있다는 사실이 기뻤으리라. 그때 아이하라 나오키가 나타난다. 유이와 그가 둘이서만 지켜온 비밀을 폭로하기 위해. 유이를 불행에 빠뜨리기 위해. 용서할 수 없다고 생각한 그는 아이하라를 살해하고 비밀을 지켜낸다.

"하지만……"

에가미 선배가 내 얼굴을 보며 말했다. 또 내 항복을 받아내려는 걸까?

"하지만 억지스러워. 유이 씨가 기사라 마을에 있다는 사실을 안 팬이 나쓰모리 마을에 있을 수는 있지만, 그 인물은 어떻게 아이하라 나오키의 정체를 알았지? 아이하라는 풍경 사진을 찍으러 왔다고 했어. 아까 라디오 뉴스에서도 그렇게 보도했으니, 경찰도 아직 진짜 목적은 파악하지 못했겠지. 어떻게 그 '지하라 유이 팬' 혼자만 아이하라의 정체를 간파했지? 그것도 우연일까?"

나는 항복하는 대신 이렇게 말했다.

"저, 해당자를 알고 있어요."
"응?"
"짐작 가는 사람이 한 명 있어요."
"누구지?"
큰일 났다. 에가미 선배가 진지하다.
"오다 선배······."
에가미 선배는 의자에서 미끄러졌다.
"죄송해요. 진지하게 얘기하고 있는데······."
나는 고개를 꾸벅 숙이며 시무룩하게 사과했다. 하지만 야기사와는 다른 생각을 하고 있었던 모양이다.
"그러고 보니 뉴스에서는 아이하라가 풍경 사진을 찍으러 왔다고 했지요. 그렇다면 경찰은 아직 아이하라가 이 마을에 온 진짜 목적을 파악하지 못한 거예요. 에가미 씨 후배 분들도 비밀을 지켜주었군요."
에가미 선배는 진지한 표정으로 다시 자리에 앉았다.
"그건 모르는 일입니다. 아이하라 씨와 같은 숙소에 머물렀으니 후배들은 그 사람의 정체를 간파했을 거라 생각합니다. 그게 뉴스에 나오지 않은 이유는 아침 시점에서 경찰에 말할 기회가 없었을 뿐일지도 모르고, 당국이 아이하라 씨의 체재 목적이 과연 사건과 관계가 있는지 판단을 내리지 못해 덮어두고 있는 건지도 모릅니다."

"다들 어쩌고 있을까……."

아리스와 선배들이 몹시 걱정되기 시작했다.

설마 기사라 마을에서도 살인 사건이 터졌을 줄은 꿈에도 모르고 있겠지.

침묵을 떨치듯 야기사와가 건반을 두드리기 시작했다. 생상스다. 〈동물의 사육제〉 중 '수족관'이었다.

/ 4 /

점심 식사 때까지 약간 여유가 있었다. 나는 에가미 선배를 도서관으로 끌고 갔다. 부장과 재회한 방. 재회의 충격이 너무 커서, 나는 그날 밤 좋아하는 책을 골라 방에 가져가지 못했다. 그 목적을 달성해야겠다.

"계통은 완벽하지 않지만 제법 충실한 장서죠?"

에가미 선배가 발을 들여놓는 건 이번이 처음이다. 내가 감상을 요구하자 부장은 고개를 까닥끄덕이며 동의했다.

"이건 돌아가신 기사라 가쓰요시 씨의 수집품?"

"8할 정도는요. 나머지는 이곳에 온 사람들이 가져온 책이라고 해요."

화집, 미술학 관련 도서가 많다. 전집은 거의 전부가 소설,

시집, 문예평론이었고, 자연과학 서적이나 사회과학 평론서는 찾아볼 수 없었다. 편협한 독서가였다는 사실을 엿볼 수 있다. 에가미 선배와 나는 오른쪽과 왼쪽에서 책장을 천천히 둘러보았다.

나는 제목에 이끌려 기타하라 하쿠슈北原白秋, 1885~1942, 일본의 시인, 동요작가, 가인—옮긴이의 시집을 손에 들었다.

《향기의 사냥꾼》.

책장 앞에 서서 페이지를 팔락팔락 뒤적이노라니 반대편에서 걸어온 에가미 선배가 불쑥 들여다본다. 부장의 긴 머리카락이 페이지 끄트머리에 닿았다. 우리는 한동안 말없이 책을 읽었다.

### 향기의 사냥꾼

향기는 아련히 올라간다. 꽃봉오리의 끝이 뾰족한 이유는 내부에서 올라오는 향기를 그 정점에 붙들어두기 위함이니. 꽃이 필 때 향기도 피어난다. 사람들은 잔향만 남은 꽃을 본다. ……

하얀 장미는 그 잎을 깨물어도 하얀 장미의 향기가 난다. 그 향기는 줄기에도 뿌리에도 깃들어 있다. 꽃과 함께 비로소 향기가 피어나는 것이 아니다. 하얀 장미의 향기 그 자체가 그 꽃을 피운다.

......

손에 묻은 향기라면 무덤까지 가지고 가야 하리니.

이런 시구가 서른두 개 이어진다.

물속에서 돌을 품으면 가벼우나, 향기의 바닷속에서 무엇을 품은들 가벼우랴.

......

하얀 손의 사냥꾼, 그것은 너무나도 덧없는 향기의 사냥꾼이다.

......

향기가 걸어온다, 단지 향기만이 걸어온다.

......

무엇이 향기인지. 향기 자신은 모르리니.

"멋진 시예요."
에가미 선배는 또 고개를 끄덕일 뿐이었다.
나는 이 시집을 머리맡에 데려갈 책으로 고르려다가 그만두었다. 종유동에서 맡은 불길하게 달콤한 향기가 떠올랐기 때문이다. 그리고 누군가가 히구치 미치오의 판화에 뿌린 향기. 이 책을 내 방에 들이면 불길한 누군가를 불러들일 것만 같아 내키지 않았다. 그런 생각을 하며 되읽어보니 제16절은 뜻도 모르는데 무섭다는 생각마저 들었다.

   손에 묻은 향기라면 무덤까지 가지고 가야 하리니.

그리고 살인범은 손에 묻은 피를 무덤까지 가져가야만 하리라.


/ 5 /


점심 식사에 나타나지 않은 사람이 두 명 있었다. 시도와 유이였다. 아침에 있었던 일이 민망해 사람들 앞에 나오기 힘들겠지. 시도는 자기 집에서 혼자 점심을 먹을 테니 내버려두면 된다. 유이는 어쩌고 있을지 조금 걱정되어 나는 야기사와와 함께 방에 가보았다. 먹지 않겠다는 대답만 안에서 돌아왔을 뿐, 유이는 나오지 않았다. 배가 고프면 내려오라고만 했다. 폭식증으로 되돌아갈 뻔했다가 급브레이크가 걸린 것이리라.
"야기사와 씨가 호된 소리를 해준 덕분이에요. '이러면 못써.' 하고."

내가 말하자 야기사와는 쑥스러운 듯 미소를 지었다. 유이에게 도움이 될 수 있어 다행이라고 생각하고 있겠지. 이 사람에게 유이가 호의 이상의 감정을 품을 날이 온다면 좋겠다. 야기사와의 옆모습을 보며 생각했다.

그 점심 식사 말인데, 메뉴는 모두의 기대를 저버렸다. 또 카레다. 식량이 떨어질 때까지 아직 2, 3일의 여유가 있을 것 같은데, 상차림은 벌써부터 몹시 제한되었다.

"얼마 전에도 카레를 먹었죠?"

고토에가 지겹다는 듯이 어깨를 움츠렸다.

"그저께 저녁에도 먹었어요."

내가 대답하자 에가미 선배가 고개를 들었다.

"그저께 저녁이라니, 마리아가 취사 당번이었던 저녁 말이야?"

나는 그렇다고 대답했다. 부장은 오른손에 스푼을 쥔 채로 물끄러미 그릇 속을 바라보고 있었다.

"뭐 이상한 거라도 들어 있어요?"

"아니."

부장은 스푼을 내려놓았다.

"있잖아, 마리아. **오노 씨는 코가 불편했어?**"

갑자기 무슨 소리인가 싶었다. 그런 말은 들은 적이 없다. 나는 고개를 세 번 반 가로저었다. 에가미 선배는 식탁을 둘러싼 모든 사람에게 물었다.

"식사 중에 죄송합니다. 누구든 대답해주십시오. 오노 씨는 코가 불편하지 않았습니까? 제 말은 비염이었냐는 뜻이 아니라 **후각이 몹시 둔하지 않았나** 하는 뜻입니다. 아시는 분 안 계십니까?"

모두 손동작이 멎었다. 음식마저 삼키지 않는 사람도 있다. 5초 정도 뜸을 두고 입을 연 사람은 오노와 가장 가까웠던 인물, 기쿠노였다.

"어떻게 아셨죠?"

"제 말이 맞군요?"

에가미 선배는 식탁에 두 손을 짚고 몸을 내밀었다.

"예. 하지만 어떻게 당신이 그걸? 오노 씨와 얼굴을 맞댄 건 아주 짧은 시간뿐이었는데……."

나는 부장의 옆얼굴을 뚫어져라 쳐다보았다.

"제가 그저께 저녁 메뉴가 카레였다고 말하자마자 안 것 같았는데, 그게 오노 씨의 코와 상관있나요?"

에가미 선배는 담담하게 설명했다.

"저는 어젯밤 마리아에게 이런저런 질문을 했습니다. 살인 사건의 뿌리는 무엇일까 하는 생각에, 제가 이곳에 오기 전에 어떤 일이 있었는지 알려달라고 했습니다. 꽤 사소한 부분까지 물었는데, 그중에 이런 이야기가 있었습니다. 마리아가 그저께 저녁을 준비하고 있을 때, 오노 씨가 '뭘 만들고 있습니까?' 하면서 뒤에서 다가와 어깨 너머로 냄비 속을 들여다보았다는 겁니다. 어젯밤 들은 이야기는 그게 전부였습니다만, 방금 전 마리아가 그때 메뉴가 카레였다고 했습니다. 요리 가운데 아마도 카레만큼 멀리 퍼지는 냄새는 없을 겁니다. 해가 저물어갈 때 거리를 걷다가 새어 나오는 카레 냄새에 허기를 느낀 기억은 누구나 있겠지요. 아까 유이 씨가 카레를 얹은 빵을 먹었는데, 저희는 뒷문으로 들어오자마자 그 냄새를 맡을 수 있었습니다. 그런데 **오노 씨는 냄비 속을 들여다볼 때까지 무슨 요리를 하는지 몰랐습니다. 정상적인 후각을 가졌다고 볼 수 없습니다.**"

"하지만," 내가 반박했다. "'뭘 만들고 있습니까?'라는 말은 그냥 해본 말인지도 모르잖아요."

"그렇다면 '오, 오늘 밤은 카레인가?' 하고 장난스럽게 다가와도 될 텐데. 그런 고민은 이제 됐어. 기쿠노 씨가 지금 말씀하셨잖아. 오노 씨는 실제로 후각이 둔하셨지요?"

"그래요. 후각에 장애가 있다고 해도 무방하겠지요. 무취증無臭症이라고 한다는군요. 오노 씨는 선천적으로 냄새를 맡지 못했습니다."

함께 살면서도 전혀 몰랐다. 눈이 보이지 않거나 말을 못하는 장애를 가진 사람과 살면서 그걸 모를 수는 없지만, 냄새를 맡지 못하는 사람이라면 주위에 그 사실을 들키지 않을 수도 있을 것이다. 그전에도 눈치챌 만한 일이 있었을지도 모른다. 문제는 관찰력이다.

"그 밖에 알고 계셨던 분은 없습니까?"

고토에가 알고 있었다고 대답했다

"향기에 관한 문제라면 제가 어느 분보다도 민감합니다. 오노 씨가 향기에 둔감하다는 사실은 훨씬 전부터 눈치챘고, 본인에게 들은 적도 있습니다. 그 '히로키'라는 향수를 조향해 선물했을 때, '정말 죄송하지만 저는 냄새를 모릅니다.' 하고 고백하셨어요."

그 밖에도 눈치챘던 사람들이 있었다. 마에다 부부와 고비시다. 일상의 별것 아닌 장면에서 '어라?' 싶었던 일이 있었다고 한다. 사에코는 "듣고 보니……"라고 중얼거렸다. 에가미 선배가 던진 돌멩이 덕분에 자리가 웅성웅성 소란스러워졌다.

"그래서…… 그게 문제가 되나요?"

내가 살짝 묻자 부장은 "응."이라는 대답을 끝으로 입을 다문 채 생각에 잠기고 말았다. 품새가 이상하다. 기쿠노가 나와 같은 질문을 하자, 부장은 적당히 대답했다.

"별 의미는 없습니다. 문득 생각이 나서 사실 여부를 확인하고 싶었던 것뿐입니다."

이런 식으로.

중단되었던 점심 식사가 다시 시작되었다. 에가미 선배는 묵묵히 카레라이스를 입으로 옮겼다. 나는 말을 걸려다가 자제했다.

식사가 끝나자 에가미 선배와 내가 뒷정리를 자청했다. 다른 사람들은 뿔뿔이 흩어졌다. 데쓰코가 식당을 나가며 "이래서는 내일까지 범인을 알아내지 못하겠네."라고 말하는 소리가 들렸다. 그럴지도 모른다.

"유이는 내려오지 않았네요."

그릇을 씻으며 말하자 에가미 선배는 또 "응." 하고 무심한 대답을 했다.

"이따가 한 번 더 종유동에 가볼 생각인데 따라오겠어?"

"네. 뭔가 마음에 걸리는 일이라도 있어요?"

그 대답은 명확했다.

"있어."

나는 그 이상 아무것도 묻지 않았다. 접시를 닦는데 점점 가슴이 두근거렸다. 에가미 선배는 뭘 알아낸 걸까? 그걸 알려주는 순간을 간절히 기다리는 마음으로, 뽀득뽀득 소리를 내며 꼼꼼히 접시를 닦았다.

뒷정리를 마친 우리는 회중전등을 들고 저택을 나가려 했다. 그때 복도 끝에 이상한 그림자가 보였다. 아니, 그리 신기한 건 아니다. 고비시가 물구나무를 선 채로 걷고 있었다. 처음 보는 에가미 선배는 무심결에 발길을 멈추었다.

"이 마을의 가브리엘 게일인가?"

부장은 복도 반대편을 바라보며 말했다. 나하고 똑같은 연상이다. 가브리엘 게일은 G. K. 체스터튼의 형이상학적 추리소설 《시인과 광인들》에 등장하는 별종 탐정으로, 화가 겸 시인이다. 물구나무를 서는 버릇이 있다. 게일은 말한다. "거꾸로 보면 사물이 자연 그대로 보입니다. 그렇습니다. 이 점은 미술뿐만 아니라 철학에서도 진리입니다." 고비시도 비슷한 소리를 했었지.

에가미 선배는 걸음을 떼었다. 나도 따라서 저택을 나섰다.

"동굴 안쪽의 그 살인 현장은 역시 범인에게는 작품이었을지도 몰라."

걸어가면서 부장은 띄엄띄엄 말했다.

"그곳에는 마을의 아티스트들이 열중하는 예술이 전부 모여 있었어. 고토에 씨의 향수, 오노 씨의 벽화는 물론이고 나머지 사람들이 다루는 분야도 있었지. 물방울이 연주하는 음악, 물구나무서서 추는 무용, 그 모든 것이 어우러져 완성된 작품. 전부 다 있어."

그것은 시체를 발견했을 때 나도 느꼈던 점이다.

"범인은 작품을 창조하고 싶었던 걸까요? 시체를 소재로 삼아……."

"〈지옥의 묵시록〉에 진짜 시체가 나왔던 걸 기억해?"

나는 고개를 끄덕였다. 말런 브랜도가 연기한 광기 어린 커츠 대령이 메콩 강 상류에 건설한 천년왕국에 주인공이 도착하는 장면이다. 광기의 희생자들이 알몸으로 어떤 이는 강에 떠 있고, 어떤 이는 나무줄기에 매달려 있었다. 프랜시스 코폴라 감독은 그 장면을 사실적으로 연출하려고 진짜 시체를 사용해 물의를 일으켰다.

"코폴라는 돈으로 시체를 조달했다고 했죠. 이번 사건의 범인은 자기 손으로 시체를 만들어낸 건가요?"

에가미 선배는 예스, 노로 대답하지 않았다.

"누가 범인인지 계속 생각하고 있어. 이제 한 걸음이면 알 것 같아. 하지만 어째서 범인이 오노 씨를 죽인 후에 그렇게까지 철저하게 장식했는지 이해가 안 가. 어떤 부분은 납득이 가지만."

"누가 범인인데요?"

그렇게 물었을 때, 우리는 제1출입구 앞에 도착했다.

네 번째쯤 되니 동굴을 걷는 일도 다소 익숙해졌다. 나는 말 없는 에가미 선배의 뒤를 따라 잠자코 걸었다. 시체가 일어나 배회하지는 않을까 하는 어린애 같은 공상에 겁먹는 일도 없었다.

에가미 선배는 수첩으로 확인하면서 길을 골랐다. 물론 살인 현장인 바위의 대가람으로 향하는 것이리라. 좌우에 나타난 작은 동굴은 전부 무시하고 걸어갔다. 이윽고 천 첩 바닥과 백 장 접시가 나왔다. 몇 번을 보아도 소름 끼칠 정도로 아름답다. 하지만 지금 빠른 걸음으로 전진하는 에가미 선배의 안중에 그 꿈같은 광경은 전혀 없는 듯했다.

기묘한 광경을 지나 잠시 후 에가미 선배가 멈춰 섰다. 의미가 있는지 없는지는 모르겠지만 천장과 암벽에 불빛을 비추었다.

"마리아."

"왜요?"

부장이 이름을 부르자 살짝 몸이 떨렸다. 아래쪽에서 누런 불빛을 받고 있는 에가미 선배의 얼굴이 평소와 달라 보였기 때문이다.

'이 사람은 틀림없이 에가미 선배야.'

나는 스스로를 타일렀다.

"여기서 잠깐 기다려줄래?"

나는 "네?" 하고 소리를 높였다.

"아주 잠깐만."

"에가미 선배, 어딜 가려고요?"

나는 겁에 질려 날카로워지려는 목소리를 애써 억눌렀다.

"요 앞 좀 보고 올게. 기다려."

"왜 혼자 가요? 여기까지 왔으니 저도 같이 갈래요."

이런 땅 밑에서 혼자 남는다니 말도 안 된다. 나는 데려가 달라고 두 손 모아 빌고 싶었다.

"이유가 있어. 나중에 얘기할 테니까."

그렇게 말하더니 부장은 훌쩍 몸을 돌려 어둠 속으로 걸어갔다. 허둥지둥 뒤를 쫓으려다가 간신히 멈췄다. 그 이유인지 뭔지를 듣기 위해 조금만 참아보자고 각오를 다졌다. 하지만 부장이 구불구불한 길로 들어가 불빛이 사라지자 대번에 불안해졌다. 어째서 합당한 이유가 있다면 그걸 먼저 말해달라고 하지 않았을까. 그런 후회를 했다. 발소리는 곧 사라졌고, 멀리서 물이 흐르는 소리만 남았다.

암흑세계에 홀로 남은 나는 시곗바늘을 보며 기다렸다. '아주 잠깐'은 몇 분인지 물어볼걸 그랬어, 이런 한심한 생각을 하면서. 이윽고 나온 결론. 에가미 선배가 말한 '아주 잠깐'은 2분 11초였다. 어둠 저편에서 부장이 나를 불렀다.

"어이, 마리아, 그쪽에서 찾아올래?"

그쪽에서 찾아올래? 이봐요, 얘기가 다르잖아. 하지만 싫다고 해봤자 달라질 게 없다. 무엇보다 어둠 속에서 혼자 화를 내는 꼴도 우습다. 나는 "네에." 하고 볼멘소리로 대답하고 목소리가 난 쪽으로 걸어갔다.

이윽고 길이 오른쪽과 왼쪽으로 갈라졌다. 부장의 불빛을 기준 삼아 걸어갈 심산으로 나는 양쪽 길의 안쪽을 들여다보았다. 하지만 불빛은 보이지 않았다. 길이 구불구불 꺾인 탓이다. 나는 큰 소리로 에가미 선배의 이름을 불렀다. 메아리 속에서 대답을 들으려고 귀를 기울였다. 기가 막히게도 신사인 줄 알았던 선배는 아무 대답도 해주지 않았다.

"에가미 선배, 대답해주세요!"

역시나 대답이 없다. 단지 희미한 발소리만 들렸다. 애가 타게도 그것이 좌우 어느 쪽에서 나는 소리인지 판단이 서지 않는다. 장난을 치는 걸까? 그렇다면 악취미에도 정도가 있지.

"오른쪽으로 갑니다!"

그렇게 고함친 나는 고민을 접고 걸음을 뗐다. 기억을 근거로 바위의 대가람으로 가는 코스를 선택했다. 걸어가면서도 부장의 이름을 부르지는 않았다. '에가미 선배, 어디예요?' 하고 부를 줄 알고? 절대 아니다.

심술쟁이 선배가 든 불빛은 좀처럼 보이지 않았다. 계속 전진하고 있는 걸까? 설마! 그런다면 악마나 다름없지. 그럼 길을 잘못 들었나?

"에가미 선배!"

나는 고집을 버리고 외쳤다. 이름을 부르며 안으로 걸어갔다. 대답이 없다.

'사고라도 났나……?'

나는 다른 불안에 휩싸였다. 역시 신사가 맞는 선배는 발을 헛디디고 넘어져 머리를 부딪치고 뻗어 있는 게 아닐까? 만약 그렇다면 이쪽에서 구하러 가야 한다.

그런 책임감을 느낀 순간 세상에나, 내가 미끈한 바닥에 발을 헛디뎠다. "꺅!" 내 비명의 메아리를 들으며 엉덩방아를 찧었다. 회중전등이 손에서 떨어져 데굴데굴 굴러간다. 빛의 원은 엉뚱한 방향을 비추었고, 어둠이 나를 손바닥 안에 감쌌다.

비틀거리며 엉거주춤한 자세로 전등을 주우러 가려는데 발소리가 들렸다. 어느 쪽에서 나는지 바로 알지는 못하겠다. 나는 동작을 멈추고 귀를 기울였다. 뒤다. 지금 왔던 방향에서 다가온다.

'에가미 선배야.'

달리 누가 있겠어? 부장밖에 없어. 그렇게 생각하면서도 내 몸속에 급속히 분비되는 아드레날린을 느꼈다. 만약에 에가미 선배가 아니라면? 이쪽으로 다가오는 발소리의 정체가 에가미 선배를 습격해 기절시키고, 내게 위해를 가하려고 쫓아오는 거라면? 그런, 그런…….

어쨌든 전등부터. 내딛은 발이 또 미끄러졌다. 이번에는 무릎을 호되게 박고 얼굴을 일그러뜨렸다. 그래도 이를 악물고 소리는 내지 않았다.

발소리는 10미터쯤 뒤쪽의 모퉁이 너머에서 들려왔다. 그 누군가가 가진 불빛이 암벽을 비추었다. '에가미 선배죠?' 하고 물으려 해도 목소리가 나오지 않는다. 나는 그 불빛을 바라보며 앞으로 기어갔다.

모퉁이를 돌아 그림자가 나타났다. 불빛이 지면을 훑으며 다가왔지만 그게 누구의 윤곽인지 알 수 없었다. 주먹만 한 둥근 돌이 손에 닿았다. 상대가 위험한 인물일 경우에 대비해 나는 그 돌을 움켜쥐었다. 불빛은 이미 내 발치까지 성큼 다가왔다.

이쪽으로 향하는 발소리를 들은 지 고작 10여 초밖에 지나지 않았을 텐데, 혼란스러운 내게는 몇 분처럼 느껴졌다.

"누구?"

목소리가 나왔다.

"뭐야, 거기 있었어?"

에가미 선배의 목소리다.

"에가미 선배?"

"당연하잖아."

부장은 자기 턱밑에 회중전등 불빛을 쏘았다.

"자, 잠깐만요!" 나는 손을 설레설레 휘저었다. "그런 식으로 비추지 마요!"

 가슴에 손을 얹고 박동이 잦아들기를 기다렸다. 안정을 되찾자 항의하려 했다. 어째서 날 내버려두고 갔어요, 어째서 불러도 대답해주지 않았어요, 하고.

 하지만……

 그런 항의에 앞서, 에가미 선배가 내게 말했다.

 "범인을 알아냈어."

## 독자에 대한 첫 번째 도전

오노 히로키를 살해한 사람은 누구인가?
에가미 지로와 똑같은 논리의 길을 따라 지적해주기
바란다. 당신과 그의 조건은 완벽하게 대등하며, 지금
까지 거론되지 않은 사실을 그가 독점하는 일은 없다.
이 시점에서 모든 문제에 해답을 낼 필요는 없거니와,
또한 그것은 불가능하다.
독자에게 요구하는 답은 단 하나.
누가 오노 히로키를 살해하였나?

제11장

# 배달되지 못한 편지 - 아리스

/ 1 /

호사카 아케미의 이야기를 들으러 가려는 찰나에 전화가 울렸다. 혹시나 기사라 마을과 연결된 건가 싶어 와락 수화기를 붙잡았더니 아래층 주인아주머니였다. 형사가 만나러 왔다고 한다. 뭔가 우리에게 추가해야 할 질문이 생긴 모양이다.

아래로 내려가니 누마이와 후지시로, 여름 감귤과 삶은 달걀이 나란히 현관에 서 있었다. 질문을 받고 있었는지 주인아주머니가 형사들과 마주 보고 있다. 우리를 본 누마이가 친구처럼 스스럼없이 장갑 낀 오른손을 들었다.

"두세 가지 여쭙고 싶은 게 생겨서요."

누마이는 왼손에 들고 있던 물건을 얼굴 높이까지 들어 보였다. 접힌 편지지와 그것이 들어 있었던 것으로 보이는 봉투. 그 봉투에 적힌 수신인은 청양사 잡지 편집부, 야마모토 편집장이었다.

"이걸 본 적이 있습니까?"

있다고 우리는 대답했다.

"언제, 어디서 보셨습니까?"

오다에게 대답 임무를 맡기기로 했다.

"어제 저녁입니다. 아이하라 씨가 주인아주머니에게 '이걸 부쳐주시겠습니까?' 하고 부탁하는 모습을 봤어요."

"그때 이것을 직접 손에 들고 본 건 아니지요? 확실히 이것이 맞습니까?"

누마이는 '이것'이라고 말할 때마다 손에 든 편지를 살짝 흔들었다. 그 동작이 위압적이라 나는 썩 기분이 좋지 않았다.

"손에 들고 보지는 않았지만 뭘까 궁금해 수신인을 봤습니다. '아, 그 사진 잡지를 낸 출판사구나.' 하고 인상에 남아 있어서 기억합니다."

"오른쪽으로 비스듬히 기운 우표가 붙어 있지요? 전 그것도 본 기억이 나요."

주인아주머니가 끼어들었다. 우체통에 넣으러 간 사람은 주인아주머니이니 그 증언이 가장 확실하리라. 경찰은 주인아주머니까지 의심해 제삼자의 증언과 대조할 심산일까?

나는 문제의 우표를 보았다. 우표까지는 기억에 없었지만 말마따나 20도쯤 오른쪽으로 기울어 있었다. 신경질적인 사람이라면 '이렇게 붙인 편지는 도저히 우체통에 넣을 수 없어.' 하고 스스로에게 재작업을 명령할지도 모른다. 우표에는 소인이 없었다.

누마이가 우리 세 사람에게 설명했다.

"방금 주인아주머니에게 어제 저녁 피해자가 편지를 보내달라고 부탁했다는 말을 듣고 우체국에 가서 확보했습니다. 아직 우체국에 남아 있을 거라 판단하고 물어보니 예상대로 우체통에 그대로 들어 있더군요. 산사태로 집하가 지연되어 다행히 이놈을 추적하는 수고를 덜었습니다."

누마이는 '이놈'이라고 하면서 다시 그 편지를 좌우로 흔들었다.

"물론 이 편지를 개봉하기 위해 수취인인 청양사의 야마모토 씨에게 전화를 걸어 양해를 얻었습니다."

후지시로가 누마이의 이야기를 보충했다. 그야 당연한 조치겠지.

"그 편지에는 어떤 내용이 적혀 있던가요?"

나는 수사상의 기밀이라며 알려주지 않을지도 모른다고 생각하면서도 물어보았다. 하지만 보여줄 마음이 없다면 안에 들어 있던 편지지까지 꺼내 눈앞에서 팔랑이지는 않겠지.

누마이는 편지지를 펼쳐 보여주지는 않았지만 내용은 말해주었다.

"별 내용 아닙니다. '취재에 애를 먹고 있지만 조만간 성과가 있을 것 같습니다. 다음 주 호에 맞추기는 어려울지도 모릅니다. 10일까지는 어떻게든 하겠습니다.' 대충 그렇습니다. 이 부근의 관광 안내 팸플릿이 같이 들어 있었습니다. 이 여관에도 비치되어 있는 전단지 같은 물건이지만요."

뭔가 이상하다. 같은 생각을 했는지 오다가 물었다.

"고작 그뿐인데 편지에 적어 도쿄로 보내려 했다니 이상하지 않습니까? 관광 안내 팸플릿도 서둘러 보낼 필요가 있었을 것 같지는 않고, 그 정도 연락이라면 전화 한 통으로 끝날 텐데요."

"그 이유도 적혀 있습니다. '이쪽은 현재 호우 때문에 전화가 불통입니다. 언제 복구될지 확실치 않아 서둘러 편지로 연락드립니다.'라고요."

일단 그럴싸한 이유로 보였다. 전화가 불통이라는 말은 그 편지를 어제 오전 11시 반 이후에 썼다는 뜻일까? 아니, 조금 더 좁힐 수 있을지도 모른다.

"편지 실물을 보여주실 수 없나요?"

나는 부탁해보았다. 누마이의 눈동자가 의미 없이 흘깃 움직였다. 어째서냐고 말하고 싶었는지도 모르지만 잠시 후, 내용을 전했으니 실물을 보여줘도 마찬가지라고 생각을 바꾼 듯했다. 누마이의 머릿속에서 파란 신호에 불이 들어왔고, 편지가 속을 드러냈다.

"불에 쬐면 글자가 드러나는 편지도 아니고, 특별한 점은 없습니다."

누마이가 한마디 덧붙였다.

'전략'으로 시작해 '총총'으로 끝나는 짧은 편지는 누마이가 말해준 내용이 전부였다. 날짜는 없다. 조잡하게 붙인 우표와 어울리지 않는 꼼꼼한 해서체 글자가 한 줄 간격으로 공백을 두고 늘어서 있었다. 봉투의 글자와 똑같아 보이는 필적. 예상대로다.

"아이하라 씨가 이 편지를 쓴 건 어제 오전 11시 반부터 오후 3시 사이예요."

나는 결론만 말했다. 천천히 입을 벌리던 누마이보다 후지시로가 한발 먼저 물었다.

"당신이 그걸 어떻게 압니까?"

잘난 척하며 설명할 만한 일도 아니다. 나는 애써 담담하게 말했다.

"전화가 끊어진 게 오전 11시 반쯤이었어요. 편지 속에서 그 점을 언급하고 있으니 11시 반 이후에 썼다는 사실은 분명해요."

"3시 이전에 썼다는 건?"

이런 질문으로 말허리를 자른다.

"아이하라 씨가 계단에서 굴러떨어진 게 그 시간이기 때문이에요. 아이하라 씨는 오른쪽 어깨를 다쳤으니 그 이후에는 이렇게 꼼꼼한 글자를 쓰지 못했을 거예요. 그러니 오전 11시 반부터 오후 3시 사이라는 뜻이 됩니다."

두 형사는 저마다 수첩에 서둘러 메모를 했다. 납득한 모양이다. 다만 아이하라가 언제 편지를 썼는지, 몇 시 몇 분 몇 초인지까지 알아낸다고 해서 그게 과연 사건 해결에 도움이 될지는 내가 장담할 수 있는 부분이 아니었다.

"그나저나 아주머니."

누마이가 부르자 주인아주머니는 등줄기를 폈다.

"이 봉투와 편지지, 그리고 우표는 당신이 피해자에게 준 물건이지요? 언제 건네줬습니까?"

주인아주머니는 다소 긴장한 표정으로 허벅지 부근의 치마 주름을 펴며 대답했다.

"그저께 밤이었어요. 상을 치우러 방에 갔을 때요. 9시 전이었던가……."

우리가 비를 헤치며 기사라 마을에 잠입했을 때다.

"그때 상황을 조금 더 상세하게요."

"예. '죄송하지만 편지를 쓰고 싶어서 그러는데 봉투하고 편지지, 우표 좀 주시겠습니까?' 하고 부탁하더군요. 한 통

쓸 분량을 가져갔더니 '한 통 더.'라고 하시기에 그렇게 드렸더니, 우표 값하고 수고비인지 천 엔을 주셨어요. 저는 우표 값이면 된다고 말씀드렸지만요."

"한 통 더. 다시 말해 피해자는 편지를 두 통 보낼 생각이었군요?"

"그랬겠지요. '한 통 더.'라고 했으니까요."

형사들은 얼굴을 마주 보며 눈짓으로 뭔가 이야기했다. 나는 추측했다. 아마도 아이하라의 소지품 속에 사용하지 않은 편지지는 없었으리라. 그리고 사용한 그 편지지를 우체통에 넣은 흔적도 없는 게 분명하다.

두 사람은 주인아주머니 쪽으로 몸을 돌리더니 나란히 수첩을 덮었다. 누마이가 별로 어울리지 않게 인사치레로 미소를 지었다.

"협력해주셔서 고맙습니다. 그 전화 건으로 생각나는 점이 있으면 바로 저희에게 연락 주십시오. 야마모토 편집장의 전화가 아니었던 것 같으니까요."

주인아주머니는 "예."라고 답하며 가볍게 고개를 숙였다.

형사가 떠나자 모치즈키가 나보다 한발 먼저 주인아주머니에게 물었다.

"저기요, 아주머니. 형사님이 마지막에 말한 '그 전화 건'이라는 건 대체 뭔가요?"

안으로 돌아가려던 주인아주머니는 걸음을 딱 멈추었다. 손님의 질문에 응해야 한다는 의무감을 느끼는 모습이다.

"아이하라 씨에게 전화가 왔거든요. 억누른 것처럼 이상한 목소리였어요."

그 목소리를 떠올렸는지, 주인아주머니는 눈살을 찌푸리며 찜찜한 표정을 지었다.

"그건 언제였습니까?" 모치즈키는 질문을 계속했다.

"그것도 그저께 밤이었어요. 8시쯤이었네요."

아이하라가 편지를 쓸 봉투와 편지지가 필요하다고 말하기 한 시간 전이다. 전화와 편지는 뭔가 연관이 있을까? 누마이는 '야마모토 편집장의 전화가 아니었다.'고 했다. 누마이도 그 둘의 연관성이 마음에 걸린 모양이다.

"억누른 것처럼 이상한 목소리라면, 부자연스러운 목소리였나요?"

주인아주머니는 크게 고개를 끄덕였다.

"네, 부자연스럽다기보다 소름 끼치는 목소리였어요. 남자인지 여자인지, 청년인지 노인인지도 알 수 없는 목소리. 봄에는 말이죠."

주인아주머니가 갑자기 창밖을 가리켜서 우리는 고개를 돌려 그쪽을 보았다.

"저기 논에서 개굴개굴하고 요란한 개구리 소리가 들려와요. 도시에서 온 어린아이들은 무서워할 정도로 대합창을 하죠. 전화 목소리도 그 개구리 울음소리처럼 이상한 목소리였어요."

화들짝 놀라 다시 창문을 돌아보는 일은 없었다.

"그 개구리 인간은 뭐라고 하던가요?"

"아뇨, 제게는 아무 말도. 다만 '그쪽에 묵고 계신 아이하라 씨를 바꿔주십시오.'라는 말뿐이었어요."

직접화법 부분에서 주인아주머니는 개구리 인간의 목소리를 재현하려 애썼지만 소름 끼친다기보다 한심하게 들렸다.

"아이하라 씨가 편지를 보내고 싶다고 했을 때, 그 사람은 평소와 다름없는 모습이었나요? 심기가 불편했다거나 걱정스러운 얼굴이었다거나, 그 반대로 기쁜 일이 있는 것 같았다거나……."

"글쎄요, 잘 모르겠던데요. 평소와 다름없었을 거예요."

모치즈키가 감사를 표하자 주인아주머니는 천만의 말씀이라며 안쪽으로 사라졌다. 우리는 현관 앞에 서서 떠들기 시작했다.

"남녀노소 여부도 분간할 수 없는 억누른 목소리. 이런 걸 미스터리에서는 범인의 목소리라고 하지 않냐?"

모치즈키가 동의를 구했지만 그런 건 단정 지을 수 있는 문제가 아니다. 다만 누가 봐도 수상쩍다는 사실은 분명했다.

"그 전화하고, 편지를 쓰려고 했던 아이하라 씨의 행동은 관계가 있다고 생각해요?"

내가 묻자 모치즈키는 자신만만하게 "물론."이라고 대답했다. 근거 없는 자신이다.

"글쎄요. 전화를 건 상대가 무슨 말을 했기에 아이하라 씨가 잡지 편집장에게 편지를 쓸 마음이 들었을까요? 전화 상대, 즉 범인은 편집장과 관계있는 인물이고, '놈에게 암호문으로 연락해라.'라는 지시라도 내린 건가요?"

"그건 비현실적이야."

모치즈키는 시원한 얼굴로 말했다. 그렇다면 전화는 무슨 의미를 지닌다는 말이지?

"아이하라 씨는 편지를 두 통 보낼 생각이었던 것 같아. 개구리 목소리의 전화가 내린 지시는 쓰지 못한 나머지 한 통의 편지와 상관있을지도 몰라."

"아무 상관도 없는 거 아냐?" 오다가 머리 굴리기 귀찮다는 듯이 말했다. "개구리 목소리가 누군가에게 연락을 취하라고 했다면 전화를 걸면 되잖아. 그저께 밤에는 전화가 통했어. 베이징이든 런던이든 전화하면 그만이지."

모치즈키가 잘난 표정으로 반박했다.

"전화가 통하는 상대가 아니었을지도 모르지. 뉴욕이든 예루살렘이든 전화야 어디든 할 수 있었겠지만, 상대가 자리를 자주 비워 통화를 기대할 수 없었을지도 모르잖아. 전화가 통하지 않을 것 같으면 편지를 쓸 마음이 들지 않겠냐? 어때, 아리스?"

"그럴싸한데요?" 일단은 인정했다. "그런데 모치 선배는 방금 '쓰지 못한 나머지 한 통의 편지'라는 시적인 표현을 썼는데, 아이하라 씨는 정말 나머지 한 통의 편지를 쓰지 않았을까요?"

"형사가 나머지 한 통의 편지에 대해 아무 말도 없었잖아. 잠깐, 검토해보자. 아이하라 씨가 두 통을 쓸 수 있는 봉투와 우표를 주인아주머니에게 받은 게 그저께 밤. 그날 밤 아이하라 씨가 이미 미지의 인물 X에게 편지를 썼다고 가정해보자. X에게 편지를 쓴 동기는 개구리 목소리가 전화로 내린 지시 때문이다. 아이하라 씨가 그 편지를 이튿날 아침 바로 우체통에 직접 넣으러 갔다면 그 편지는 지금 어디에 있을까?"

"아직 우체국이겠지요. 어제는 정전과 산사태로 하루 종일 난리법석이었으니 마을 밖으로 나가지 않았을 거예요."

"그런가? 산사태라고는 해도 낮에는 자동차 통행이 충분히 가능했어. 실제로 니시이 씨는 오후에 훌쩍 찾아왔잖아. 우체국 자동차도 마을을 출입할 수 있었을 테지."

"가능은 했겠지만 일단 통행금지였어요. 위험을 무릅쓰면서 얼마 되지 않는 우편물을 운반했을까요?"

"빠른우편은 운반하지 않을까?"

모치즈키가 약간 어물쩍거렸다. 이런 문제는 여기서 입씨름해봤자 아무 소용도 없으니 정 알고 싶으면 우체국에 문의라도 하면 되지 않나? 그런 생각을 하면서 나는 반론했다.

"그럴지도 모르지만, 아이하라 씨가 만일 다른 편지를 우체통에 넣었다고 쳐도 빠른우편은 아니에요. 주인아주머니는 일반우편 두 통 분량의 우표밖에 건네지 않았으니까요."

"아하, 과연."

"그보다 전 마음에 걸리는 문제가 있어요. 아이하라 씨가 두 통을 쓸 봉투와 우표를 요구했다는 말을 듣고, 두 형사가 수상하다는 듯이 얼굴을 마주 보던데요. 어째서 수상하게 생각했을까 추측해봤는데, 그건 아이하라 씨 소지품 속에 새 봉투나 편지지가 보이지 않았고, 또 우체통에 넣은 흔적도 없었기 때문 아닐까요?"

"처음부터 끝까지 추측이네. 그러면 어떻게 되는데?"

"더더욱 영문을 알 수 없게 될 뿐이죠."

"배달되지 못한 한 통의 편지. 썼는지 안 썼는지, 부쳤는지 안 부쳤는지도 모를 또 한 통의 편지. 그렇다는 거지?"

"그 표현, 넘치도록 시적이네."

오다가 놀렸다. '넘치도록 시적이네.'라는 야단 역시 한심해서 시적일 정도다.

"아무래도 상관없지만 언제까지 현관 앞에 멀거니 서서 이야기할 거야? 수사 회의를 계속할 생각이면 하다못해 우물 옆으로라도 이동하자고."

오다의 말에 모치즈키는 오케이라는 듯이 집게손가락을 세우고는 '자, 나가자.' 하고 말하는 것처럼 그대로 문밖을 가리켰다.

/ 2 /

3시의 티타임이 끝나가는 참이었던 모양이다. 그럴 때 얼굴을 내민 우리에게 아케미는 새로 세 사람 몫의 홍차를 끓여주었다. 미안해하고 있는데, 나카오 의사가 건포도가 든 고급스러운 카스텔라를 잘라서 내주었다.

"아케미 씨 알리바이까정 묻다니 우짤 노릇이고. 범인이 퍼뜩 잡혀야 할 긴데, 원."

의사는 그렇게 말하며 하마처럼 입을 쩍 벌리고 하품을 했다. 밤을 새웠으니 그럴 만도 하다. 그나마 오전에는 휴진 팻말을 걸었지만 오후부터는 아케미와 둘이서 보험 사무 처리를 했다고 한다. 선잠도 우리보다 얼마 못 잤을 것이다.

"그게…… 아케미 씨 알리바이를 물었다는 건, 아이하라 씨의 정체를 알고 있었기 때문이지요?"

모치즈키가 홍차에 우유를 넣으며 물었다. 아케미는 립스틱을 연하게 바른 입술에 살짝 미소를 띠며 의자에 앉았다.

"그렇겠죠. 그 사람을 잘 아는 인물이라고 판단했을 거예요. 상대적으로는 그 말이 맞죠."

나카오가 재차 하품을 하며 말했다.

"뭐 이런 민폐가 다 있노. 아케미 씨 맨치로 이래 젊은 아가씨가 그리 끔찍시런 짓을 할 수 있다고 생각하는 기 제정신입니꺼? 해 떨어진 후에 폐교에 가지도 몬할 틴데."

"사람은 죽일 수 있어도, 해가 떨어진 후에 거기에 가지는 못하겠죠."

아케미는 포기했다는 듯이 두 어깨를 들썩였다.

"경찰의가 내린 사망 추정시각은 나카오 선생님의 소견보다 폭이 컸다고 들었습니다."

모치즈키의 말에 의사는 "그란 것 같더구마요." 하고 무표정하게 대답했다.

"그래서 저희 세 명의 알리바이는 이제 무용지물이에요. 뭔가 새로운 사실을 발견해 폭이 커진 걸까요?"

"그기 아일 깁니더. 경찰의보다 대여섯 시간이나 빨리 검시한 내 소견을 택하지 않은 이유는 내가 직접 사건에 연루되었을 가능성을 고려해가꼬 그리 신용하지 않겠다, 그 말 아이겠십니꺼? 뭐할라꼬 밤새 시체를 지키라 했는지 묻고 싶은 심정이라예."

나카오는 투덜대면서 연방 하품을 내뱉었다. 보고 있는 나까지 졸음이 몰려온다.

"이 부근에는 밤에 놀러 갈 만한 곳도 없으니 알리바이가 있는 쪽이 부자연스러워요."

아케미가 말했다. 그녀 역시 알리바이가 없나 보다.

"아케미 씨는 7시에 귀가한 후에 내내 집에 계셨습니까?"

모치즈키가 물었다.

"예. 바로 식사 준비를 해서 다 먹고 나니 8시쯤. 그 후에 아버지와 어머니는 텔레비전을 보셨지만 저는 설거지를 뒤로 미루고 방에서 책도 보고 멍하니 시간을 보냈어요. 비좁은 단층 가옥이지만 로미오가 와서 저를 끌어내도 부모님은 모르셨을 거예요."

우리가 이 마을에 찾아와 아케미를 처음 만났을 때와 비교하면 훨씬 허물없는 말투였다. 비슷한 또래라는 친근감이 더 큰 것이다. 이 마을에서는 우리와 동년배인 남자를 거의 보지 못했다.

"방에 혼자 있었다고 알리바이가 성립하지 않는 게 아니에요." 모치즈키도 편한 말투로 설명했다. "가족 셋이서 내내 실뜨기 놀이를 했다라고 증언해도 경찰은 부모님의 진술을 신용하지 않을 테니까요."

 다르질링 홍차의 향기, 스푼이 잔에 닿는 앙증맞은 소리, 화제의 중심은 살인 사건이지만 편안한 대화. 느긋한 오후의 이 한때에 형사들은 흐린 하늘 아래서 인간 사냥에 열을 올리고 있겠지.

"라디오 뉴스 들으셨어요?"

 우리가 자고 있는 사이에 나온 뉴스에 대해 아케미가 이야기해주었다. '아이하라 씨가 모종의 거래를 둘러싼 시비로 살해되었을 가능성이 높다.'고 했단다. 경찰은 아이하라가 기사라 마을에 있는 지하라 유이에 대한 특종을 노리고 있었다는 사실은 숨겼다. 하지만 아이하라가 기사라 마을과 아무 상관 없는 '사건'에 휘말렸을 가능성을 과연 쉽게 찾을 수 있을까?

 나카오가 입을 열었다.

"온 동네를 탐문한다 카면서 돌아댕기고 있십니더. 이 마을이 생긴 이래로 이런 난리통은 첨이라예. 신문기자도 들어왔으니 말 다 했제. 수상한 사람 못 봤느냐고 묻고 다닌다 카던데, 그런 사람이 들어오면 금방 알지 와 모르겠십니꺼. 증인이 나타날 만도 한디 말입니더."

"아이하라 씨가 이 마을 사람하고 말다툼을 벌인 적은 없지요?"

내 질문에 나카오는 그렇다고만 대답했다. 그렇다면 역시 결렬된 거래라는 건 기사라 마을과 얽힌 문제가 아닐까? 아이하라는 외부에 편지를 쓰려 했던 모양이지만, 외부에서 들어온 사람도 없는 듯하고 마을 주민의 원한을 사지도 않은 듯하니까.

"경찰은 기사라 마을 사람들과는 연락을 취할 생각이 없습니까?"

오다가 나카오와 아케미에게 물었다. 나카오는 사자춤에 등장하는 사자 같은 얼굴로 하품을 삼키며 대답했다.

"그야 연락은 취하고 싶은 모양이데요. 다리가 떨어졌으니 그짝 주민들 중에 범인이 우예 있겠냐마는 중요한 정보를 제공해줄지도 모른다 안 캅니꺼. 문제는 연락을 취할 방법이라예. 하다못해 전화라도 되면 좋을 긴데, 그것마저 계속 불통이다 아입니꺼. 경찰이 강가에서 확성기로 몇 번 불렀다 카더만 그짝 사람은 코빼기도 안 보인답디다. 저택은 숲 너머 있으니 그럴 만도 하지만서도."

하지만 저택으로 가는 길에도 인가로 보이는 집이 있었다. 그 집까지라면 확성기 소리가 닿아도 이상하지 않다. 이쪽에서 부르는 소리에 기사라 마을이 응답하지 않는 상황이 과연 정말로 자연스러울까?

에가미 선배의 마지막 전화를 떠올렸다.

'문제가 생겼다.'

문제라니 뭐지? 그 문제 때문에 그들이 응답하고 싶어도 하지 못하는 상황에 빠졌다고 생각할 수는 없을까? 불안해지려는 내 귀에 나카오의 이런 말이 들렸다.

"사정이 그라니 경찰이 강 건너로 넘어가는 길뿐이라예."

나는 화들짝 놀랐다.

"강 건너로 넘어가요? 그럴 수 있어요?"

"야, 천 길 낭떠러지도 아인데 가능허지 않겄소. 소방대에 도움을 청하지 않을까 싶습니더. 로프를 맞은편 절벽에 걸어 가꼬 삼태기라도 보내면 그만이라예. 전화를 복구할라 캐도 그짝으로 건너가야 쓰니, 시방 그게 젤 급합니더."

"삼태기?"

닌자 저리 가라다. 나는 후지시로라는 옛날 귀족처럼 생긴 그 형사가 끙끙대며 밧줄로 엮은 바구니를 조종해 계곡을 건너는 모습을 상상했다. 코미디가 따로 없다.

"말은 그캐도 로프를 칠라면 맞은편에 상대가 있어야 쓰지 않겠십니꺼? 비도 그으니 그짝 사람들도 실실 기어 나올 만도 한데 말입이더."

"아직 다리가 떨어진 줄 모르는 걸까요······."

아케미가 뺨에 손을 대며 말했다. 그것 역시 생각하기 어려운 상황이다.

'문제가 생겼다.'

에가미 선배의 목소리가 또다시 되살아났다. 젠장, 문제라니 뭐지? 부상자나 병자가 나왔다는 뜻은 아니다. 그랬다면 강기슭에서 고래고래 도움을 요청할 테니까. 그렇다면 뭐지? 어째서 조금 더 힌트를 주지 않았어요? 나는 마음속으로 이 자리에 없는 선배를 타박했다.

"하지마 선상님께 무신 연락 못 받았십니꺼?"

나카오의 질문에 셋이서 "아니요."라고 대답했다.

"여러분하고 작가라 카는 니시이 선상님하고 꼭 좀 놀러오라 카데요."

/ 3 /

우리는 하지마의 집을 방문하지 않았다. 그쪽에서 여관으로 찾아왔기 때문이다.

그날 밤 우리 방에 모인 사람은 하지마, 니시이, 그리고 아케미. 주인아주머니 혼자 요리 6인분을 나르게 하기는 미안해서 아케미와 내가 운반을 도왔다.

"여관으로 오지 않겠냐는 말씀이 어찌나 고마운지. 저희 집은 늘 그렇지만 지저분해서요. 여기라면 느긋하게 이야기도

할 수 있으니 정말 좋군요. 일단 한 잔 듭시다."

맥주 병뚜껑을 뽕뽕 따서 저마다 옆사람의 컵에 따랐다. 우리 여섯은 늘 얼굴을 마주하는 사이는 아니었지만 하지마가 낯을 가리는 소설가에게 이것저것 묻는 사이에 차츰 니시이의 입도 가벼워져, 이윽고 떠들썩한 자리가 되었다.

"여행지에서도 일을 하시다니, 소설가도 꽤 힘든 일이군요. 그래, 그 작품은요?"

"오늘 빠른우편으로 부쳤습니다."

"그렇습니까. 그럼 한시름 덜었겠군요. 산사태가 있었던 모양인데 우체국은 제대로 돌아가려나?"

"오늘은 괜찮더군요. 어제는 보내는 것도 받는 것도 하루 종일 멎었던 모양이에요."

하지마와 니시이의 대화를 들으며 나는 생각에 잠겼다.

어제는 하루 종일 우체국이 마비되었다. 그렇다면 그저께 밤부터 어제 저녁 사이에 아이하라가 써서 우체통에 넣은 편지는 전부 경찰이 회수할 수 있어야 한다. 경찰은 한 통을 회수했다. 그것은 청양사의 야마모토 아무개 편집장에게 보내는 편지로, 어제 저녁 아이하라가 주인아주머니에게 부쳐달라고 부탁했던 물건이다. 두 번째 편지는 없었던 모양이다. 그저께 밤 아이하라가 두 통의 편지를 보내려 했다는 주인아주머니의 증언이 있는데, 두 번째 편지는 어떻게 된 걸까?

우체통에 넣었다면 경찰이 회수했을 테니, 그 편지는 우체통에 넣지 않았다는 말이 된다. 그럼 처음부터 쓰지 않았던 걸까? 그렇다면 아이하라의 유류품 속에서 사용하지 않은 봉투, 편지지, 우표가 나왔을 것이다. 그것이 있었다면 수상한 점은 하나도 없다. 하지만 주인아주머니가 두 통을 쓸 수 있는 봉투와 우표를 아이하라에게 주었다는 말을 했을 때, 얼굴을 마주 보던 두 형사의 행동이 아무래도 마음에 걸린다. 새 편지지를 발견하지 못한 게 아닐까? 새 편지지를 발견하지 못했다는 건 추측에 지나지 않지만, 그렇다면 아이하라는 두 번째 편지를 써놓고도 우체통에는 넣지 않았다는 뜻이 된다. 다 쓴 편지를 우체통에 넣지 않았다면 그 이유는? 상대에게 직접 건넸다? 그건 더더욱 이상하다. 직접 건넨다면 봉투야 그렇다 쳐도 우표는 필요 없었을 텐데. 그렇다면 우체통에 넣을 심산으로 우표도 붙였는데, 상대에게 직접 건넬 기회가 있어 그대로 건넸을 가능성은? 아니다. 만약 그렇다면 편지 수신인이 나쓰모리 마을 주민이라는 말이 된다. 그럼 처음부터 우편으로 부칠 생각을 하지 않았겠지. 제 발로 건네주러 가면 그만이니까. 그 편이 훨씬 빠르다. 하지만 그 상대에게 건넬 편지가 극히 은밀한 내용이고, 갖다 주는 모습조차 남에게 보이고 싶지 않았다면? 다시 말해 시간이 걸리는 우편이라는 방법을 써서라도 극비리에 연락을 취할 필요가 있는 인물에게 보내는 편지였다면 말이 될까? 아니다, 안 된다. 그렇다면—네, 여러분 입을 모아 말씀하세요—전화를 걸면 그만이다. 이 여관의 전화는 0번만 누르면 주인아주머니를 거치지 않고 어디에든 걸 수 있다. 원한다면 얼마든지 비밀 얘기를 할 수 있었다. 포기는 이르다. 상대의 집에 전화가 없었을 가능성은? 안 되려나. 이 문제에 대해서는 후쿠주야의 주인에게 들은 이야기가 있다. '이 마을의 전화 보급률은 백 퍼센트'라지 않던가. 상대에게 전화가 없어서 편지를 보내려 했다가 만날 기회가 있어서 직접 건넸다는 가설도 휴지통으로 직행이다. 그렇다면 아이하라가 일단 두 번째 편지를 썼다가 잘못 써서 찢어버렸을 가능성은? 아니다, 그렇지 않다. 잘못 썼다면 '한 통 더 주실 수 없습니까?' 하고 주인아주머니에게 부탁했을 테니까. 잘못 쓴 게 아니라, 마음이 바뀐 것이다. 그래서 찢어버렸다? 그 잔해가 보이지 않는다면 그 이유는 아이하라가 모종의 비밀을 적었기 때문에 남의 눈에 닿지 않도록 처분했기 때문이다. 이거면 불만 없겠지? 나는 없다.

"어이, 뭘 그리 곰곰이 생각하나, 아리스가와 9단."

정면의 오다가 맥주를 따르려고 손을 뻗고 있었다. 나는 컵을 들었다.

"배달 문제를……."

한 모금 마신 뒤에 기나긴 사고의 결과를 이야기했다. 주절주절 과정을 떠들어봤자 맥주 김만 빠질 테니 결론만을.

"어째서 그런 결론이 나와?"

오다가 야유하듯 실눈을 떴다. 좋다, 그렇다면 맥주 김을 다 빼주마. 나는 사람들을 '아이하라 나오키는 편지를 한 통 더 썼지만, 마음이 바뀌어 찢어버렸다.'는 심오한 사실에 이르는 길고도 험한 여정으로 인도했다.

"아리스가와 씨는 잠자코 있는 내내 그런 생각을 하고 계셨나요……."

아케미가 기가 차다는 듯이 말했다. 결코 존경하는 눈치는 아니다.

"아리스, 거기서 한 걸음 더 나아가야지." 모치즈키는 이야기가 진전을 보이자 흥미를 느낀 모양이다. "아이하라 씨가 마음을 바꾼 이유는 뭐지?"

"그건 모르죠. 사람 마음은 흔히 바뀌니까요. 연애편지를 쓰려다가 부끄러워졌는지도 모르고……."

아직 거기까지는 생각하지 않았다. 하지만 이 문제만은 지금 냅다 되받아친 말처럼 생각해도 알 수 없는 일인지도 모른다. 내가 탄 기차는 힘겹게 숨을 몰아쉬며 종착역에 도착했다.

에가미 선배가 이곳에 있었다면 어떤 추리를 보여주었을까? 마리아는 웃으며 그 선배를 '추리소설연구회의 스너프

킨'이라고 말한 적이 있다. 에가미 선배라면 낚싯줄을 드리우면서 처음부터 '그 카메라맨은 마음이 바뀌어 편지를 찢어버린 거야.'라고…… 말할지 어떨지 모르겠다. 그 선배라면 어떻게 생각할까? 어디에서 돌파구를 찾아낼까?

하지마가 빈 병을 테이블 밑에 내려놓으며 입을 열었다.

"배달이라고 하니 말인데, 무로키 씨 알죠? 우체국 직원. 그 사람 알리바이도 조사해 갔다는군요. 오늘 저녁 우체국에 돈을 찾으러 갔을 때 들었습니다. 안쪽에 있다가 제 얼굴을 보자마자 창구까지 나와서 '선생님, 우짜면 좋습니꺼.' 하고 말하더군요."

무로키가 후쿠주야에 나타난 것은 9시 경. 그 이후에는 우리와 함께 술을 마셨으니 어엿한 알리바이가 있지만, 문제는 후쿠주야에 오기 전에 어디에서 무엇을 했느냐다. 하지마가 들은 바에 따르면 5시에 일을 마치고 집에 돌아가 선잠을 잤다고 한다. 눈을 뜬 시간이 7시 반쯤. 간단히 식사를 마치고 텔레비전을 보다가 문득 술 생각이 났다. 오늘 밤은 문을 닫았겠지 싶었지만 밑져야 본전이라는 생각에 후쿠주야에 가 보니 열려 있었다. 하지마와 마찬가지로 독신인 무로키의 행동을 낱낱이 증언해줄 사람은 없다. 무로키가 '선생님, 우짜면 좋습니꺼.' 하고 시름을 털어놓았을 때, 하지마 역시 '같은 처지네요.' 하고 쓴웃음을 지었으리라.

"맞다, 무로키 씨 하니 말인데."

하지마는 '하니 말인데'라는 말로 화제를 전환하는 게 버릇인가 보다. 들고 있던 커다란 갈색 봉투를 바스락거리며 뭔가를 꺼냈다. 책이다.

"여러분께 이걸 보여드리려고 가져왔습니다. 후쿠주야에서 말씀드렸던 '팔레 이데알'의 사진이 실려 있어요."

하지마는 그렇게 말하며 A4 가로 크기의 책을 옆에 앉은 모치즈키에게 건넸다. 나와 오다는 일어서서 모치즈키 뒤로 돌아가 책을 들여다보았다. 《건축의 몽상》이라는 제목. 모치즈키가 페이지를 넘기자 고금동서의 장려하고도 기괴한 건축 도판과 사진이 차례로 나타났다. 진시황제의 아방궁, 고대 로마 황제 하드리아누스의 천사의 성산탄젤로 성, 루드비히 2세의 린더호프 성, 안토니오 가우디의 사그라다 파밀리아 교회, 사이먼 로디아의 와츠 타워, 우지에 세운 평등원 봉황당, 금각사, 아즈치 성, 닛코에 세운 동조궁, 이소정二笑亭 등등.

그중에 팔레 이데알도 있었다. 하지마에게 들은 대로 그로테스크한 아름다움으로 가득한 궁전. 그 앞에 한 남자가 서 있다. 발치에 보이는 검은 그림자는 그의 애견일지도 모른다. 그는 우편배달부 복장으로 보이는 제복으로 몸을 감싸고 제모를 쓰고 있었다. 얼굴은 선명하지 않지만 초로의 모습으로 보인다. 오른손은 지팡이를 짚고 있다. 그 노인의 얼굴 위로 무로키의 얼굴이 보였다.

"무로키 씨에게도 이 책의 사진을 보여주셨어요?"

하지마는 그렇다고 대답했다.

"무로키 씨는 정말로 이런 궁전을 짓고 싶은 걸까요……."

이것은 내 독백이었다.

"무로키 씨가 어떤 이미지를 품고 있는지, 구체적인 이야기를 들은 적은 없습니다. 설마 슈발의 몽상을 그대로 차용할 생각은 아니겠지요. 무로키 씨에게 처음 이 책을 보여주었을 때를 기억하는데, 이런 특이한 우편배달부가 프랑스에 있었네 어쩌네 하면서 술안주 삼아 보여드렸습니다. 무로키 씨는 '이거 굉장하네에.' 하면서 언제까지고 그 사진을 보고 있었죠. 뚫어져라 지긋이, 왠지 곁에서 보고 있자니 오싹할 정도로 열심히. '꽤나 마음에 드는 모양이네요.'라고 말해도 대답조차 잊었더군요. 별생각 없이 보여드렸는데 이렇게 감동하실 줄이야, 하고 제가 더 놀랐어요. 그래서 '괜찮다면 그 책은 가져가십시오.' 하고 선물했습니다. 이건 제가 새로 산 책입니다."

"전 무로키 씨가 이 책을 직장에 가져오신 걸 본 적이 있어요. 부적처럼 언제나 들고 다니시는 건지도 몰라요."

화제에 뒤처졌나 싶었던 아케미가 그런 말을 했다.

"무로키 씨의 꿈을 알고 계셨어요?"

나는 의외다 싶어 물었다. 과묵하고 교류도 별로 좋아할 것 같지 않은 무로키의 꿈을, 아케미는 어떻게 알고 있을까? 무로키가 아무나 붙잡고 팔레 이데알에 대해 떠들고 돌아다닐 것 같지는 않은데.

"읍내에 나갈 때 무로키 씨의 차를 얻어 탄 적이 있는데, 그때 들었어요. 그것도 잡담 삼아 무로키 씨가 먼저 얘기해준 게 아니라 제가 물었어요. '건축 책을 들고 다니시는 것 같던데 관심이 있으세요?' 하고 말을 건 게 시초였어요. '좋아하는 건축물 사진이 실려 있어서예.'라고 말씀하시기에 우스웠죠. '좋아하는 여성이 아니라요?' 하고 물었더니 진지한 얼굴로 '그런 거 아닙니다.' 하고 단호하게 말씀하시더군요. '그럼 뭔데요?' 어쩌고 하는 사이에 팔레 이데알 이야기가 나와서……. '어떤 궁전인지 제게도 한번 보여주시겠어요?'라고 말했더니 며칠 후 소포를 부치러 갔을 때 정말로 보여주셨어요. 팔레 이데알의 페이지를 펼치고 '이기 그때 말했던 건물입니다.'라고요. 무로키 씨는 늘 그 페이지를 보는지, 책이 갈라져서 그냥 둬도 활짝 펼쳐지더군요. 상당히 손때가 묻어 있던 게 인상에 남아 있네요."

"그게 무슨 얘깁니까?"

혼자 화제에 끼지 못하던 니시이가 우리를 이리저리 둘러보며 물었다.

"아차, 실례했습니다. 이런 일이 있었는데……."

하지마가 간단히 설명하자 모치즈키가 니시이에게 책을 건넸다. 니시이는 안경을 고쳐 쓰고 팔레 이데알의 사진을 뚫어져라 쳐다보더니 그 해설을 유심히 읽었다.

"이것도 파노라마 섬이군요."

이윽고 고개를 든 소설가는 한마디로 그렇게 표현했다. 나하고 똑같은 생각을 한 모양이다.

"오노 씨가 계획하는 예술과 자연의 경이로운 디즈니랜드와, 무로키 씨라는 분의 팔레 이데알이 한데 모이면 이곳은 엄청난 땅이 될지도 모릅니다. 어떤 식으로 엄청날지는…… 소설로 한번 써보고 싶군요."

"디즈니랜드가 어떻게 됐습니까?"

이번에는 하지마가 물었다. 아케미도 고개를 갸웃거린다. 니시이는 쓸데없는 소리를 떠들어댔다고 생각했는지 잠시 어물거렸다.

"하아……, 기사라 마을 얘기입니다. 그러니까…… 그 마을을 개방해 그곳에 있는 다양한 예술 작품을 일반인이 감상할 수 있도록 하는 건 어떨까 하고 생각하는 사람이 있습니다. 그걸 제가 예술의 디즈니랜드라고 부른 것뿐이지요."

그 문제로 기사라 마을이 들썩이고 있다는 이야기는 생략했다. 내부의 분쟁을 함부로 떠들고 싶지 않은 것이리라.

"예술의 디즈니랜드라고요? 예술과 자연의 경이로운 디즈니랜드라고 말씀하신 것 같았는데……."

아케미가 거듭 물었다. 본인은 별 뜻 없이 되물었을 뿐이겠지만 니시이는 "예, 뭐." 하고 모호한 반응을 보였다.

"커다란 종유동이라도 있습니까?"

하지마가 가볍게 말하자 니시이는 의표를 찔렸는지 얼빠진 소리를 냈다.

"예, 있습니다. 나쓰모리 분들도 알고 계셨습니까?"

만약 그렇다면 우리에게도 새로운 사실이다.

"강 건너편에 종유동이 있는 줄은 몰랐습니다. 하지만 이쪽에는 있어요. 작은 규모지만요. 건너편 동굴은 제법 큰가요?"

하지마는 고개도 들지 않고 무슨 안주를 집을까 젓가락을 이리저리 흔들었지만 니시이는 젓가락을 내려놓고 무릎에 손을 얹었다.

"류가 동굴竜河洞, 고치 현에 있는 종유동으로 국가 지정 천연기념물. 아키요시 동굴을 비롯해 일본의 3대 동굴 중 하나—옮긴이만 한 규모일지도 모를 거대한 종유동입니다. 제가 방금 말한 자연의 경이라는 건 그걸 가리킨 말입니다."

모치즈키가 낮게 신음했다.

"왜 그래요, 모치 선배? 목에 뭐라도 걸렸어요?"

"아니, 그게 아니야. 하지마 선생님, 그 나쓰모리 마을의 종유동이 강 건너편까지 이어져 있지는 않나요?"

나도 목멘 소리를 냈다. 만약 그렇다면 기사라 마을에 갈 수 있다. 하지만 모치즈키의 머리에 먼저 번득인 것은 또 다른 생각이었던 모양이다.

"만약 그렇다면 아이하라 씨를 살해한 범인은 나쓰모리 마을과 기사라 마을을 오갔는지도 모르잖습니까?"

아이하라 나오키에게 명백하게 적의를 품은 사람은 기사라 마을 주민들이다. 다리가 떨어져도 두 마을을 왕래할 수 있다면 그들의 혐의는 몹시 커진다. 나도 흥분을 느꼈지만, 그것은 찰나. 하지마는 웃으며 부정했다.

"그럴 일은 없어요. 이쪽 종유동은 정말 작은 데다가 강 반대편에 있거든요. 왕래가 가능한 동굴이 있으면 경찰이 내버려둘 리가 없잖습니까."

그도 그런가. 사건 해명에는 아무런 의미도 없었지만, 이것으로 불필요한 탐색을 할 필요가 사라졌는지도 모른다.

"그나저나 나도 돈만 있으면." 하지마가 갑자기 절실한 목소리로 말했다. "기사라 가쓰요시처럼 부자라면 무로키 씨의 후원자가 되어 꿈을 이뤄주고 싶다는 생각이 드네요."

이야기가 무로키의 꿈으로 돌아왔다. 그리고 니시이는 그 점에 안도한 듯했다.

"하지만 이 프랑스 우편배달부는 돈이 아니라 시간과 열정만으로 팔레 이데알을 지었잖아요? 후원자가 있으면 무로키 씨가 팔레 이데알을 완성해도, 전 별로 재미있을 것 같지 않네요."

"이런, 아케미 씨는 엄격하다니까. 뭐, 그것도 그런가. 그럼 후원자 얘기는 없었던 걸로 합시다. 애초에 내가 실제로 부자였다면 남의 꿈에 내 돈을 쓰지는 않을 테니."

하지마는 입을 쩍 벌리고 웃었다. 살인 현장에서 밤을 새웠다는 사실은 까맣게 잊은 모양이다. 그렇게 생각한 순간, 아래층에서 귀에 익은 목소리가 들렸다.

여름 감귤과 삶은 달걀. 두 형사가 온 모양이다.

/ 4 /

나는 장지문을 살짝 열고 그 목소리를 들으려 했다.
"그럼 실례하겠습니다."

그렇게 말하는 누마이의 목소리가 들리자마자 몇 명이 요란하게 계단을 올라왔다. 허겁지겁 장지문을 딱 닫기도 뭐해서 나는 그대로 복도에 고개를 내밀고 있었다.

"안녕하십니까. 쉬고 계신데 잠시 실례하겠습니다."
눈이 마주치자 누마이는 정중하게 그렇게 말했다.

"저기, 무슨 일이신지?"

"아뇨, 여러분께 볼일이 있는 게 아니라 아이하라 씨의 방을 한 번 더 조사하는 것뿐입니다. 금방 끝날 겁니다."

두 사람은 카메라맨이 묵었던 방에 들어가려 했지만, 누마이가 문득 발길을 멈추었다.

"혹시 괜찮으시면 나중에 다시 말씀 좀 여쭈어도 되겠습니까?"

싫다고 말할 수야 없지.

"그럼 나중에."

그렇게 말하고 형사들은 옆옆 방으로 사라졌다.

"왜 그래, 형사야?"

오다가 목소리를 낮추어 물었다. 방금 말하는 걸 다 들었을 텐데 괜히 묻기는.

"아이하라 씨 방을 한 번 더 조사한대요. 우체통에 넣지 않은 나머지 한 통의 편지가 남아 있지 않은가 수색하러 온 게 아닐까요?"

모치즈키가 대답했다.

"아아, 그래그래, 편지 문제를 요리조리 고민하고 있었지? 어디까지 나갔더라?"

"아이하라 씨는 편지를 한 통 더 쓰려다가, 혹은 다 쓴 후에 마음이 바뀌어 그 편지를 찢어버렸다는 부분까지예요. 그

다음은 생각해봤자 소용없겠지, 하는 부분에서 멈췄어요. 이건 나머지 한 통 분량의 사용하지 않은 봉투, 편지지, 우표가 행방불명이라는 전제하의 얘기지만요."

"그랬지. 참. 문득 생각났는데 그 나머지 한 통의 편지는 정말로 찢어버린 걸까?"

엘러리 퀸 숭배자가 뭔가 말을 꺼냈다.

"무슨 뜻이죠?"

"음. 아리스는 '쓰려다가, 혹은 다 쓴 편지'라고 말했지만 사용하지 않은 봉투도 우표도 나오지 않았다면, 그건 다 썼다는 뜻이야. 알겠어? 아이하라 씨는 편지를 일단 다 써서 봉투에 넣고 우표까지 붙였다는 뜻이 돼."

"그래서요?"

"이건 내 느낌인데, 우표를 붙이고 풀로 봉한 편지를 마음이 바뀌었다는 이유로 찢어버리는 경우는 별로 없지 않을까? 연애편지도 거기까지 하면 각오가 생긴다고."

"그건 경험인가요?"

"신경 꺼. 어떻게 생각하십니까, 하지마 선생님?"

교사는 생각에 잠겼다.

"아케미 씨는 어때요?"

"그러게요, 모치즈키 씨 말씀도 이해가 가요."

아케미의 감상에 기운을 얻었는지 모치즈키는 만족스러운

얼굴로 고개를 끄덕였다. 그때 오다가 찬물을 끼얹었다.

"이의 있습니다! 그건 확실한 추리가 아니야."

"알아. 모색하고 있는 참이잖아."

모치즈키는 주눅 드는 기색이 없다.

"모색은 그렇다 쳐. 그래서 어떻다는 거야?"

"어떤 생각이 머리를 스쳤어." 모치즈키는 그 부분에서 어째선지 니시이의 얼굴을 슬쩍 살폈다. "마음이 바뀌어 다 쓴 편지를 찢어버렸다는 가설보다 조금 더 자연스러운 가설이 방금 생각났어. 아이하라 씨는 다 쓴 편지를 우체통에 넣을 필요가 없었던 게 아닐까 하는 가설."

"마음이 바뀌어서 더 이상 편지가 필요 없었다는 뜻이잖아요?"

내가 한 말하고 뭐가 다른지 모르겠다. 모치즈키는 은근히 웃으며 고개를 저었다.

"그렇지 않아. 편지 자체의 필요성이 사라진 게 아니라, 편지를 우체통에 넣을 필요성이 사라졌다는 말이야."

오다가 입을 열었다.

"그건 똑같은 소리……."

"시끄럽다! 남의 추리를 경청하는 자세가 부족한 놈들이로군, 정말이지. 우체통에 넣을 필요가 없었다는 말은 편지를 보낼 상대가 예상치 못하게 눈앞에 나타났다는 뜻이야. 이해했어?"

나는 확실하게 이해했다.

"다시 말해 아이하라 씨가 쓴 편지의 수신인은 니시이 씨였다는 말이군요?"

나는 겨우 모치즈키가 보낸 공을 받아치며 니시이를 쳐다보았다. 그는 갑자기 자기 이름이 튀어나온 영문을 모르겠는지 멍한 표정이다. 이해를 못했군.

"자, 잠깐, 아리스. 그게 무슨 뜻이야?"

뒤처질 위기에 처한 오다는 당황하고 있다. 모치즈키가 헛기침을 하고는 일동을 향해 해설을 시작했다.

"아리스의 말이 제 사고의 결론입니다. 아이하라 씨가 쓴 나머지 한 통의 편지는 니시이 씨에게 보낸 것이었습니다. 순서대로 설명하지요.

아이하라 씨는 그저께 밤에 봉투와 편지지를 달라고 했으니, 상식적으로 생각해서 아마도 그날 밤에 두 통의 편지를 썼을 겁니다. 이튿날 오전에 썼을지도 모르지만 뭐 그건 아무래도 상관없어요. 어쨌든 일단 계단에서 굴러떨어져 오른쪽 어깨를 다친 후는 아니라는 점은 틀림없어요. 아이하라 씨가 계단에서 굴러떨어졌을 때 두 통의 편지는 이미 완성되어 있었고, 우체통에 넣기만 하면 되는 상태였습니다. 그때 나타난 인물이 니시이 씨예요. 아이하라 씨는 뜻밖이었겠죠.

어쨌든 편지를 보낼 상대를 직접 만났으니 이제 우체통에 넣을 필요는 없습니다. 직접 건네면 그만이니까요. 아니면 그 시점에서 편지를 파기하고, 용건은 구두로 전했을지도 모릅니다."

"니시이 씨, 그렇습니까?"

하지마가 소설가에게 진지한 눈빛을 던졌다. 니시이는 여전히 입을 반쯤 벌리고 있다.

"아이하라 씨에게 편지를 받지 않으셨나요? 아니면 아이하라 씨가 뭔가 전하려 했던 말은 없었나요?"

모치즈키가 묻자 니시이는 간신히 소리를 냈다.

"아니, 편지 같은 건 받지도 않았고 구두로 전달받은 말이라고 하셔도 짐작 가는 바가 없습니다. 저는 여러분과 함께일 때만 아이하라 씨하고 이야기했으니까요."

모치즈키는 '정말입니까?' 하고 묻고 싶었을지도 모른다. 하지만 아무래도 그렇게까지 실례되는 소리는 하지 못하고 입을 다물었다. 약간 유감스러운 표정이다.

"추리게임으로는 재미있을지도 모르지만, 지금 하신 이야기는 현실하고는 다릅니다. 일단 저는 아이하라 씨와 면식은커녕 그런 분이 이 세상에 있다는 사실조차 몰랐으니까요."

니시이가 그렇게 반박하자, 자기 추리의 정합성을 자부하는 모치즈키는 잠자코 있지 않았다.

"니시이 씨가 아이하라 씨에게 편지를 썼다고 말한 게 아닙니다. 아이하라 씨가 니시이 씨 앞으로 쓴 거죠. 훌륭한 저서가 있는 J문학상 수상작가시니 아이하라 씨가 니시이 씨를 알고 있었어도 하나도 이상하지 않습니다. 편지를 쓸 수도 있었겠지요."

니시이는 마지못해 그 말에는 동의했다.

"그야 쓸 수는 있었겠지요. 하지만 실제로 저는 아무것도 받지 못했고, 정말 썼는지도 미심쩍은 그 편지의 내용에 대해서는 짐작조차 가지 않습니다. 그게 어떤 내용이었는지, 모치즈키 씨는 짐작이 가십니까?"

반박을 당하자 모치즈키는 말문이 막혔다. 아무래도 여기서 '게임 오버' 표시가 깜박인 모양이다.

"그걸…… 여쭤보려고 했어요."

겨우 그 한마디만 하고서 5분짜리 명탐정은 겨울잠에 들어갔다.

침묵이 찾아오자 옆옆 방의 소리가 들렸다. 지퍼 소리는 아이하라의 여행가방 주머니를 조사하는 소리겠지. 형사들이 중얼거렸지만 뭐라고 말하는지는 못 알아듣겠다. 우리는 한동안 그런 소음에 귀를 기울이고 있었다.

이윽고 장지문을 여닫는 소리가 났다. 수색이 끝난 모양이다. 발소리는 이쪽을 향해 다가왔다.

"실례합니다."

그 말이 끝나기도 전에 누마이가 우리 방의 장지문을 열고 고개를 들이밀었다. 옹기종기 모인 얼굴들을 둘러보더니 "호오."라는 한마디뿐이었다. '용의자가 한데 모여 있구나.' 하고 생각했는지도 모른다.

"뭐 좀 찾아내셨습니까?"

하지마가 형사를 올려다보며 물었다. 누마이는 "뭐, 조금요."라고 대답했다. 적당히 대답한 것이리라.

"아이하라 씨가 쓴 나머지 한 통의 편지는 나왔습니까?"

모치즈키의 질문에 누마이는 오른쪽 눈썹을 실룩였다.

"어째서 그런 걸 묻습니까?"

"오후에 주인아주머니 말씀을 들으셨을 때, 아이하라 씨가 편지를 두 통 보내려 했다는 부분에서 얼굴을 마주 보셨지요. 뭔가 납득이 가지 않는다는 표정 같았습니다. 그래서 두 번째 편지가 어떻게 되었는지, 행방이 묘연한 게 아닐까 생각해본 겁니다. 아닌가요?"

"혜안에 감복했습니다."

누마이는 짤막하게 대답했다. 역시 예상대로의 상황이다.

"구석에 앉아도 되겠습니까?"

나는 살짝 옆으로 움직여 형사들이 앉을 자리를 내주었다. 두 사람은 털썩 앉아 책상다리를 틀었다.

"정곡을 찌르셨으니 말씀드리겠지만, 저희가 지금 찾고 있던 물건은 편지입니다. 범행 현장에도 없었고, 우체국에도 없었고, 꼼꼼히 수색했지만 피해자의 방에도 없었습니다. 이 점이 마음에 걸립니다."

"저희도 고민하고 있었습니다. 이러쿵저러쿵 의논한 끝에 도달한 결론은 아이하라 씨는 나머지 한 통의 편지를 완성했지만 마음이 바뀌어 파기한 게 아닐까 하는 가설이었습니다."

"흠, 어째서 그런 결론이?"

누마이의 재촉에 모치즈키는 대담하게도 현직 형사를 상대로 추리의 과정을 이야기했다. 나는 간도 크다는 생각을 하면서 듣고 있었다.

"과연. 하지만 피해자가 어째서 그런 행동을 취했는지, 그 편지는 누구에게 어떤 내용으로 보낸 것인지, 그 문제는 여전히 안갯속이군요."

누마이는 싸늘한 목소리로 말했다. 직업인인 누마이는 알맹이 없는 추론은 헛일이라고 생각할 수도 있겠다.

"저……."

아케미가 입을 열었다. 사람들의 시선을 받으며, 그녀는 조심스러운 목소리로 이렇게 말했다.

"아이하라 씨가 썼을지도 모르는 편지가 아까부터 문제가 되고 있는데, 그게 사건 해결과 얼마나 상관이 있나요?

저…… 주제넘은 소리지만, 전 그 점을 잘 모르겠어요."

 나는 아케미가 무슨 말을 하고 싶은지 알아들었다. 아이하라는 사랑의 고백이나 이별 통보 따위를 썼다가 마음이 바뀌어 구겨 버렸을 뿐인지도 모른다. 진상이 그렇다면 해명해봤자 그야말로 헛일이다. 핵심 포인트는 어디까지나 범인의 정체니까.

 "얼마나 상관있는지는 지금 단계에서는 모릅니다. 아무런 의미가 없을지도 모르고, 몹시 중요한 문제일지도 모르죠."

 누마이가 웃음기도 없이 말했다. 수사에 진전 기미가 보이지 않아 심기가 불편한지도 모른다.

 "아이하라 씨의 유족은 이쪽으로 오십니까?"

 하지마의 질문을 듣고 나는 하룻밤을 함께한 아이하라의 시신을 떠올렸다.

 "사법 해부 때문에 시신을 의대로 운반해서, 유족 분들은 그쪽으로 가셨습니다. 한 살 차이 나는 누님이 멀리 도쿄에서……. 안쓰러운 일입니다."

 그렇게 대답하는 후지시로의 목소리는 무거웠다. 범인의 조기 체포를 스스로 다짐하는 것처럼 들린다.

 "잠시 괜찮으십니까?"

 오다가 말했다. 길거리 설문조사원 흉내라도 내려는 걸까?

 "뭡니까?" 누마이가 물었다.

"범인이 마을 외부에서 왔다가 마을 외부로 떠났을 가능성은…… 고려하지 않으시나요?"

하지마가 대답했다.

"고려하지 않으시겠죠. 범행은 심야에 일어난 게 아니니 외부 사람이 마을에 들어왔다면 눈에 띌 겁니다. 그런데 목격자가 없어요."

"하아……."

"게다가 산사태 문제가 있지요. 나쓰모리 마을로 들어오는 길은 어제 오후부터 통행금지였고, 순찰차도 지나가지 못하는 산사태가 스기모리로 이어지는 길을 막은 게 오후 7시경의 일입니다. 흙더미를 제거하고 통행이 가능해진 게 거의 새벽녘. 그러니 만약 범인이 외부에서 마을에 침입한 사람이었다면 현장으로 향하는 저희와 마주쳤어야 합니다. 하지만 저희는 마주 오는 차는 한 대도 보지 못했어요. 분명 범인은 아직 이 마을에 있습니다."

"하아……, 그렇군요."

오다는 이 자리에 있는 모든 사람들을 데리고 혐의권 밖으로 탈출하려는 시도를 했다가 어이없이 뒷덜미를 붙들리고 말았다. 오다는 포기하지 않고 한 가지 더 물었다.

"걸어서 산을 넘어갔을 가능성은 없나요?"

"그런 위험한 짓은 안 하겠지요. 여러분이 밤사이에 시체를 발견한 건 우연이잖습니까? 평소 같으면 아침이 되어도 피해자가 돌아오지 않았다는 이유로 여기저기 찾다가 비로소 발견했을 겁니다. 그사이에 범인은 자동차로 제법 멀리까지 도주할 수 있었을 텐데, 호우도 겨우 그친 참에 누가 굳이 도보로 산을 넘을 생각을 하겠습니까?"

그 말이 정답이다.

"아, 그래요, 그래."

누마이는 양복 안주머니에서 뭔가를 꺼냈다. 종이쪽지다.

"아케미 씨께는 이걸 보여드리지 않았지요? 잠깐 봐주십시오."

살인 현장의 옆 교실에서 우리에게 보여주었던 메모였다. 시체가 된 아이하라의 주머니에 들어 있었던 쪽지. 누마이가 불쑥 내민 그 메모를 아케미는 테이블 너머로 쳐다보았다.

"오늘 밤 9시 초등학교 교실에서 내밀히······."

아케미는 작은 목소리로 소리 내어 읽다가 간신히 깨달은 모양이다.

"저······ 이건 범인이 아이하라 씨를 불러내려고 쓴 메모인가요?"

"그렇습니다. 이 필적과 문장을 보고 뭔가 알아차린 점은 없습니까?"

"글쎄요······."

아케미는 몸을 더 내밀고 들여다보았지만 짐작 가는 바는 없는 듯했다. 그래도 누마이는 한동안 아케미에게 메모를 내밀고 있었고, 나는 그 뒷면을 쳐다보고 있었다.

"어라?"

어떤 특징이 눈에 들어왔다. 뒷면에서 본 메모는 빛의 투과 때문에 오늘 아침에 보았을 때는 눈치채지 못했던 것이 보였다. **뭔가 투명한 무늬 같은 자국이.**

"죄송하지만 좀 봐도 될까요?"

"당신은 오늘 아침에 봤잖습니까?"

"한 번 더 가까이서 보고 싶어서요."

누마이는 메모를 내 눈앞으로 가져왔다. 중요한 증거물이라 손에서 놓으려 하지 않는다.

나는 그 메모를 보고 분명히 확인했다. 메모의 투명한 무늬를 본 기억이 있다. 아무 의미도 없어 보이는 나선무늬. 오늘 아침에는 왜 몰랐을까? 흐린 하늘 탓에 태양빛이 약했기 때문에? 뜬눈으로 밤을 새워서 시력과 주의력이 감퇴했기 때문에?

"중요한 점을 간과했어요."

그렇게 말하자 누마이의 눈이 번쩍 빛났다.

"무슨 뜻입니까?"

"여기 투명한 무늬 같은 게 보이죠? 빙글빙글 나선형을 그리고 있는 이거요."

"예. 그게?"

"이건 제가 낙서를 한 자국입니다. 어제 오후, 아이하라 씨 방에서 이야기를 나누다가 손이 심심해 전화 옆에 있던 메모지에 끼적거린 무늬예요."

"확실합니까?"

"네. 틀림없어요."

나는 단언했다. 아무리 낙서라도 저마다 자기 패턴이 있다. 잘못 볼 리가 없다.

"그렇다면 이 메모지는……."

그렇다, 어디에나 있는 이 우체국 메모지의 출처를 밝혀냈다. **아이하라의 방에 있었던 메모지다.** 그것도 **내가 낙서를 했던 메모지 바로 밑에 있었던 종이**라는 사실까지 밝혀진 것이다.

누마이는 왼손으로 이마를 짚었다.

"피해자의 방에 있던 메모지였다는 말은……. 범인이 피해자의 방에 숨어들어 이 쪽지를 썼다고 생각할 수는 없으니…… 결국, 그렇다면, 아, 이 메시지는……."

에잇, 답답하기는.

"그래요. 범인이 아니라 아이하라 씨가 쓴 거였어요. **범인이 아이하라 씨를 불러낸 게 아니라, 아이하라 씨 쪽에서 범인을 폐교로 불러냈다는 뜻입니다.**"

"반대였다니……." 오다가 중얼거렸다.

"그렇군!" 모치즈키가 손가락을 튀겼다. "이 엉터리 필적은 범인이 일부러 그런 게 아니라, 오른쪽 어깨를 다친 아이하라 씨가 썼기 때문이야."

누마이는 신음했다. 왼손으로 앞머리를 움켜쥔다. 이윽고 누마이는 후지시로에게 눈짓을 하며 일어섰다.

"필적을 다시 감정해보겠습니다. 피해자가 썼다고는 생각도 못했으니까요. 실례하겠습니다."

순풍이라도 맞은 것처럼 두 사람은 떠났다. 수사가 다시 시작되었고, 새로운 국면을 맞이하려는 순간이다. 형사들이 황급히 계단을 내려가는 소리가 멎자, 방 안은 쥐 죽은 듯 고요해졌다.

그때, 누군가의 신음소리가 그 침묵을 깼다.

갑자기 누가 배탈이라도 났나? 목소리의 주인은 모치즈키였다.

"어이, 괜찮아?"

오다가 모치즈키의 얼굴을 들여다보며 말했다.

"아니, 배가 아픈 건 아니야."

"머리는 괜찮으냐고 물은 거야."

"시끄러워."

모치즈키는 울컥 화를 냈다.

"그럼 왜 그래?"
모치즈키는 호흡을 가다듬고는 이렇게 말했다.
"중대한 맹점과 착각을 깨달았어."

## 독자에 대한 두 번째 도전

아이하라 나오키를 살해한 인물은 누구인가?
범인을 지적할 재료가 여기 전부 모였다.
범인의 조건을 충족하는 유일한 인물을,
독자는 감에 의존하지 않고 맞힐 수 있다.
이 시점에서 모든 문제에 해답을 내릴 필요는 없으며,
또한 그것은 불가능하다.
독자에게 요구하는 답은 단 하나.
누가 아이하라 나오키를 살해하였나?

제12장

# 사냥꾼의 이름 - 마리아

/ 1 /

나는 할 말을 잃고, 어둠 속에 떠오른 에가미 선배의 얼굴을 뚫어져라 바라보았다.

"범인을 알아냈어. 누가 오노 씨를 살해했는지 알았어······."

갑자기 툭 날아온 말의 의미를 파악할 수가 없다.

"이런 곳에 오래 있는 것도 기분 좋은 일은 아니군. 저택으로 돌아가서 말해줄게."

나는 단단하고 축축한 땅바닥에 무릎을 꿇은 채 두 손을 짚고 있다는 사실조차 잊고 있었다. 에가미 선배가 내 곁을 지나 떨어뜨린 회중전등을 주워준 후에야 간신히 일어섰다. 옷을 버리고 말았다.

"빨리 나가요."

아직도 떨리는 목소리로 말했다. 에가미 선배는 고개를 끄덕이며 걸음을 뗐다.

바깥세상으로 돌아가는 길, 풍경은 바뀌었다. 에가미 선배가 주문을 걸었을까? 기괴한 자연의 조형은 여전히 의미심장했지만, 그 낯선 의미가 또 다른 낯선 의미로 변한 것처럼 미시감未視感이 나를 덮쳤다. 지금까지 내가 보고 들었던 사실에서 에가미 선배는 뭔가 다른 의미를 도출한 모양이다. 어떤 사실이 어떻게 바뀌었을까?

밖으로 나온 후에도 우리는 말이 없었다. 추론의 편린을 엿보기는 싫었다. 마음을 가다듬고 처음부터 순서대로 해주는 이야기를 차분히 듣고 싶었으므로.

뒤뜰에서 기쿠노와 고토에가 캐모마일 줄기를 손질하는 모습이 보였다. 잡초를 베는 듯한데, 어쩌면 데이지처럼 생긴 꽃잎 부분을 따고 있는지도 모른다. 따끈한 홍차에 꽃잎을 두어 장 띄우면 향기로운 캐모마일 차가 완성된다. 퍼걸러에서는 장미덩굴이 바람에 한들거리는 나른한 풍경. 두 부인은 그 속에서 작은 점경點景으로 변했다.

저택 앞으로 돌아가니 또 고비시가 보였다. 아까부터 계속 그러고 있지는 않았겠지만 역시 물구나무서서 분수 주위를 뱅글뱅글 돌고 있다. 우리와 눈이 마주치자 팔로 걷는 일을 잠시 멈추고 "여어." 하고 말을 걸어왔다. 내가 물었다.

"잘되세요?"

물구나무를 선 상대와 대화를 나누는 것도 드문 경험이었는데, 이제는 완전히 일상이 되고 말았다.

"제법 괜찮습니다. 산책하러 어디에 다녀오셨습니까?"

"검은 동굴 안에요."

그는 놀란 눈치였다.

"또 거기에? 자발적 노력은 미덕이지만, 가능한 일과 불가능한 일이 있는 겁니다."

고비시는 그런 소리를 얄밉지 않게 하더니 또다시 분수를 돌기 시작했다.

설렁설렁 흔들리는 그의 두 다리 너머로 숲을 배경으로 한 작은 사람 그림자가 보였다. 사에코다. 온통 검은 옷을 입고 고개를 숙이고 있다. 정말로 산책을 즐기고 있는 걸까? 내 초상화는 완성까지 한 걸음을 남겨놓고서 중단 상태였다. 나는 기꺼이 모델이 될 생각이었지만 사에코의 창작 의욕이 살인 사건의 충격으로 무너지고 말았던 것이다.

'그림이 완성되기 전에는 여기서 나가지 말자.'

사에코의 검은 그림자를 보며 나는 생각했다. 며칠 전에는 다른 식으로 말했지.

'그림이 완성되면 여기서 나가자.'

나가고 싶지는 않지만, 그림의 완성을 계기로 각오를 다지고 나가려 했었다. 그게 지금은 어떤가? 나는 지금, 그림이 완성될 때까지 사에코를 위해 이곳에 머물고 싶은 마음임을 깨달았다. 고개 숙인 사에코의 아득한 옆모습이 너무 쓸쓸해 보였기 때문인지도 모른다.

문득 올려다본 2층 창에는 유이의 뒷모습이 보였다. 음악실이다. 완전 방음이라 아무 소리도 들리지 않지만, 오랜만에 야기사와와 노래 연습을 하고 있나 보다.

'그렇게 둘이서 연습했던 일이 나중에 좋은 추억이었다고 말할 수 있게 되기를.'

나는 등을 돌린 유이에게 말을 걸었다. 언젠가 그녀가 경박하고 냉담한 록 뮤지션을 잊고 야기사와의 애정을 받아들일 날이 오리라. 지금이 그 시작이 아니라고 누가 말할 수 있을까.

종유동의 풍경만이 아니라 내 눈에 비치는 사람들의 인상에도 미묘한 변화가 찾아왔다.

뭐가 시작되려는 거지?

뭐가 끝나가려는 거지?

/ 2 /

저택 안으로 돌아오자 에가미 선배는 나를 도서실로 데려갔다. 어째서 도서실일까 생각하면서도 나는 따랐다. 이쯤 되니 이제 아무것도 물을 마음이 들지 않는다. 방금 전에는 종유동에서 날 내버려두고 뭘 하고 있었냐는 질문도. 게다가 나는 도서실의 비밀스러운 분위기와 딱딱한 의자가 좋았다.

방 한가운데에 떡하니 버티고 있는 책상을 사이에 두고서 에가미 선배는 창을 등지고, 나는 창을 바라보고 앉았다. 하늘은 여전히 침침한 빛깔이었다.

"누가 범인인지, 그 이름은 마지막에 말해주세요."

나는 고개를 들고 말했다. 중간에 에가미 선배의 추론에 허점이 있다는 사실이 판명될지도 모른다. 그 경우에 대비해 '말하지 말걸.' 하고 후회하게 될지도 모를 성명 표명은 뒤로 미뤄달라는 편이 낫겠다고 생각했기 때문이다. 에가미 선배는 이유를 묻지 않고 고개를 끄덕였다.

"먼저 아까 일을 사과할게. 갑자기 사라져서 뭘 하고 있었나 궁금했지?"

"어머, 그 의문부터 풀어주실 거예요? 부디 들려주시죠. 신사인 에가미 선배답지 않은 행동이었어요."

부장은 웃지도 않고 수첩을 꺼내 펼쳤다. 오노 씨가 작성한 종유동의 지도를 내가 베껴놓은 페이지다. 그 수첩을 내게 잘 보이도록 거꾸로 돌려 책상 한가운데로 밀었다.

"마리아가 기다린 곳은 여기, Y지점 바로 앞이야."(1권 379쪽

지도 참조)

"맞아요……."

"여기가 특이한 장소라는 점은 이해하지?"

"여기서부터 길이 굉장히 배배 꼬여요."

이런 대답이면 될까? 그렇게 생각하며 선배의 표정을 읽었다.

"그래. 배배 꼬이면서 Y자 형태로 두 갈래가 되지. 이 점이 중요해."

부장은 가슴주머니에서 볼펜을 꺼내 지도 위의 길을 짚어가며 길이 갈라지는 지점에서 펜을 딱 멈췄다. 나는 눈으로 좇으며 고개를 끄덕였다.

"나는 이 Y지점에서 무작위로 왼쪽 길을 선택했어. 20미터쯤 지난 이 부근에서 멈춰 서서 마리아를 불렀어. Y지점에서 어느 쪽으로 들어갔는지는 일부러 숨기고. 마리아를 부른 후에 또 깊이 들어갔지."

"그게 심술맞다는 거예요. 이렇게 보면 고작 30미터밖에 안 되는 거리지만, 목소리만으로는 오른쪽인지 왼쪽인지 알 수 없었다고요."

"실험이었어."

"실험?" 나는 입술을 오므리고 빈정거렸다. "아하, 실험이었다고요? 무슨 실험요?"

"종유동 안에서 미행이 가능한지에 대한 실험. 범인은 오노 씨의 아틀리에가 어디인지 몰랐으니 창작 길에 나선 오노 씨를 미행했을 거야. 하지만 실제로 동굴을 걸어보고 지도를 보니 그게 과연 가능할지 의문이 생기더군. 범인은 오노 씨 바로 뒤에 찰싹 붙어 미행한 게 아니잖아?"

주방에서 설거지를 하던 야기사와는 오노가 떠난 후 바로 뒤이어 저택을 떠난 사람은 없었다고 증언했고, 나쓰모리 마을에서 돌아오는 길이었던 시도는 오노가 혼자서 동굴 출입구로 향하는 모습을 보았다. 그들 두 사람을 신용하지 않더라도 복잡한 길거리에서 미행하는 상황이 아니었으니 두 사람 사이에는 분명 나름대로 거리가 유지되었을 것이다.

"범인은 앞서 가는 오노 씨의 회중전등 불빛을 더듬어 미행했을 거야. 하지만 정말로 그게 가능할까? Y지점까지는 가능했겠지. 문제는 그다음이야."

그런 뜻이었나.

"알겠어요. **거기서부터 길이 배배 꼬이니 분명 범인은 앞서 가는 불빛을 볼 수 없었을 거예요.** 그렇다면 의지할 건 오노 씨의 발소리뿐이죠. 그것만으로 과연 미행을 계속할 수 있었는지 실험한 거군요?"

"그래. Y지점보다 20미터 안쪽에서 부르면 마리아가 따라올 수 있는지 실험한 거야. 범인은 오노 씨하고 그 정도 간격을 유지했을 테니까."

"전혀 알 수 없었어요."

"예상대로였어. **발소리만으로 미행하기는 불가능해**. 이 Y분기점이 동쪽하고 서쪽, 이런 식으로 크게 갈라졌다면 또 몰라도, 처음에는 작은 폭으로 갈라지니까. 자, 여기서 길을 잘못 들면 어떻게 될까? 좌우로 갈라진 길은 깊이 들어갈수록 점점 서로 멀어져. 중간에 자잘한 동굴도 많지. 이게 한낮의 교토 거리였다면 오락가락하다가 오노 씨를 다시 발견할 수 있었을지도 모르지만교토의 거리는 서로 직각으로 만난다.—옮긴이 손톱만 한 빛도 없는 세계야. 추적은 경이적인 우연에 의존하지 않는 한 불가능했을 테지."

"네, 그랬겠죠."

"결과는 이미 아는 대로야. 범인은 오노 씨 살해에 성공했어. **어떤 수단을 써서 미행에 성공한 걸까?** 분명 어떠한 수단을 강구했을 거야."

"에가미 선배는 실험 결과를 근거로 범인을 밝혀낸 거죠?" 부장은 고개를 끄덕였다. "'어떠한 수단을 강구했다.'는 전제 이상의 뭔가를 알아낸 건가요?"

"그 수단은 짐작하고 있었어."

"실험하기 전부터요?"

"그래. 범인이 그 수단을 취할 필요성이 있었다는 사실을 확인하려고 네 도움을 받아 실험한 거야."

"그 수단이라뇨?"

에가미 선배는 시도에게 받은 캐빈을 꺼내 물었다. 이야기가 길어진다는 뜻일까.

"그걸 설명하려면, 뜬금없는 이야기지만 살인 현장을 보고 눈치챈 게 있어. 향수가 들어 있던 병 말이야."

"그 병이 왜요?"

특별히 수상한 점은 없었던 것 같은데.

"병 자체에 특이한 점이 있었던 건 아니야. 마음에 걸렸던 건 **향수병이 놓여 있던 장소**지."

"그냥 바윗단 위에 굴러다니고 있었잖아요?"

"**바윗단 위, 시체 옆에 향수병이 굴러다니고 있었다**는 점이 걸렸어. 어째서 그렇게 한 거지?"

"어째서라니……."

"당연한 소리지만 범인은 범행 후에 향수를 오노 씨와 그 소지품에 뿌렸겠지? 저택을 떠나기 직전의 오노 씨와 마주쳤을 때에는 아무 냄새도 나지 않았으니까. 범행 상황을 상상해 볼까? 오노 씨의 목을 졸라 살해한다. 향수병을 꺼내 그림 도구와 수트케이스에 뿌린다. 귀를 잘라내고 시체를 바윗단 위로 끌어 올린다. 시체에 향수를 뿌린다. 병을 두고 떠난다."

"그 순서는 확실해요?"

"언제 귀를 자르고 시체를 바윗단 위에 끌어 올렸는지는 불확실해. 그럴 것 같지는 않지만 오노 씨가 바윗단 위에서 살해당했을 가능성도 없지는 않지. 그렇다면 시체를 끌어 올리는 작업을 생략할 수 있어."

"아, 그런가? 범인이 시체를 끌어 올릴 필요가 없었다는 경우도 상정할 수 있군요."

"그 좁은 바윗단 위에서 사람을 죽이는 경우는 거의 생각하기 어렵지만 말이지. 다만 한 가지는 단언할 수 있어. **범인은 먼저 오노 씨의 소지품에 향수를 뿌리고, 그 후에 시체에 뿌렸다**는 사실이야. 순서가 그 반대일 수는 없어. **만약 시체에 먼저 향수를 뿌리고, 그 후에 그림 도구와 수트케이스에 뿌렸다면, 향수병은 바윗단 밑에 있었을 테니까.**"

"……."

"그렇지? **향수를 뿌리는 작업을 바윗단 위에서 마쳤기 때문에 병은 바윗단 위에 있었던 거야.**"

"그건 그렇죠."

"범인은 시체보다 그 소지품에 먼저 향수를 뿌렸어. 그 순서가 첫 번째 포인트."

"두 번째 포인트도 있어요?"

"있어. 그건 향수를 뿌린 방식이야. 향수는 수트케이스 안쪽, 우산 안쪽에까지 꼼꼼하게 묻어 있었어. 반면 시체의 머리 부분에는 묻어 있지 않았어. **시체와 그 소지품 사이에 향수를 뿌린 방식이 달라.** 이게 두 번째 포인트야."

"세 번째는요?"

"없어. 지금 말한 두 가지 포인트로 알 수 있는 점은 **범인이 오노 씨의 시체보다도 그 소지품에 향수를 뿌리는 일을 우선적으로 생각하고 실행했다는 사실이야.** 먼저 소지품에 향수를 뿌리고 남은 걸 시체에 뿌렸어. 더 나아가서 말하자면, **오노 씨의 소지품에 향수를 뿌리는 일이 본래 목적이고, 시체에 뿌린 건 그 의도를 은폐하기 위한 위장이었던 게 분명해.**"

"시체에 뿌린 게 위장……." 이야기가 조금 비약하는 느낌이다. "위장이라는 말은, 범인은 오노 씨의 소지품에만 향수를 뿌렸다는 사실을 숨기고 싶었다는 뜻이죠?"

"그래."

"그리고 에가미 선배는 그 사실을 간파했다고 생각하고 있고요."

관대한 부장도 쓴웃음을 지었다. 너무 비아냥거리는 말투였는지도 모른다.

"기분이 상했다면 사과할게요. 하지만 그게 어쨌다는 거예요? 전 아직 잘 모르겠어요."

에가미 선배는 자기 담배 연기에 눈을 찌푸리고 있었다.

"위장을 훌륭하게 간파했다는 가정을 허락해준다면, 다시

한 번 현장 상황을 되살펴보자. 시체에 묻은 향수는 없었다고 쳐. 범인은 범행을 마치고 오노 씨의 소지품에 향수를 뿌렸어. 그 이유를 생각해보면 복잡한 상황의 핵심에 다가갔다는 느낌이…… 들지 않아?"

"네……, 아직 안 드는데요."

**"향수의 특성은 딱 하나뿐이야. 향기를 발산한다는 점.** 액체라는 속성은 온 사방에 물방울이 떨어지고 지하수가 흐르는 하천이 있는 그 동굴 안에서는 의미가 없어. 범인은 피해자의 소지품에서 냄새를 지우고 싶었던 거야."

"어떤 냄새요?"

"숨 막히게 강렬한 향기로 지워야 했을 정도로 강한 냄새. '히로키'라는 향수로 지워버릴 수 있는 냄새. '히로키'로 깨끗이 지우고, 그 향수의 향기가 다른 냄새와 뒤섞였다는 사실을 아무도 눈치채지 못할 냄새. 짐작이 가?"

나는 고개를 끄덕였다.

**"'히로키'는 '히로키'로 지워라."**

"그래. 그거라면 범인의 행위에 의미를 붙일 수 있어. 오노 씨의 소지품에서 '히로키' 향기가 풍기는 상황을, 오노 씨의 시체에도 소지품에도 향수를 뿌렸다는 상황으로 바꿔버린 거야. 여전히 그게 뭐 어쨌냐는 표정이니 계속 이야기하지. 범인이 감추고 싶었던 사실에 도달했으니, 이 아리아드네의 실을 따라가면 미궁에서 탈출할 수 있어. **오노 씨의 소지품에서 강렬한 '히로키'의 향기가 난다면, 범인에게는 어떤 이점이 있었을까?**"

어려운 질문은 아니었지만, 나는 그 순간 대답하지 못했다.

"여기서 처음에 했던 실험 이야기로 돌아가는 거야. 복잡하게 배배 꼬인 길, 앞서 가는 사람의 불빛을 볼 수도 없고, 그 발소리에 매달릴 수도 없었던 길에서, 범인은 어떻게 미행에 성공할 수 있었는가?"

마침내 눈에서 콩깍지가 툭 떨어졌다.

에가미 선배는 자리에서 일어나 책장으로 다가가더니 한 권의 책을 꺼냈다. 그것이 무슨 책인지 보지 않아도 알 수 있다. 책을 책상으로 가져오는 부장에게 나는 그 책의 한 소절, 그 시의 한 소절을 읊었다.

"향기가 걸어온다, 단지 향기만이 걸어온다."

부장이 뒤를 이었다.

"무엇이 향기인지, 향기 자신은 모르리니."

책상 위에 놓인 시집은 하쿠슈의 《향기의 사냥꾼》이었다.

"솔직히 말해 이 시를 읽고서야 깨달았어. 이런 노골적인 힌트가 아니어도, 이 방법밖에 없다고 눈치챌 만도 했는데."

에가미 선배는 지금 우리가 입에 담은 한 소절이 적힌 페이지를 펼쳤다. 몇 개나 되는 '향기'라는 글자가 책에서 튀어

나왔다.

"'향기'만이 완전한 어둠 속을 걷고 있었군요. **범인은 오노 씨의 소지품에서 풍겨오는 '히로키'의 향기를 따라 미행했던 거죠?**"

**"아리아드네의 향기인 거지."**

요령 없는 전개라고 생각하며 듣고 있던 에가미 선배의 이야기를 마침내 이해할 수 있었다. 이제는 그게 어쨌는데요, 하고 되묻지 않는다.

"오노 씨는 자기 소지품이 그렇게 강렬한 향기를 내뿜고 있어도 조금도 수상하게 생각하지 않았어. 오노 씨의 후각에는 문제가 있어서 향기라는 걸 인식할 수 없었으니까."

"무엇이 향기인지, 향기 자신은 모르니."

나는 다시 인용했다. 과연 이 시는 마치 계시 같다.

"배배 꼬인 동굴 안에서 회중전등의 불빛만 보고 미행하기는 어려울 것 같다고 생각한 나는, 하쿠슈의 이 시를 읽고 아리아드네의 향기가 있었던 게 아닐까 하는 가능성을 깨달았어. 하지만 오노 씨가 어째서 그렇게 강한 냄새를 풍기는 물건을 태연하게 갖고 있었는지 납득할 수 없었지. 그런데 그 의문은 금방 풀렸어. 점심 식사로 나온 카레 덕분에 오노 씨가 무취증이었다는 사실이 판명되었으니까. 우르르 무너지듯이 수수께끼가 풀린 거야.

그래서 머릿속으로 해답을 정리했더니 종유동에 가서 실제로 시험해보고 싶더군. 아리아드네의 향기 없이도 과연 어둠의 미로에서 미행은 가능했을까? 실험 결과는 '불가능'이었어."

 나는 하쿠슈의 시집에 다시 시선을 던졌다. 내가 아무 생각 없이 이 책을 손에 들고 멋진 시라고 감탄했을 때부터 에가미 선배는 아리아드네의 실을 그러모으기 시작했던 것이다. 이야기할 만한 가치가 있는 도착점이라고 납득할 때까지, 실을 그러모으는 중이라는 티도 내지 않고. 이 사람은 언제나 그렇다.

 "그럼 범인은 오노 씨가 무취증이라는 사실을 알고 있었던 인물이라는 뜻이 되는군요."

 "그렇게 되지."

 오노 씨가 무취증이었다는 사실을 알고 있었던 사람은 누구냐고 에가미 선배가 점심 식사 자리에서 사람들에게 물었던 장면을 되짚어보려 했다. 하지만.

 "하지만 누가 그 사실을 알고 있었고, 누가 몰랐는지는 판단할 수 없어요. 범인은 자기가 알고 있다는 사실을 숨겼을지도 모르니까요."

 "그래. 오노 씨가 무취증이었다는 사실을 알고 있었던 인물이 범인이라고 해도, 누가 해당되는지 알 수 없지."

그렇다면 추리 여행도 여기서 끝인가? 아니, 에가미 선배는 '범인을 알아냈다.'고 말하지 않았던가.

에가미 선배는 두 번째 담배에 불을 붙였다. 그 담배를 뻐끔거리며 여기서 한번 걸어온 길을 되돌아본다.

"범인은 오노 씨의 소지품에 '히로키'를 뿌리고, 그 향기를 이정표 삼아 오노 씨의 아틀리에가 어디에 있는지, 글자 그대로 냄새로 잡아냈어. 그리고 창작에 몰두하고 있었을 오노 씨의 등 뒤로 몰래 다가가 그 누구의 방해도 받지 않고 교살했지. 고인의 소지품에서 풍기는 부자연스러운 향기, 범행의 실상으로 이어지는 부자연스러운 상황을 숨기기 위해 범인은 현장 주변과 시체에도 똑같은 향기를 뿌려 부자연스러운 상황을 확대함으로써 그 형태를 바꾸기로 했어."

줄거리 요약은 됐다. 여기까지 들었는데도 범인을 조금도 걸러내지 못했으니, 이야기를 빨리 끌어나갔으면 좋겠다.

**"오노 씨의 소지품에 향수를 뿌릴 수 있었던 인물이 범인이야."**

에가미 선배는 천천히 말했고, 나는 그 뒷말을 눈짓으로 재촉했다.

"그런데 오노 씨의 소지품에 언제, 어떻게 향수를 뿌렸을까?"

부장의 말투가 느릿했기 때문에 나는 무심코 끼어들었다.

"물론 동굴에 들어가기 전이죠."

"그래. 아무리 늦어도 오노 씨가 동굴에 들어가기 전이야. 그런데 우리는 그림 도구가 든 수트케이스를 들고 콧노래를 부르며 창작 길에 나서는 오노 씨와 마주쳤어. 방금 전에도 말했지만 그때는 아무 냄새도 맡지 못했어. 향기가 묻은 건 그 이후, 다시 말해 오노 씨가 아래층으로 내려간 다음이야. 여기서 우리는 **범인은 오노 씨가 아래층으로 내려간 후부터 동굴 출입구에 들어가기 전, 그사이에 오노 씨의 소지품에 향수를 뿌렸다**는 결론에 도달해."

"그게 가능했던 사람은……."

말이 목구멍에 걸려 나오지 않았다.

"아래층 주방에 있었던 야기사와 씨다."

/ 3 /

'그런가? 그렇게 되나?'

나는 눈을 감고 생각해보았다. 오노가 계단을 내려갔을 때 아래층에 있었던 사람은 주방에 있었던 야기사와와 침실로 돌아간 기쿠노 두 사람. 아래층에 있었는지는 모르겠지만 위층에 분명히 없었던 사람은 시도다. 어째서 야기사와가 범인이라고 특정할 수 있지?

"어째서 야기사와 씨죠?"

나는 의문을 던졌다.

"아래층에는 기쿠노 씨도 있었다고 말하고 싶지? 하지만 만약 기쿠노 씨가 범인이었다면 어떤 상황이 될까? 안쪽 침실에서 달려 나와, 다짜고짜 약혼자에게 향수를 뿌렸다는 말이 돼. 기쿠노 씨가 범인이었다면, 주방에 있는 야기사와 씨의 귀를 염려하지 않고 그런 짓을 할까?"

"……."

"야기사와 씨는 이렇게 증언했어. '설거지를 하고 있는데 오노 씨가 콧노래를 부르며 내려오더니 금방 나갔다. 보지는 못했지만 그 소리를 들었다.' 그건 사실이야. 야기사와 씨는 진실을 증언할 수밖에 없었어. 기쿠노 씨가 안쪽에서 달려왔다고 암시하는 건 황당한 짓이야. 오노 씨 뒤를 따라, 혹은 오노 씨와 함께 다른 사람이 계단을 내려왔다고 증언하면 마리아나 내가 '거짓말이다, 그런 일은 없었다.'라고 부정할 거야. 야기사와 씨는 진실을 증언했어."

"시도 씨가 향수를 손에 들고 밖에서 기다렸을 가능성은요?"

"시도 씨의 자동차가 나쓰모리 마을에서 돌아오는 불빛을 봤잖아. 너도, 유이 씨도. 시도 씨는 오노 씨에게 향수를 뿌릴 기회가 없었어."

"그럼 야기사와 씨가 아래층으로 내려간 오노 씨에게 다짜고짜 향수를 뿌렸다는 거예요? 오노 씨가 그걸 전혀 개의치 않고 아무 일도 없었다는 듯이 현관을 나가 동굴로 향했다는 건 이상하지 않아요?"

오노가 내 방 밑을 지나 터벅터벅 동굴로 향하는 모습을 창문으로 보았던 기억을 떠올렸다.

"그런 짓을 하면 아무리 향기를 못 느끼는 오노 씨라도 '무슨 짓입니까!' 하고 기분이 상해 문제가 되었을지 모르지. 야기사와 씨는 그런 짓을 할 필요가 없었어. **미리 오노 씨가 들고 갈 줄 알고 있던 소지품에 향수를 뿌려두면 그만이었으니까.** 기쿠노 씨가 안으로 물러나고 다른 사람들이 위층으로 올라간 후에 그럴 수 있었어."

"미리라니…… 그럼 도구가 든 수트케이스는 오노 씨 방에 있었어요. 아래층에서 그 물건에 향수를 뿌리는 일은 불가능했고, 무엇보다 우리가 2층 복도에서 오노 씨와 마주쳤을 때 그 수트케이스에 향기는 묻어 있지 않았잖아요."

"수트케이스 외에도 손에 든 물건이 있었잖아. 현장에 있었던 물건이고, 거기에도 향수가 묻어 있었어."

**"우산!"**

나는 두 손으로 책상을 쾅 내리쳤다.

"정답. 우산."

과연, 그렇다면 이해할 수 있다. '제가 설거지를 하겠습니다.'라고 기특한 소리를 해 다른 사람들을 물리치고, 현관의 우산꽂이에 있던 우산에 향수를 뿌리는 일은 식은 죽 먹기였을 것이다. 하지만.

"우산에 향수를 뿌렸어도 비에 씻겨나가지 않았을까요?"

에가미 선배는 즉각 대답했다.

"우산 안쪽에 뿌리면 돼. 범행 현장에 떨어져 있었던 우산 안쪽에서도 향기가 났잖아."

"그렇구나."

"시체에 뿌릴 향수가 모자랄 정도로 범인이 우선 소지품에 꼼꼼히 향수를 뿌린 이유가 거기에 있어. 우산 안쪽에서 향기가 나는 부자연스러운 상황을 위장하기 위해, 우산 전체는 물론이고 수트케이스 안쪽에도 향수를 뿌린 거야."

그 탓에 시체의 머리에 뿌릴 양이 부족했다는 말인가. 그것도 직소 퍼즐의 한 조각이었나.

하지만 아직 제자리를 찾지 못한 조각이 몇 개 있다. 어째서 범인은 시체를 굳이 바윗단 위로 끌어 올렸을까? 왜 오른쪽 귀를 잘라냈을까? 그 의문에 대한 해답은 아직 찾지 못했다.

그런 생각을 하고 있는데, 그 의문에 대한 대답은 아니었지만 에가미 선배의 이야기는 여전히 전진하고 있었다.

"오노 씨를 살해하고 저택으로 돌아온 야기사와 씨는 현관에 들어와 어떤 사실을 깨달았겠지. 혹은 이건 예상했던 일일 수도 있지만."

"뭔데요?"

**"우산에 뿌린 향수의 잔향."**

나는 상상해보았다. 끔찍한 범죄를 끝내고 몰래 저택으로 돌아온 야기사와의 모습. 어두운 현관에 넘실거리는 '히로키.' 살인 현장에 뿌린 것과 똑같은 향수의 잔향. 그 달콤한 죽음의 냄새가 문득 내 코끝을 스치는 착각이 들었다.

하지만 현관에서 '히로키'의 향기를 실제로 맡은 적은 없다. 나는 다른 향기를 맡았다.

"그럼…… 제가 한밤중에 맡은 'énigme'와 'fauve'가 뒤섞인 향기는, 그건……."

**"야기사와 씨가 '히로키'의 잔향을 지우기 위해 뿌린 거야.** 현관 앞에서 벌어진 작은 사건도 그 이유로 설명할 수 있어. 두 종류의 향수를 뿌린 이유는 하나만으로는 '히로키'의 향기를 들킬지도 모른다고 경계했기 때문이겠지."

"하지만 야기사와 씨는 어째서 현관에서 '히로키'의 잔향이 풍긴다는 사실을 숨기고 싶었던 거죠? 조향실에서 가져와 몰래 뿌리려면 귀찮기도 하고, 누가 그 장면을 목격할 위험도 있었을 텐데요?"

나 같으면 안 한다.

"그 위험은 있었겠지. 하지만 '히로키'의 향기를 현관에 남길 경우 발생할 위험이 더 크다는 발상도 있었던 거야. 만약 범인이 잔향을 방치했다면? 사람들은 현관과 살인 현장에 똑같은 향수가 묻어 있고, 빈 병이 시체 옆에 놓여 있다는 상황에 직면해. 그렇다면 범인은 무엇 때문인지 현관에 향수를 뿌렸고, 살인 현장에도 무엇 때문인지 똑같은 향수를 뿌렸다. 반사적으로 그렇게 인식하겠지. 그렇게 될 경우 누군가 '현관에서 이미 오노 씨의 몸이나 그 소지품에 향수가 묻었던 게 아닐까?'라고 생각하면 단숨에 진상을 향해 굴러가지 않을까? 정원에 시체를 묻은 사람은 흔히 그 위에 꽃을 심으려 하지. 최대한 견고한 건물을 세우고도 싶을 거야. 발각되지 않도록, 사람들이 조금이라도 진상 가까이 다가가지 않도록, 그런 생각으로 범행 흔적을 지우려 하지. 야기사와 씨는 살인 현장에서 그랬던 것처럼 과잉 속에 범행의 흔적을 녹여버리려 했던 거야."

이렇게 에가미 선배의 추리는 잊고 있었던 작은 사건까지 사로잡았다.

"아직 이해할 수 없는 점이 많아요."

내가 구체적으로 물을 필요도 없이 에가미 선배는 고개를 끄덕였다.

"시체를 그렇게 높은 곳까지 끌어 올린 이유를 모르겠어. 왜 오른쪽 귀까지 잘라내야 했는지도 모르겠고. 히구치 미치오의 그림을 망가뜨리고 향수를 뿌린 이유도 이해할 수 없어."

"네. 하지만 그런 사소한 문제보다……."

도저히 이해가 안 가는 문제가 있다. 에가미 선배는 담배를 재떨이 안에 꼼꼼히 눌러 끄고 나와 시선을 맞추었다.

"어째서 오노 씨를 죽여야 했는가?"

나는 그 대답을 기다렸다.

야기사와 미쓰루가 범인이었다.

나는 그 결론을 받아들였다. 하지만 야기사와가 어째서 그런 끔찍한 범죄를 저질렀는지 도저히 이해할 수 없었다. 에가미 선배의 수첩에 모든 사람의 '동기 지수'를 적어 넣었을 때, 야기사와의 수치는 분명 10이었다. 야기사와와 오노 히로키의 관계는 몹시 담백했고, 오노의 기사라 마을 개조 계획에 대해 증오심을 품은 사람은 따로 있었다. 어째서 야기사와가 오노에게 살의를 품었는지, 에가미 선배의 설명을 듣지 않고서는 막이 내리지 않는다.

그런데…….

에가미 선배는 나를 노려보듯이 뚫어져라 쳐다보며 말했다.

"전혀 모르겠어."

침묵이 찾아왔다.

'에가미 선배의 추리가 틀렸을지도 몰라.'

나는 처음으로 그렇게 생각했다. 미치지 않고서야 사람이 이유도 없이 남을 죽일 리가 없다. 그런 이해력의 반발도 있었겠지만, 그보다는 야기사와가 범인이 아니기를 바라는 감정적 반발이 에가미 선배가 내린 결론을 거부하려 했다. 방금 전 올려다본 음악실 창문에 비친 유이의 뒷모습을 바라보며 느꼈던 생각. 지금 막 유이가 야기사와의 진지한 마음을 받아들여 새로운 인생을 출발하기를 기대했는데 그 야기사와의 손이 피로 물들어 있었다니, 생각하고 싶지도 않았다.

"모른다……."

나는 금이 간 도자기 재떨이를 바라보며 중얼거렸다. 두 개비의 꽁초가 들어 있는 재떨이는 낡은 정물화처럼 보였다.

"모르겠어. 야기사와 씨에게 직접 물어보려 해."

"지금요?"

고개를 들어 에가미 선배를 쳐다보았다.

"유이 씨 레슨이 끝난 후에."

부장은 씁쓸한 무엇을 입안에 머금고 있는 듯한 표정을 지었다. 진상에 가장 빨리 도달하는 역할을 맡은 부장이 맛보는 현실의 맛은, 나보다 더 견디기 힘들지도 모른다.

"유이가…… 가여워요."

부장은 그 말에는 고개를 저었다.

"유이 씨가 야기사와 씨에게 품고 있는 마음은 감사와 친밀함이지, 연애 감정은 아직 야기사와 씨의 일방통행이야. 진상을 알려면 지금이 나아. 야기사와 씨가 정말로 유이 씨의 피난처가 되어버린 후에 진상이 밝혀지는 것보다 오늘, 갑자기 드러나는 게 유이 씨를 위한 일이야."

야기사와가 범인이었다는 사실을 알면 유이는 무슨 생각을 할까. 충격 그 뒤에 어떤 감정이 유이를 덮칠까? 현실에 대한 증오는 지난여름 내가 절실히 맛보았다. 이 땅으로 도망친 유이는 여기서 만난 비극에 나보다도 격렬하게 현실을 저주할지도 모른다. 그리고 그 후에, 유이는 야기사와 미쓰루마저도 원망할까?

'그런 수라장만은 보고 싶지 않아.'

나는 기도하고 싶었다.

야기사와가 연주하는 그 격정의 덩어리 같은 곡이 머릿속에 떠올랐다. 오노의 목을 조르고 시체와 그 소지품에 달콤한 죽음의 향기를 뿌린 손이, 그 멋진 음악을 이 세상에 내보냈던가. 처절한 곡, 처절한 손가락! 나는 이해가 불가능한 감동을 느꼈다.

"정말…… 특별한 베토벤을 들었던 거야."

에가미 선배가 말했다. 부장의 뇌리에는 야기사와가 죽은 이의 넋을 위로하기 위해 연주한 〈장송행진곡〉이 되살아난 듯했다.

처절한 소나타, 처절한 베토벤!

나는 그 곡에 작곡가가 붙인 부제를 기억해냈다.

'어느 영웅의 죽음을 애도하며.'

야기사와는 오노를 영웅으로 존경하며 떠나보낸 것일까? 전혀 모르겠다던 에가미 선배의 말을 되풀이하고 싶다.

'유이를 위해 진심을 담아 연주해줘요.'

나는 기도했다. 유이를 위해서가 아니라 야기사와를 위해. 지금 이 시간이 사랑하는 사람을 위해 그가 피아노를 연주할 마지막 기회가 될 테니까.

에가미 선배에게서 시선을 돌리고 창밖을 보았다.

태양이여, 언제가 되면 고개를 내밀겠느냐?

커튼이 너울거렸다. 수심 깊은 귀부인의 동작처럼 우아하게.

/ 4 /

"지금까지 가출해본 적 있어?"

에가미 선배가 난데없이 물었다. 나는 영문도 모르고 대답했다.

"네, 두 번요. 왜 그런 걸 물어요? 이상하게."

부장은 세 번째 담배를 꺼내 마술사처럼 그 담배를 손가락 사이사이로 이동시키며 만지작거리고 있었다.

"그럴 것 같았어. 이곳으로 도망친 건 한마디로 표현하자면 가출이야. 가출은 버릇이 되는 경향이 있거든."

그런가, 가출이었나. 나는 우스웠다. 스무 살이라는 나이가 가출이라는 단어와 어울릴 줄은 생각도 못했다. 하지만 생각해보면 이 미숙한 인간의 행동에는 가출이라는 이름이 딱 어울리지 않을까.

"지금까지 두 번이라는 건, 언제하고 언제?"

지금 이 자리에서 내 이야기를 하게 될 줄은 생각도 못했다. 내 이야기를 궁금해하는 사람에게 말하기는 오랜만이다. 이곳에 온 후로는 별로 없었던 일이다. 서서히 기쁜 마음이 번져갔다.

"처음은 초등학교 2학년 때였어요. 정말 사소한 이유였죠. 텔레비전을 너무 많이 본다, 학교에서 돌아오면 바로 숙제를 해라. 어머니의 시끄러운 잔소리가 귀찮았고, 아버지 일이 바빠서 저한테 신경 써주지 않는 게 너무 불만스러웠어요. 그런 감정이 쌓여서 어느 날 집에 돌아가기 싫었고, 정처 없이……."

"정처 없이 어쨌는데?"

"집하고 정반대 방향으로 걸어갔어요. 그러다가 아라카와 제방이 튀어나왔는데, 거기서부터는 강 위로 계속 올라갔고요. 강의 발원지는 어떤 모습일까 궁금했거든요. 어디까지 걸었는지 잘 기억은 안 나지만, 해가 떨어진 후에도 터벅터벅 계속 걸었어요. 불안하다는 생각은 거의 없었어요. 자유롭다는 사실이 그저 유쾌했죠. 순경 아저씨가 '이런 시간에 무슨 일이니?' 하고 물었고, 그 가출은 그렇게 끝났어요."

에가미 선배는 아무 말도 없다.

"두 번째는 중학교 2학년 때. 친구가 절교장을 내밀지를 않나, 못 견디게 재수 없는 선생들만 만나질 않나, 아버지의 외도가 탄로 나서 어머니가 난리를 치질 않나……. 사실 그런 점보다 제 성격이나 외모에 대한 불만과 어중간한 성적, 특출한 재능은 하나도 없다는 점에 대한 한심함 때문에 일상을 견딜 수 없었어요. 그래서 또 정처 없이……."

"이번에는 어디로?"

부장은 여전히 담배를 만지작거리고 있다.

"중학교 2학년이었으니 보란 듯이 전철을 탔죠."

"보란 듯이."

우리는 얼굴을 마주 보고 웃었다.

"아버지가 친척하고 공동 명의로 이즈에 별장을 갖고 있어서, 여름에는 대개 가시키지마 아니면 이즈에서 보냈어요.

전 이름밖에 몰랐던 가루이자와여름 피서지로 유명한 일본 나가노 현의 고원 지대—옮긴이에 가보고 싶었죠. 학교에 가는 척하고 역에서 사복으로 갈아입고 우에노에서 '아사마'를 탔어요. 기차가 홈을 떠나는 순간은 정말 상쾌했어요. 자유다! 쾌재를 부르며 이런 짓을 해봤자 결국 내게서 도망칠 수는 없다는 걸 알고 있었지만, 분명 즐거운 여행이었어요. 나카카루이자와에서 반나절을 보낸 다음 여관을 잡으려다가 좌절했죠. 돈은 들고 나왔지만 어린애만 덜렁 재워주지는 않더라고요. 돌아가는 기차는 끊어지고 없었어요. 봄이었으니 노숙이라도 할까 하다가 일단 집에 무사하다고 연락이나 한번 하자 싶어 역 앞 공중전화로 전화를 걸었어요. 아버지가 어디에 있냐고 캐물어서 실토했더니 역에서 기다리라고 하더군요. 아버지하고 어머니가 자동차로 데리러 와주셨어요. 기다리는 그 시간은 정신이 아득해질 정도로 길었어요. 부모님은 다시는 그러지 말라는 말만 하고 저를 차에 태웠고…… 돌아가는 길도 길고 긴 시간이었어요. 새벽녘이 다 되어서 집에 도착했을 때, 저희 가족은 겉도는 대화 놀이에 지칠 대로 지쳐 있었죠. 하지만 저한테는 그리 괴로운 추억은 아니에요. 아버지나 어머니는 어땠을지 모르지만."

나는 갑자기 민망해졌다.

"에가미 선배도 있죠?"

부장은 전혀 웃지 않았다.

"나는 줄곧 가출 상태야. 몇 년 전부터, 줄곧."

"고향은…… 미야즈였죠?"

그것만은 알고 있었다. 하지만 나는 미야즈에 가본 적도 없고, 그 땅에 대한 지식도 빈약했다. 기껏 알고 있는 사실은 와카사 만 서쪽 끝에 있고, 아마노하시다테라는 경승지가 있다는 점뿐. 임시 열차가 관광객과 해수욕 손님을 나르며 북적거리는 계절도 있지만, 겨울에는 어두운 하늘 아래 동해가 거친 파도를 드러내리라. 마을은 바람과 파도를 맞고 눈 속에 파묻힐 것이다.

부장은 마침내 세 번째 담배에 불을 붙였다.

"태어난 곳이 미야즈. 초등학교 입학 전에 야마시나로 이사 갔어."

잘못 알고 있었나 보다. 에가미 선배의 양친이 미야즈에 있는 줄 알았다.

"그럼 미야즈에는 가족이 안 계신가요?"

"아니, 아버지가 혼자 생활하고 계셔. 9년 전에 미야즈로 돌아갔지. 나는 9년 동안 한 번도 돌아간 적 없는 집이지만."

어라. '에가미 가족'의 현재 모습을 잘 모르겠다.

"어머님은요……?"

"8년 전에 돌아가셨어."

"9년 동안 돌아가지 않았다는 그게 가출인가요?"

"열여덟의 가출이지. 나 혼자만 그런 게 아니라 가족 모두 한꺼번에 가출했지만."

나는 에가미 선배의 개인사 역시 잘 모른다.

"가족이 한꺼번에?"

"부모님이 이혼했어. 한마디로 가족이 뿔뿔이 흩어져버린 거지."

내용이 그렇다 보니 부장은 그다지 자세히 말하려 하지 않았다. 하지만 조금 더 물어봐도 괜찮겠지.

"부모님께서 이혼하신 후에 바로 뿔뿔이 흩어졌나요?"

에가미 선배의 담배 연기가 내 쪽으로 흘러왔다. 부장은 그 연기를 손짓으로 몰아냈다.

"그 전까지는 야마시나에서 12년 동안 살았어. 이제 그만두자고 결정을 내리고 나서 아버지는 미야즈, 어머니는 히메지의 친정으로 돌아갔지. 나만 교토에 남았어. 그때부터 지금 있는 니시진의 하숙집에 살고 있어. 모치나 아리스는 착각하고 있지만, 나는 겉멋으로 삼수를 한 게 아니야. 2년 걸려 생활을 바로 세우고 대학에 갔으니까."

후배들의 착각을 바로잡으려 하지 않았던 에가미 선배가 이런 때에 무슨 변덕으로 내게 말할 생각이 들었는지 모르겠다. 사람이 비밀을 주고받으려면 뭔가 비일상적인 시간이 필요한지도 모른다.

에가미 선배는 말을 이었다.

"어머니는 어떤 점술에 광신적으로 빠져 있었어. 위암으로 돌아가시기 직전에 내게 계시를 남겼지. '너는 서른을 맞지 못하고 아버지보다 먼저 죽는다. 아마도, 학생인 채로.'"

나는 망설였다. 뭐라고 대답하지? 깜짝 놀란 표정을 지을까? 웃는 표정을 지을까?

"에가미 선배는 점술 같은 거 믿지 않는 타입이죠?"

그 말밖에 못했다. 부장은 담배를 입에 문 채 고개를 갸웃거렸다.

"글쎄. 그렇다면 서른까지 학생으로 있어주마, 하는 사고방식은…… 어떨까."

"……."

"형이 열아홉에 죽었어. 어머니는 형에게 '스무 살까지 살지 못할 아이'라고 말한 적이 있지. 어처구니없을 정도로 정신 나간 어머니였어."

"아버님은…… 미야즈에서 뭘 하고 계세요?"

나는 마지막 질문을 했다.

"남 밑에서 일하고 있겠지. 지금 뭘 하고 있는지는 몰라."

책상 위로 깍지를 낀 부장의 손 위에 재가 툭 떨어졌다.

"갈까?"

에가미 선배는 담배를 재떨이에 버리고 자리에서 일어섰다. 바람이 그 머리카락을 어루만진 순간, 부장은 몸을 홱 돌려 창문을 돌아보았다.
"창문이 열려 있어."
"네. 그게 왜요?"
에가미 선배는 일렁이는 커튼을 바라보고 있었다.
"이곳에 들어왔을 때는 닫혀 있었어. 언제 열렸지?"
"어, 그랬어요?"
"그래. 마리아, 창문은 언제부터 열려 있었지?"
부장이 나를 보고 물었다.
그렇게 물어도 대답할 길이 없다. 이쪽은 창문이 닫혀 있었다는 인식조차 없으니까. 다만 에가미 선배가 가출 이야기를 꺼내기 전부터 열려 있었다.
부장은 창문을 벌컥 열고 바로 밑의 지면을 살폈다.
"콘크리트인가. 발자국은 안 남았군."
"발자국이라니…… 누가 몰래 창문을 열고 엿들었다는 거예요?"
"창문이 저절로 열릴 리가 없잖아."
단호한 목소리였다. 그야 분명 그렇긴 하다.
"야기사와 씨가 범인이라는 이야기를 누가 엿들었을까 봐 걱정하는 거예요?"

부장은 아무 대답 없이 천천히 창문을 닫았다.

"누가 엿들은 게 꼭 확실하지는 않잖아요."

"그래. 만약 누가 들었다면 소동이 벌어질 테니 곧 알 수 있겠지."

부장은 어두운 표정으로 말했다.

/ 5 /

계단에서 내려온 두 개의 그림자를 본 나는 흠칫 놀랐다. 야기사와와 유이였다.

"레슨 끝났어요?"

나는 당혹스러운 마음을 숨기려고 한발 앞서 말을 걸었다. 유이가 보조개를 지었다.

"네. 야기사와 씨가 또 한 시간이나 시간을 할애해주셔서."

곁에 선 음악가는 별일 아니라는 듯이 손사래를 쳤다.

"제가 상대해달라 부탁드리는 건데요, 뭘. 즐거운 시간이니까요. 그런 다음 스스로를 채찍질하며 작곡하는 겁니다."

"〈저녁노을〉을 마무리 지을 거예요?"

그렇게 물었지만 나는 야기사와의 눈을 쳐다볼 수가 없었다. 이 사람이 사람을 죽였나, 그런 생각을 하면서 상대를 직시하기란 쉬운 일이 아니다.

"그렇습니다. 어제 들으신 마지막 악장을 손보면 완성입니다. 이 마을에 와서 쓰기 시작한 곡이 오늘 완성됩니다."

"오늘은 뜻깊은 날이네요."

유이가 축복하듯 야기사와를 우러러보았다.

'유이가 슬퍼하는 모습을 봐야만 하는 걸까.'

나는 마음이 무거웠다.

"힘내는 것도 좋지만 조금 쉬세요. 제가 커피를 끓일게요."

"고마워요."

유이는 우리에게 함께 들겠냐고 물었다.

"아, 난 괜찮아."

에가미 선배도 정중히 사양했다.

"그럼 둘이서 티타임을 가집시다."

야기사와가 유이의 등을 가볍게 밀었고, 우리는 몸을 틀어 두 사람에게 길을 내주었다. 스쳐 지나가는 순간, 야기사와에게서 그 달콤한 향수의 향기가 나는 듯한 착각을 느꼈다.

현관문이 열리는 소리가 났다.

"어머, 어서 오세요. 커피 드시겠어요?" 유이의 목소리.

들어온 사람은 고비시와 마에다 부부였다. 물구나무를 서고 있었던 고비시는 두 손을 마주치며 진흙을 털어내고 있다.

"좋죠. 부탁해요."

데쓰코가 기쁜 얼굴로 말했고, 두 남자도 제안을 받아들였다.

다섯 사람이 식당으로 떠나자 나는 에가미 선배의 눈을 들여다보았다. 표정이 없다. 뭔가 무력감 같은 공기가 부장을 감싸고 있었다.

"이제 곧 곡이 완성된다니, 그게 끝나면 이야기할까?"

나는 고개를 끄덕였다.

"겨우 3시네."

부장은 손목시계를 보며 말했다. 자, 어떻게 시간을 때울까, 하는 목소리다.

"어떻게 할까요?"

부장은 한숨과 함께 내뱉었다.

"나는 자야겠다. 사실 어제 한숨도 못 잤거든. 생각할 게 많아서."

"사건 생각 때문에요?"

"아니, 형의 기일이었어."

에가미 선배는 그렇게 말하고는 계단 첫째 단에 발을 올렸다.

"점술 같은 건 안 믿죠?"

나는 그 뒷모습을 향해 물었다. 부장은 발길을 멈추지 않고 삐걱거리는 계단을 올라갔다.

"그래, 안 믿어. 핵전쟁으로 인류가 전멸해도 나는 마지막 한 사람이 되어 살아남을 생각이니까."

나는 계단 밑에서 거듭 말했다.

"하지만 이유야 어떻든, 일곱 살 차이 나는 에가미 선배가 같은 시기에 에이토 대학에 있어줘서 다행이에요. 전 그렇게 생각해요."

나는 진심으로 그렇게 말했다.

뒤도 돌아보지 않는 에가미 선배에게서 돌아온 말은, 내가 예상치도 못한 대답이었다.

"고마워."

/6/

도서실에서 책을 뒤지다가 흥미로운 책을 만났다. 그것은 마에다 데쓰오가 가져온 미술학 관련서 속에 섞여 있던 책으로, 《건축의 몽상》이라는 제목이었다. 고금동서의 유명 건축물을 비롯해 화가도, 건축가도 되지 못했던 히틀러가 꿈꾸었던 '게르마니아'나 폐품으로 만든 사이먼 로디아의 와츠 타워 등 성스러움으로 가득한 건축물을 풍부한 사진과 도판과 함께 해설해놓았다. 나는 페이지를 몇 장 들춰보고 그 책을 오후의 독서 친구로 삼기로 했다. 이상적인 책이다. 책을 읽으며 시간을 때우고는 싶지만, 지금의 나는 소설을 읽어도 스토리를 따라갈 만한 집중력이 모자랄 테니까.

책을 가슴에 품고 방으로 돌아가려는데 또 야기사와와 딱 마주쳤다.

"지금부터 작곡하시는 거예요?"

나는 웃지도 않고, 아니 웃지도 못하고 그렇게 물었다.

"예. 저녁 식사 전에는 완성될 겁니다."

"축하드려요"

"그 말씀은 아직 일러요." 야기사와는 웃었다.

"그러네요. 죄송해요……."

그가 레이디 퍼스트라는 듯이 손바닥을 위로 올려 계단을 가리켰기 때문에 어쩔 수 없이 먼저 올라갔다. 바로 뒤에 찰싹 붙어 오는 야기사와가, 솔직히 말해 무서웠다.

"그럼."

음악실 앞에서 야기사와는 가볍게 오른손을 들며 말했다.

"힘내세요."

그는 내 말에 미소를 짓고는 문을 탕 닫았다. 나는 잠시 그 문 앞에 우뚝 서 있었다.

'야기사와 씨는 벌써 건반에 손가락을 내렸을까…….'

방음된 방에서는 아무 소리도 들려오지 않았다.

***

문. 복도. 또 한 장의 문.

그 너머에 야기사와가 있고, 광적으로 피아노를 두드리고 있을 거라 생각하니 안정이 되질 않았다. 하지만 금세 펼쳐 든 책에 빠져 그런 사실은 잊고 말았다. 때로는 장려하고 때로는 기괴한 수많은 건축물들이 내 마음을 사로잡고 아득히 멀리 데려간 것이다. 특히나 '팔레 이데알'이라는 한적한 프랑스 시골의 우편배달부가 만든 궁전은 매력적이었다. 그 장절하기까지 한 정열과 추악해 보이기까지 하는 탐미성. 기형적인 성의 전경과 세부 조각, 테라스에 앉은 초현실주의자 앙드레 브르통. 그런 몇 장의 흑백 사진을 정신없이 바라보다가 이곳에 꼭 가보고 싶다는 생각이 들었다. 그런 생각으로 되읽어보았는데 1912년에 완성한 그 궁전이 정말로 현존하는지 어디에도 기록이 없었다. 우편배달부가 76세 때 완성한 담 속의 궁전은 50상팀centime의 입장료로 일반에 공개되었다는데, 지금은 어떨까?

'여기서 나가면 당장 알아봐야지.'

사진에서 시선을 떼지 못하며 나는 생각했다.

고요하다.

하지만 이것이 폭풍 전의 고요라는 사실을 나는 알고 있다.

과연 야기사와는 죄를 순순히 인정할까? 유이는 충격을 견뎌 낼까?

무엇보다 나는 눈을 돌리지 않고 이제부터 일어날 일을 지켜볼 각오를 다져야만 한다.

책을 덮고, 침대에 드러누워, 마음의 준비를 시작했다.

\*\*\*

5시가 되자 나는 저녁 식사 준비를 도우러 내려가려고 몸을 일으켰다.

침대 스프링이 삐걱거렸다. 귀를 기울이자 복도는 오싹할 정도로 고요했다. 그때 '또각또각' 딱딱한 구두 소리가 다가왔다. 데쓰코의 하이힐 소리인 것 같다. 나는 문을 열고 고개를 내밀었다.

"어머, 마리아 씨, 계속 방에 있었어요?"

데쓰코는 내 방 바로 앞까지 와 있었다.

"네. 슬슬 식사 준비를 할까 했는데 아직인가 봐요?"

"오늘 밤은 괜찮아요. 저하고 사에코 씨가 일찌감치 준비했거든요. 있는 재료로 대충 만든 음식뿐이지만요."

"그러세요? 죄송해요."

"괜찮아요. 어차피 창작할 분위기도 아닌걸요. 야기사와 씨는 아까부터 연주하고 있는 건가요?"

우리는 음악실 문을 쳐다보았다.

"그런가 봐요. 벌써 두 시간째 나오지 않네요."

"존경스럽다니까."

데쓰코의 목소리는 특별히 감탄하는 것 같지도 않았다. 2층에는 뭘 하러 올라왔을까? 내 생각을 알아차렸는지 데쓰코가 "시도 씨 못 봤어요?"라고 물었다.

"아뇨. 시도 씨가 왜요?"

"아까 있었거든요. 도서실에 책을 가지러 온 것 같은데 어딜 갔나 해서요. 저녁 식사를 여기서 같이 먹을 건지, 집에서 혼자 먹을 건지 물어보려고 찾고 있어요. 확실하게 대답해주지 않으면 난처하다고요. 넉넉하게 만들 정도로 여유는 없으니까."

주의해서 듣고 있었던 건 아니지만 몇 번인가 발소리가 복도를 지나간 기억이 있다. 시도가 올라왔는지는 잘 모르겠다고 대답하려 했을 때, 서쪽 건물 모퉁이에 두 개의 사람 그림자가 나타났다.

"아, 찾았다."

시도와, 또 한 사람은 에가미 선배였다. 어깨를 나란히 하고 이쪽으로 걸어온다.

"시도 씨하고 계속 같이 있었어요?" 나는 말을 걸었다.

"내가 불쑥 찾아갔어. 낮잠을 방해했나 봐."

그렇게 말하는 시도에게 에가미 선배가 대답했다.

"괜찮습니다. 어중간하게 낮잠을 자면 또 한밤중에 눈이 말똥했을지도 모르니까요."

두 사람은 나와 데쓰코가 있는 곳까지 오더니 걸음을 멈추었다.

"오늘 밤은 여기서 식사할 거죠?"

데쓰코가 묻자 시인은 대답했다.

"그래야겠어. 이제 집에는 먹을 게 동나서."

"여기에도 대단한 건 없어요."

데쓰코는 또다시 음악실 문을 쳐다보았다. 소리가 새어 나오지 않는 방 안에서 야기사와가 무엇을 하고 있는지 신경 쓰이는 모양이다. 데쓰코는 팔짱을 끼고 말했다.

"정말 조용하네요. 자고 있는 거 아닐까?"

그렇게 생각할 만도 하다. 이 문 너머에서 열정이 폭발하는 연주를 하고 있다는 사실이 믿기지 않을 정도로, 갓난아기가 새근새근 잠든 요람 속처럼 고요했다.

"머리카락을 휘날리며 두들겨대고 있겠지."

시도는 문손잡이를 살짝 비틀었다. 등을 굽히고 안을 들여다본다. 나도 그 틈새로 안을 살펴보려 했지만, 시도가 황급히 문을 닫아버려 아무것도 보지 못했다.

"왜 그래요?"

그렇게 묻는 데쓰코를 돌아보는 시도의 눈은 평소보다 더 번뜩거렸다. 콧구멍이 실룩실룩 움직이고 있다.

"못 봤어?"

시도는 억누른 낮은 목소리로 되물었다. 에가미 선배와 내게도 눈짓으로 같은 질문을 했다. 고개를 젓던 나는 뭔가 파릇한 풀잎의 이미지가 떠오르는 향기를 맡았다.

에가미 선배가 흠칫 놀란 듯 몸을 바르르 떨더니 시도와 문 사이로 파고들어 그 문을 반쯤 열었다.

피아노를 마주 보고 엎드려 있는 야기사와가 보였다. 내 망막에 그 광경이 각인되었다.

그 등에는 나이프의 칼자루가 수직으로 꽂혀 있었다.

제13장

# 부름을 받은 자 - 아리스

/ 1 /

"중대한 맹점과 착각이라니, 뭐가요?"

사양하듯이 아무도 말을 하지 않아 내가 모치즈키에게 물었다. 모치즈키는 기쁜 얼굴로 떠들기 시작했다.

"아이하라 씨가 누군가에게 편지를 받고 불려 나갔다가 살해당한 게 아니라, 누군가를 편지로 불러냈다가 그 상대에게 살해당하고 말았다는 사실. 그게 엄청난 착각이라고."

"스톱. 일단 스톱."

모치즈키는 제지하는 오다를 쳐다보았다.

"뭐야? 아직 새로운 사실은 한마디도 말 안 했어."

"새로운 사실로 전진하기 전에 짚고 넘어갈 점이 있다. 그 편지를 쓴 사람이 아이하라 씨고, 그 사람이 누군가를 불러내려고 했다는 결론에 의문의 여지가 있어."

"호오. 어째서? 방금 들은 아리스의 증언으로는 아직 부족하냐?"

"부족해."

뭐가 불만이지? 그 편지에는 내가 낙서한 자국이 남아 있었다. 그것으로 아이하라의 방 전화기 옆에 비치되어 있던 메모지라는 사실이 판명되었다. 아이하라의 방에 있는 메모지를 사용할 수 있는 사람은 아이하라밖에 없지 않나? 하지만 오다는 그 부분을 인정하지 않았던 것이다.

"그게 아이하라 씨의 방에 있던 메모지에 쓴 편지라는 점은 알겠어. 하지만 아이하라 씨만 그 메모지를 사용할 수 있었던 건 아니잖아?"

"달리 누가 있어?"

"니시이 씨."

오다는 그렇게 말하면서 다소 미안한 얼굴로 안경 쓴 소설가를 돌아보았다. 니시이는 의아한 표정이다.

"어째서 제가……?"

"실례인 줄은 알지만, 옆방에 계셨으니 기회는 있었을 겁니다. 아이하라 씨가 화장실에 갔을 때 슬쩍 방에 침입해 메모지를 한 장 빼오는 일쯤이야 가능했겠지요. 진심으로 그렇게 생각하는 게 아니라, 이건 순수하게 가능성을 검토하는 거니까 양해 부탁드립니다."

"그런 짓에 무슨 의미가 있습니까?"

니시이는 못 미더운 눈치다.

"만일 편지가 경찰의 손에 넘어갈 경우―실제로 그리 되었지만요―메모지의 출처가 빌미가 되어 자기가 범인이라는 사실이 탄로 나지 않도록 조작한 거겠지요. 실제로 그 메모지의 출처가 아이하라 씨의 방이라는 사실이 우연한 계기로 판명되고 말았습니다."

"겨우 그런 걱정 때문에 이제부터 죽이려는 상대의 방에 굳이 침입할까요?"

그렇게 말하는 니시이에게 재차 반론하려는 오다를 모치즈키가 말렸다.

"노부나가, 네가 하는 말은 이상해."

"어째서?"

"니시이 씨가 범인이었다고 가정할 경우, 아이하라 씨하고 밀회할 장소로 사람들 눈이 없는 폐교를 지정했다는 건 뭐, 좋아. 살인이 목적이니 구차한 변명을 붙이더라도 인적 없는 곳으로 불러내고 싶었다고 쳐. 하지만 아무리 그래도 옆방 사람한테 편지를 쓰겠냐? 귀엣말 한마디면 끝나는데. 하물며 그게 경찰에 넘어가 단서가 될까 봐 걱정하다니, 말도 안 되는 소리잖아."

"뭐……, 그러네."

"뭐가 '뭐, 그러네.'냐? 얌전히 사람 말 좀 들어라."

오다가 "예예." 하고 입을 다물자 모치즈키는 입술을 축이고 중단된 이야기를 재개했다.

"방금 전 맹점과 착각이라고 말했는데, 맹점 이야기를 하겠습니다. 누군가를 폐교로 불러내는 편지를 쓴 사람이 아이하라 씨였다면, 사태가 어떻게 변할지 생각해봅시다. 아이하라 씨는 X 앞으로 편지를 쓰고, 어떠한 방법으로 그것을 전달합니다. X가 누구인지, X가 편지를 받은 시점에서 아이하라 씨에게 살의를 품고 있었는지, 그런 문제는 일단 제쳐두고 이야기를 진행할게요. 그날 밤, 두 사람은 폐교의 그 교실에서 만났습니다. 경위야 모르겠지만 그 밀회 현장에서 벌어진 일은 X에 의한 아이하라 씨 살해였습니다. X는 아이하라 씨가 보낸 편지를 들고 있었습니다. 그리고 **그 사람은 잔꾀를 부려 그 편지를 시체의 주머니에 넣은 겁니다.**"

"어째서 그런 짓을 했죠?"

아케미가 재빨리 끼어들어 질문했다.

"이런 가설을 세웠습니다." 모치즈키는 또 입술을 축였다. "아무 이유도 없이 편지를 현장에 남겨둘 리는 없어요. 뭔가 이점이 있어서 그런 겁니다. 아마도 범인은 편지의 문장을 조작했을 겁니다. 그 조작이란 바로 밀회 시각의 수정입니다. '**9시에 만나고 싶습니다.**'라는 부분은 원래 '**7시에 만나고 싶습**

**니다.'였을 겁니다.** 어깨를 다친 아이하라 씨가 썼다는 편지의 필적은 지렁이 저리 가라였어요. 그 '7'이라는 글자를 조금 고쳐 '9'로 바꾸기란 누워서 떡 먹기였겠죠. 이게 범인 측의 이점입니다. 범인은 7시에 아이하라 씨를 몰래 만나 살해하고, 편지의 숫자를 살짝 고쳐 시체의 주머니에 집어넣고 떠났습니다. 그런 다음 9시의 알리바이를 준비하면 용의선상에서 빠져나갈 수 있다고 믿었을 거예요."

"숫자를 수정했다는 가설에 약간의 비약이 있는 듯합니다만."

니시이가 말했지만 모치즈키는 대답을 준비하고 있었다.

"밀회 시각이 7시인 게 자연스러워요. 저희는 6시 반쯤 다쓰모리 강기슭에서 아이하라 씨와 헤어졌습니다. 그 후 아이하라 씨의 행적이 묘연한데, 만약 밀회가 편지의 문장대로 9시였다면 아이하라 씨는 그때까지 두 시간 반을 어디에서 뭘 하면서 보냈는가 하는 의문이 남아요. 진짜 밀회 시각이 7시였다면 그 의문은 사라집니다."

나는 모치즈키의 추론을 되새김질하고 있었다. 한발 먼저 되새김질을 끝낸 하지마가 이야기를 정리했다.

"과연, 알겠습니다. 그럼 **'7시의 알리바이가 없고 9시의 알리바이가 있는 사람이 범인이다.'**라는 뜻이 되는군요."

"맞습니다."

끝났다는 듯이 몸을 뒤로 젖히려는 모치즈키에게 오다가 또다시 스톱을 걸었다.

"뭡니까, 또 당신이십니까?"

"오냐, 나다. 또 짚고 넘어갈 점이 있어."

"또 뭘 짚어. 네가 한의사냐?"

"그냥 들어. 시체가 된 아이하라 씨의 주머니에 범인이 편지를 넣었다는 증거는 있어? 시비를 거는 것 같아 미안한데, 그건 역시 아이하라 씨가 가지고 있었던 물건일 가능성도 있어. 일단 쓰긴 했지만, 예를 들어 상대를 우연히 만났다면? 범인에게 건넬 필요가 없어져서 그대로 주머니에 넣어 가지고 있었을지도 모르잖아?"

모치즈키는 빙그레 웃었다. 뭔가 비장의 카드가 있는 모양이다.

"증거 말이지? 물적 증거는 없지만 증명할 수는 있다. 아까부터 내가 맹점, 맹점 하고 되풀이한 건 사실 그 점이야. 야, 노부나가, 그 편지는 어디서 나왔지?"

"아이하라 씨 시체의 주머니에서."

"어느 주머니?"

"청바지."

"청바지 어디?"

"뒷주머니."

"오른쪽? 왼쪽?"

"어, 그러니까, 오른쪽이다."

거기서 모치즈키는 오다의 얼굴에 집게손가락을 들이댔다.

"그 점이 이상하잖아. **아이하라 씨는 오른쪽 어깨를 다쳐서 글자도 제대로 못 썼어. 그런 사람이 오른쪽 뒷주머니에 물건을 쑤셔 넣을 수 있다고 생각해?**"

한 방 먹었다. 생각도 못했다.

"가능 여부의 문제가 아니야. 무리를 하면 가능했을지도 모르지만, 고통을 참아가며 굳이 뒷주머니에 뭘 넣을 필요가 있을까? 앞주머니 속에는 아무것도 없었다고 했으니 거기에 넣어도 되고, 지갑하고 같이 가방에 넣을 수도 있었어."

"과연."

하지마가 추임새를 넣었다.

"이 부자연스러운 상황이 맹점이었습니다. 관찰과 추리를 병행했다면 '아이하라 씨는 범인에게 받은 편지를 들고 현장에 찾아갔다.'라는 잘못된 가설을 세울 필요가 없었어요. 사실은 처음부터 아리스의 낙서가 없어도 '누가 그 편지를 썼는지는 몰라도 그것을 현장에 남긴 것은 범인의 의지다.'라는 추측이 가능했을 겁니다. 우리의 눈이 놓쳤던 거예요."

모치즈키 슈헤이의 화려한 무대였다. 빗속의 싸움에서 보였던 추태를 이것으로 만회했다고 봐도 되겠다. 오다도 이 결론에는 납득하는 기색이었다.

"다들 납득하셨겠죠? 이제 여기서 방금 전 하지마 선생님께서 말씀하신 결론에 이릅니다. '7시의 알리바이가 없고 9시의 알리바이가 있는 사람이 범인이다.' 이겁니다."

어라. 즐거운 유람 비행이 시작됐다 싶었는데 비행기는 벌써 고도를 낮추기 시작한 모양이다. 모치즈키가 지금까지 말한 추론은 일단 인정하기로 하자. 하지만 '7시의 알리바이가 없고 9시의 알리바이가 있는 사람이 범인'이라는 결론은 별로 대단한 의미가 없지 않을까? 그런 사람은 이 마을 안에 몇 명이나 될 텐데.

내가 아는 범위에서 생각해보자. 해당자는 우선 우리 셋이다. 하지마가 부르러 온 7시 20분 이전의 알리바이가 없고, 그 이후는 하지마와 내내 후쿠주야에 함께 있었다. 우리의 결백은 우리가 가장 잘 알고 있지만 경찰 입장에서 보면 앞서 말한 조건에 딱 맞아떨어진다. 이래서야 괜한 짓 아닌가 모르겠다. 하지마 역시 조건은 우리와 마찬가지다. 그리고 꿈꾸는 우체국 직원, 무로키 노리오. 그가 후쿠주야에 얼굴을 내민 것이 9시 조금 전. 그 이전의 알리바이가 없다.

나머지 사람들은 다르다. 호사카 아케미, 나카오 군페이, 니시이 사토루는 7시의 알리바이도 9시의 알리바이도 없다. 하지만 그렇다고 해서 알리바이가 더 적은 사람이 용의선상에서 배제될 수 있을까? 나는 고민에 빠지고 말았다. 범인이 모치즈키의 추론대로 행동했다고 쳐도, 범인의 신상에 뭔가 예기치 못한 일이 생겨 9시의 알리바이를 만들지 못했을 수도 있다. 문제는 모치즈키의 말처럼 단순하지 않다.

"거기까지 생각하다니 대단하세요. 하지만 범인이 누군지, 그 결론에서 답을 이끌어낼 수는 없을 것 같군요."

아케미의 표정은 상냥했다. 결국 모치즈키는 기껏해야 노력상이 고작이다. 모치즈키는 스스로 인정했다.

"유감스럽게도 그렇겠지요. 하지만 용의자의 폭은 상당히 좁혔습니다."

"하지만 그렇게 따지면 저나 모치즈키 씨, 오다 씨, 아리스가와 씨도 용의선상에 있군요." 하지마가 이제야 깨닫고 말했다.

"그리고 7시의 알리바이도, 9시의 알리바이도 없는 니시이 씨하고 아케미 씨는 용의선상에서 제외. 이건 이상하네. 아니, 용의선상에서 벗어날 수 있는 사람의 팔을 도로 잡아끌려는 건 아니지만……. 이럴 줄 알았으면 그냥 계속 혼자 있을 걸, 어중간한 알리바이는 없는 편이 나았겠다 싶네요."

"전 골치가 아파오네요."

아케미가 열을 재듯 이마에 손을 짚으며 말했다.

/ 2 /

"지금까지 한 이야기를 형사님께도 말씀드리는 편이 낫겠군요. 오른쪽 어깨를 다친 아이하라 씨가 오른쪽 뒷주머니에 편지를 넣었다는 건 이상하다는 모치즈키 씨의 지적은 전달할 가치가 충분하다고 봅니다."

하지마의 말을 들은 모치즈키는 겸손히 말했다.

"경찰도 곧 알아차리겠지요. 다만 경찰은 아이하라 씨가 느낀 오른쪽 어깨의 통증이 어느 정도였는지 직접 보지 못했으니 감이 잘 오지 않을지도 모릅니다."

"하지만 그걸 알아낸 김에 여세를 몰아 단숨에 진범까지 알아냈으면 좋았을걸."

오다가 아쉬워했다. 그 말을 경계로 머리를 식히기 위한 시시콜콜한 잡담이 시작되었다. 하지마가 이야기보따리를 풀었다.

"아이들을 상대하다 보면 종종 드는 생각인데, 아이들을 얕잡아보면 안 됩니다. 아이들이 어른들의 언동에 쏟는 시선은 어른들끼리 서로 주고받는 시선과 크게 다르지 않다고 생각해야 해요. 아이들을 우습게 보면……."

아이들에게 치졸한 거짓말을 들켜 반성했던 경험담을 즐거이 떠들고 있다. 남의 이야기에 귀를 기울이는 일이 지겨워진 나는 듣는 둥 마는 둥 하고 있었다.

"그 반대의 경우도 있어요. 아이를 너무 과대평가하는 것도 잘못입니다. 어렸을 때는 보이던 것이 어른이 되면 보이지 않게 된다. 그런 감상적인 표현이 있는데, 그 말에는 찬성 못하겠어요. 아이가 보는 꿈은 하나같이 시시합니다. 꿈을 꿀 힘이 없어요. 심오한 꿈에 취할 수 있는 건 어른입니다. 그리고 어른은 어렸을 때 본 아련한 꿈을 평생 잊지 않아요. 대체로 꿈이란 건……."

그렇게 말하는 하지마의 목소리가 점차 아득해졌다. 나는 홀로 아이하라 살해 사건의 진상 탐구로 되돌아갔다.

'7시의 알리바이가 없고 9시의 알리바이가 있는 사람이 범인'이라는 가설을 세웠다. 하지만 그 추리는 정말로 맞는 것일까? 범인이 편지를 시체의 주머니에 쑤셔 넣은 건 그렇다 쳐도 '7'을 '9'로 수정했다는 부분은 역시나 다소 믿기 어렵다. 밀회 시각이 9시였다면 아이하라의 행동에 두 시간 반이나 공백이 생기니 부자연스럽다는 논거는 그럴싸하지만 결정적인 근거가 부족해 보인다. 그 두 시간 반 사이에 아이하라는 피사체를 찾아 어슬렁거렸을 뿐인지도 모른다. 7시의 알리바이니, 9시의 알리바이니 하는 문제에 너무 얽매이지 않는 편이 낫지 않을까?

하지마의 목소리가 귓속에서 속삭이는 소리처럼 희미하게

들려왔다.

"니시이 씨께서 말씀하신 '파노라마 섬' 어쩌고 하는 꿈도 그래요. 그건 어른의 꿈입니다. 어른의 마음이 고독과 적막을 견디지 못해 불러들이고 마는, 몽상할 수밖에 없는 꿈이다 이 거죠. 그리고……."

7시의 알리바이도 9시의 알리바이도 상관없다고 치면, 전부 백지로 돌리고 다시 시작해야 하나? 아니.

아까부터 뭔가가 마음에 걸린다. 누가 입에 담았던 어떤 단어. 정말 자신 없는 표현이지만 그 어떤 단어가 우리가 찾는 답을 슬며시 훑고 지나갔다는 느낌이 든다. 그것이 무엇인지 기억이 나지 않는다. 다만 중대한 힌트가 코끝을 스쳐간 감각만이, 마치 아직 보지 못한 해답의 잔상처럼 느껴졌다. 누가 말했더라? 모치즈키였나? 하지마였나?

"결국…… 꿈을 꾸는 힘에 기술이 갖추어지면 그게 예술이 된다는 말씀이군요?"

"맞아요, 맞습니다. 수다스러운 바보보다 과묵한 현자가 낫다고 생각하면, 예술가들은 그저 웅변가에 지나지 않는다고 말할 수 있지 않을까요?"

오다가 하지마와 논쟁을 벌이고 있다.

"예술과 웅변의 가치가 똑같을 수는 없겠지만……."

"물론 그렇지요. 저도 그런 뜻으로 하는 말이 아닙니다. 하지만 둘 다 '표현'이라는 점에서는 똑같습니다. 예를 들어 만약 자기 능력으로 미처 표현할 수 없는 심오한 꿈을 꾼 사람이 있다면, 그 꿈은 허망한 꿈일까요? 피카소의 반복적인 작품에 못 미치는 걸까요?"

"이야기가 예술이라는 단어의 의미론으로 빠지고 있네요."

"제게 있어 꿈과 아름다움은 같은 뜻입니다."

"아름다움이란……."

기사라 마을 안에서도 이런 논쟁이 벌어질까? 그런 건 아무래도 상관없다. 생각났다. 오다가 한 말이다.

처음에 모치즈키가 범인이 아이하라의 주머니에 편지를 넣었다는 말을 꺼냈을 때, 오다는 스톱을 외치며 이런 소리를 했다. '그렇지 않을지도 모른다. 아이하라가 줄곧 지니고 있었을 가능성도 있지 않은가. 편지를 쓰긴 했지만 그 상대를 우연히 만나 건네줄 필요가 없었고, 그대로 주머니에 넣어 가지고 있었는지도 모른다.' 이거다. 이 말 다음에 '오른쪽 어깨를 다친 아이하라가 오른쪽 뒷주머니에 편지를 넣었을 리가 없다.'는 모치즈키의 논리적 설명에 정신을 빼앗기고 말았지만, 나는 그때 오다의 말에 다른 반론을 내세우고 싶었다.

말하지 못했던 그 반론이란 이것이다.

'잠깐만요. 노부나가 선배, 아이하라 씨가 편지를 보내려던 상대와 우연히 마주쳤다니, 그건 언제 어디서 그런 거예요?

그 편지는 제가 낙서를 한 후에 쓴 거니까 대략 오후 4시예요. 그 이후에 아이하라 씨가 어디에서 누굴 만났다는 거죠?'

그렇게 묻고 싶었던 것이다. 아이하라는 4시 이후, 내내 여관의 자기 방에 있었다. 우리와 함께 외출했던 6시까지, 아이하라가 누군가를 만나러 간 일도 없거니와 누가 그를 만나러 온 일도 없었다. 따라서 '아이하라가 편지를 보내려던 상대와 우연히 마주치는 일은 없었다.'는 뜻이 된다.

뭐야, 기억해내고 보니 고작 그거였네. 쓴웃음이 나오려 했지만 여전히 뭔가가 마음에 걸렸다.

"잠깐만……."

나는 아무에게도 들리지 않는 목소리로 중얼거렸다.

터무니없게도 당연한 사실을 간과하고 있었다. 그 편지는 아이하라가 X 앞으로 쓴 것이다. **그런데 아이하라는 그 X에게 어떤 방법으로 편지를 전할 생각이었을까?** 아이하라는 편지를 완성한 후에 여관 외부의 그 누구와도 만나지 않았는데 말이다.

이미 그 누구의 목소리도, 어떠한 소리도 내 귀에 들어오지 않았다.

나는 마침내 진상에 육박했음을 실감했다.

"제 얘기 좀 들어주세요."

/ 3 /

 아이하라는 누구에게 어떤 방법으로 편지를 전할 생각이었을까? 나는 그 의문을 다른 사람들과 공유하는 일부터 시작했다.
 "확실히 이상하군요. 어째서 몰랐을까……."
 먼저 니시이가 내 이야기를 받아주었다. 그렇다, 정말로, 어째서 몰랐을까?
 "아이하라 씨가 편지를 쓴 게 4시. 우리를 따라 여관을 나온 것이 6시. 그사이 여관 외부의 누구와도 접촉하지 않았어요. 다 쓴 편지를 어쩔 셈이었을까요?"
 나는 그 답이 어렴풋이 보였다. 굳이 모두에게 의문형으로 발산한 이유는 거드름을 피우려는 게 아니라, 모두의 힘을 빌려 내 머릿속에 어렴풋하게 떠오른 생각에 확실한 형태를 부여하고 싶어서였다.
 이윽고 모치즈키가 내 질문에 답을 냈다.
 "이런 건 어떨까……. 7시 혹은 9시에 만나자는 내용의 편지를 4시에 썼다면, 설마 6시가 지나도록 그걸 가지고 있지는 않겠지. 넋 놓고 있다가는 약속 시간이 되어버리니까."
 "맞아요, 그래요."
 그렇다. 그런 것이다.

"그렇다면 그 편지에 적혀 있던 밀회 약속은 그리 시간이 촉박하지 않았다는 뜻이 돼. 다시 말해 가령 7시라고 치면, 그건 이튿날 7시였다는 뜻인가!"

엉?

"그렇다면 편지를 쓴 그날 7시가 지난 후에 상대에게 보내야 해. 안 그러면 상대가 날짜를 오해할 테니까. 그래서 4시에 쓴 편지를 느긋하게 6시가 지나도록 품고 있었던 거로군."

안 되겠다. 모치즈키의 머릿속은 완전히 뒤죽박죽이다. 자기가 방금 전에 내놓은 추리마저 무시하고 있다는 사실을 깨닫지 못하고 있다. 그런 이야기 전개를 바랐던 게 아니다.

"모치 선배, 그건 아니에요."

"왜?"

모치즈키는 이해 못하겠다는 표정이다. 그 편지에 적혀 있던 밀회 시각이 사실은 이튿날을 가리킨다는 새로운 발견이 마음에 들었나 보지?

"그건 이상해요. 오른쪽 어깨를 다친 아이하라 씨가 뒷주머니에 편지를 넣어뒀다는 게 이상하다고 말한 사람은 모치 선배잖아요. 주머니에 편지를 쑤셔 넣은 사람은 범인이라는 게 아까 나눈 이야기의 결론이었지 않나요? 다시 말해, **편지는 일단 범인의 손에 넘어갔던 거예요.**"

"······."

"게다가 이튿날 약속이라면 날짜를 명기했을 테고, 어깨를 다친 직후에 굳이 무리해가며 쓸 필요도 없었을 거예요."

"……."

"어때요?"

"알겠어. 네 말이 맞아."

선배는 쑥스러운 얼굴로 웃었다. 자신의 찬란한 시대가 지나갔음을 자각한 모양이다.

"그래서 아리스, 넌 어떻게 생각하는데?"

어깨를 이쪽저쪽 주무르며 듣고 있던 오다가 물었다. 내 생각은 아직 정리가 되지 않았지만, 이렇게 되면 말하면서 생각할 수밖에 없다.

"아이하라 씨의 편지는 상대, 그러니까 범인에게 전달되었어요. 그렇다면 어떻게 편지를 전달할 수 있었는가? 그 방법이 문제예요. 아이하라 씨는 약속 시간이 다가올 때까지 여관에서 나가려 하지 않았어요. 그런데도 편지를 보낼 수 있었으니, **누군가에게 배달을 맡겼던 게 틀림없어요.**"

모치즈키는 이제야 감을 잡은 듯했다.

"누군가에게 맡겼다는 건…… 주인아주머니에게 배달을 부탁했다는 뜻이야? 분명 주인아주머니는 아이하라 씨에게서 편지를 우체통에 넣어달라는 부탁을 받았지. 4시 이후의 일이었어."

"맞아요, 그래요."

"하지만 그 편지가 뭐였는지는 다 알고 있잖아." 오다가 장기인 '스톱'을 걸었다. "도쿄의 출판사에 보내는 거였어."

"야마모토 편집장에게 말이죠."

"그래. 그건 산사태 탓에 배달되지 못했고, 우체통에 고스란히 들어 있는 걸 경찰이 회수했어. 누구의 손에도 넘어가지 않았잖아. 그때 주인아주머니가 맡은 편지는 그 한 통뿐이었어. 더군다나 '이 편지는 우체통에 넣지 말고 마을의 아무개 씨에게 직접 건네주십시오.' 하고 부탁한 편지가 한 통 더 있었다면, 주인아주머니가 벌써 형사에게 말했을걸."

"네. 그런 일은 없었어요. 있었다면 주인아주머니가 증언했을 테고, 애초에 밀회 편지를 '아무개 씨에게 직접 건네주십시오.' 하고 남에게 맡기다니 이상한 소리죠."

"누군가에게 배달을 맡겼던 게 틀림없다고 네가 방금 말했잖아?"

"맡기는 것도 방법 나름이죠. 그렇게 노골적인 형태로 남에게 부탁하지는 않았을 거예요. 아이하라 씨하고 범인은 신중에 신중을 기해 서로 연락을 취하고 있었으니까요. 전화를 걸었을 때도 성별조차 알 수 없었다고 했잖아요."

"아아, 개구리 목소리 말이야?"

"사건 전날 밤에 걸려온 전화의 개구리 목소리가 범인이라는 절대적인 증거는 없지만, 상황으로 판단하면 범인의 전화였을 의혹이 농후해요. 그 전화로 범인은 아이하라 씨가 가지고 있던 무언가를 요구했겠지요. 아이하라 씨가 '그럼 귀하가 원하는 물건을 언제 어디에서 넘겨드리겠습니다.' 하고 바로 대답했다면 나중에 다시 연락을 취할 필요가 없었겠지만, 그때는 결정하지 못했어요. 전화가 끊어지지 않았다면 당연히 아이하라 씨는 '몇 시에 초등학교 교실에서'라는 약속을 전화로 잡았겠지요. 방에 있는 전화는 0번을 돌리면 교환을 거치지 않고 상대의 집에 연결되니까요. 하지만 전화를 사용할 수 없게 되었으니 편지를 보냈어요. 이건 상상이지만, 사건 전날 밤 전화를 할 때 두 사람은 서로 전화를 사용할 수 없을 경우에 취할 연락 방법을 미리 정해놓지 않았을까요? 결국 현실이 되었지만, 그 빗속에서는 많은 사람들이 어쩌면 전기나 전화가 끊길지도 모른다는 우려를 품고 있었으니까요."

"그건 됐어. 그래서 두 사람이 정한 방법이 뭐야?"

오다는 안달복달하고 있었다. 조금만 더 참아요. 제대로 착지할 수 있을지 없을지 모르겠지만, 나는 아직은 올바른 방향으로 나아가고 있다는 생각이 들었다.

"편지로 썼다는 건 알고 있어요. 그리고 아이하라 씨는 숙소에서 나가지 않고 그 편지를 보낼 수 있었어요. **아무리 생각해봐도 수상한 건 주인아주머니에게 우체통에 넣어달라고 부탁**

한 도쿄로 가는 편지예요. 그 내용물이 바로 '초등학교 교실에서 만나고 싶습니다.'라는 편지였다고밖에 생각할 수 없어요."

"잠깐, 아리스. **경찰이 그 봉투를 회수했을 때, 그건 아직 우체통 속에 있었어. 물론 봉투도 개봉 전이었고.**"

말문이 막혔다. 그런 나를 구원해준 사람은 하지마였다.

"거기서 포기하기는 이르지 않습니까? **우체통 속에 들어간 편지를 꺼내는 일이 가능한 인물이 있잖습니까.**"

그 말을 들은 오다는 눈부신 빛을 바라보는 표정을 지었다. 나도 똑같은 표정이었을지 모른다.

"**무로키 씨 인가요……?**" 오다가 물었다.

"그거다, 그거예요!"

나는 외쳤다. 이제야 겨우 착지할 지점이 보인다.

"무로키 씨라면, 그 사람이라면 우체통 열쇠를 마음대로 쓸 수 있어요. 우체국 앞의 우체통을 자기 집 우편함처럼 사용할 수 있다고요!"

오다는 반신반의한 표정으로 굳어 있었다. 니시이는 무표정. 아케미는 명백하게 경악하고 있다. 모치즈키는 이야기 중반부터 눈치채고 있었는지, 하지마가 내린 답에 그저 고개만 끄덕였다.

무로키가 범인이라면 편지를 받는 일이 가능하다. 단순한 이 해답에 좀처럼 도달하지 못했던 이유는 몇 가지 장애물이 있었기 때문이다. 하지만 그 장애물을 보고 너무 일찍 포기했던 게 아닐까?

"하지만 아리스, **그 편지는 봉투가 붙어 있었어……**"

오다는 똑같은 소리를 되풀이했다. 이게 장애물 가운데 하나였구나. 봉투를 한 번 개봉한 후에 조심스레 다시 붙였다면 경찰이 놓쳤을 리가 없다. 다른 봉투에 새로 넣었다면 수신처나 수신인을 범인이 새로 썼다는 말이 되는데, 그랬다면 필적 감정에 걸릴 것이다.

아이하라의 필적으로 작성한 야마모토 편집장에게 가는 봉투가 한 통 더 있었다는 뜻인가? 그렇다. 아이하라는 사건 전날 밤, 주인아주머니에게 두 통 분량의 봉투와 우표를 받았고, 그중 한 통이 어찌 되었는지가 묘연하지 않았던가. 그 행방불명된 편지에 적힌 수신인도 야마모토 편집장이었다면…….

점점 눈에 들어온다.

"거기서 되돌아가다니, 너무 쉽게 포기하는 것 아닌가요."

나는 그런 말로 입을 열었다.

"무로키 씨는 일단 봉투를 열고 내용물을 꺼냈어요. 그게 그 '초등학교 교실에서 만나고 싶습니다.'예요. **그런데 봉투 속 내용물은 그 편지 한 장이 전부가 아니었어요.** 그렇게 얇은 메모지 한 장짜리 편지였다면 부자연스러워서, 주인아주머니가 손에 들었을 때 이상하게 생각했을지도 몰라요. 아이하라 씨가 주인아주머니에게 우체통에 넣어달라며 건넨 봉투는 제법 두꺼웠어요. 전 옆에서 봤기 때문에 기억해요. 메모지에 적은 편지 외에 다른 무언가가 들어 있더라도 이상하지 않겠지요."

"다른 무언가? 아아, **편집장에게 보내는 편지 말이야?**"

"그것만 들어 있었던 게 아니에요."

"뭐야?"

"**봉투**예요."

그 봉투에는 우표도 버젓이 붙어 있고, 청양사의 야마모토 편집장 귀하라는 수신인명도 적혀 있었다. 아이하라가 보낸 메시지를 받은 무로키는 개봉한 봉투를 파기한다. 그리고 자기 앞으로 온 메시지만 남겨두고, 함께 들어 있던 야마모토 편집장에게 갈 또 하나의 봉투에 편집장에게 보내는 편지를 넣어 풀로 붙이고 자기 손으로 다시 우체통에 넣은 것이다.

"그렇게 하면 돼요."

니시이가 "그렇구나."라고 중얼거렸다.

"그런 거였습니까. 그거라면 아이하라 씨가 주인아주머니에게 봉투와 우표를 두 개씩 받았어도, **두 번째 편지가 발견되지 않을 만하군요. 두 번째 편지는 첫 번째 편지 속에 쏙 들어가 있었으니까요.**"

그렇다. 두 개의 수수께끼가 풀렸다. 나는 남아 있던 볼링핀을 스페어 처리한 기분이었다.

오다는 만전을 기하고 싶은지 질문을 계속했다.

"봉투 속에 똑같은 크기의 봉투를 접지 않고서 넣을 수 있어?"

"괜찮습니다." 니시이가 말했다. 뭐가 괜찮다는 건지 모르겠다. "회신용 봉투를 두 번 접어 넣는 게 싫어서 해본 적이 있습니다. 봉투 속에 똑같은 크기의 봉투를 접지 않고 동봉하는 일은 간단합니다."

"주인아주머니가 부탁받은 편지 속에 들어 있었던 건 무로키에게 보내는 메시지, 편집장에게 보내는 편지와 봉투가 전부가 아니야. 나쓰모리 마을과 다쓰모리 마을의 관광 안내 팸플릿도 함께 들어 있었어. 그렇다면 두께가 상당해질 거야. 형사들에게 이야기를 들었을 때, 주인아주머니가 수상하다고 생각하지 않았을까?"

여기서 모치즈키 탐정이 부활을 선언했다.

"그건 이상할 것도 없어."

"어째서?"

"먼저, 우체통에 넣어달라고 부탁한 편지와 실제로 야마모토 편집장에게 갈 편지의 두께가 달랐다고 해도 아이하라 씨가 그런 점을 신경 썼을 리가 없어. 우체통에 넣은 후에 그 봉투가 얇아졌다고 해도 애초에 주인아주머니가 그 점을 깨닫고 수상하다고 생각할 기회는 없었을 테니까."

"원래대로라면 말이지. 아이하라 씨는 설마 자기가 살해당하고 편집장에게 보낸 편지가 개봉될 줄은 예상도 못했을 테니까. 하지만 실제로는 경찰이 출동해 편지를 뜯었어. 주인아주머니가 두께의 변화를 감지할 기회가 생긴 거야. 주인아주머니에게 물어봐야겠군."

"글쎄다, 물어봤자 소용없을걸."

"어째서?"

"무로키 씨가 손을 쓸 수 있었으니까. 주인아주머니가 우체통에 편지를 넣었다는 사실을 무로키 씨가 알고 있었는지는 모르겠지만, 만약 누가 봉투의 두께가 줄었다는 점을 눈치챈다면 우체통의 열쇠를 사용할 수 있는 입장인 자기가 혐의를 쓸지도 모른다고 생각했겠지. 무로키 씨는 일단 얇아진 야마모토 편집장에게 보내는 편지를 복원할 수 있었어. 근처에 있는 적당한 물건, 마을의 관광 안내 팸플릿을 집어넣으면 그만이었으니까. 다시 말해 아이하라 씨 본인은 관광 안내 팸플릿을 동봉하지 않았다고 짐작해볼 수 있지."

거기까지는 생각하지 못했다. 하지만 나는 마치 모치즈키가 내 말을 대변해주었다는 듯이 고개를 끄덕끄덕 흔들었다.

하지마가 기가 막힌다는 듯이 말했다.

"그렇게 복잡한 짓을 했다고요? 그 사람들은 전날 밤 전화로 '만약 전화가 끊기면 내가 야마모토 편집장에게 보내는 편지를 우체통에서 꺼내 뜯어봐라. 그 속에 당신에게 보낼 메시지를 넣어두마. 편집장에게 보내는 진짜 편지와 봉투를 동봉할 테니 그건 그대로 발송해 달라.' 그렇게 약속했다는 건가요? 편집장에게 보낸 이 진짜 편지라는 건 필요 없지 않았을까요? 만약 정말로 편집장에게도 편지를 보내야 했다면 그건 그냥 다른 봉투에 써도 상관없었을 텐데요."

그렇다. 뭐든 엉터리 이름을 암호로 정해도 상관없었을 것이다. 어째서 그러지 않았는지는 두 사람, 아니 살아 있는 무로키에게 물어볼 수밖에 없다.

**잠깐. 이 귀찮은 연락 방법을 아이하라가 제안했다고 생각하니까 부자연스러워지는 게 아닐까? 범인인 무로키의 제안이라면 의미가 있다.** 전화로 무로키가 이런 제안을 하는 장면을 상상했다.

'이러이러한 식으로 다른 사람에게 보내는 봉투 속에 지한테 보낼 메시지를 동봉해주이소. 지는 그 봉투를 열어 메시지를 꺼내겠십니더. 안에는 제가 찢은 봉투의 수신인에게 보내는 편지와, 또 한 통의 봉투를 넣어주이소. 그리 하면 그건 그대로 다시 발송하면 됩니더. 누구한테 보내는 편지를 뜯어야 할지 알 수 있느냐고예? 그도 그러네예. 급한 일이 있어가꼬 편지를 여러 통 보낼 일이 생길지도 모르니까……. 이리 하면 어떻겠십니꺼? 지한테 보내는 메시지를 숨긴 봉투에는 표식으로 우표를 오른쪽으로 비딱하게 기울여 붙이는 깁니더. 어떻십니꺼? 이 방법이라면 우리 둘이서 완전히 비밀리에 연락을 취할 수 있을 기라예.'

아이하라는 이상한 제안이라며 어리둥절했을지도 모른다. 하지만 결국 고객의 요청에 따랐으리라.

"마침내 범인을 밝혀내고야 말았군요……." 니시이가 조용하게 흥분하고 있다는 사실을 알 수 있었다. "경찰에 연락을 취해 그 우체국 직원을 조사하라고 해야 합니다."

그때, 아케미가 비틀거리며 일어섰다. 안색이 몹시 나빴다.

"왜 그러세요? 혹시 취하셨어요?"

하지마가 걱정스러운 눈길로 올려다보자 아케미는 작은 목소리로 대답했다.

"그런 것 같아요. 이야기가 예상치 못한 방향으로 나간 탓도 있나 봐요. 그 얌전해 보이는 무로키 씨가 설마……."

아케미는 아까부터 피곤했던 모양이다. 자리를 뜨려 해도 우리가 열띤 토론을 벌이고 있었으니 말을 꺼내기 어려웠을지도 모른다. 그렇다면 미안한 일이다.

"바래다드리지요."

아케미는 하지마의 호의를 정중하게 거절했다.

"괜찮아요. 집도 바로 코앞인데 그러실 필요 없어요. 돌아가서 좀 누우면 금방 나을 거예요. 그보다……."

뜻밖에도 아케미는 사건 이야기를 계속하고 싶은 눈치였다.

"그보다 사건 문제 말인데, 아이하라 씨의 편지를 받을 수 있었던 사람은 무로키 씨 말고도 또 한 사람 있지 않나요?"

"아뇨, 없을 겁니다." 나는 단호하게 대답했다.

"그럴까요? 편지를 맡은 당사자인 주인아주머니도 봉투를 뜯을 기회가 있지 않았나요?"

아케미는 무로키를 감싸고 싶은 걸까? 하지만 그것은 허무한 반론이다.

"주인아주머니에게 봉투를 뜯을 기회가 있었던 건 분명해요. 하지만 그러면 방금 전에 나왔던 이야기로 되돌아갑니다." 나는 그 말을 되풀이했다. "한 지붕 밑에 있는 사람이 밀회 상대라면 편지를 쓸 필요가 없어요."

"아아…… 그렇군요."

아케미는 납득하는 듯했다. 그 이상은 아무 말도 하지 않고 치마의 주름을 대충 폈다.

"쓸데없는 소리를 했군요. 그럼 실례하겠습니다."

하지마는 여전히 걱정스러운 눈치였지만, 확실히 아케미의 집은 바로 근처였다. 억지로 따라가는 것도 호들갑이라고 판단한 모양이다.

"그러시겠어요? 그럼 아래층까지."

우리는 현관까지 배웅하기로 했다. 모두의 배웅을 받은 아케미는 약간 미안한 기색이었다.

"죄송해요. 그리고 내일 아침에라도 결과를 들려주세요."

아케미는 그렇게 말하고 고개를 깊이 숙이고는 자기 집 쪽으로 걸어갔다.

"어머, 벌써 끝나셨어요?"

주인아주머니가 고개를 내밀었다. 생각보다 일찍 끝나셨네요, 하고 말하고 싶은 눈치다.

"아니, 그런 건 아니고요. 마침 잘됐군요. 주인아주머니께 여쭤보고 싶은 게 있습니다."

하지마는 내 어깨를 살짝 밀치고 한 걸음 앞으로 나섰다. 주인아주머니는 어리둥절한 표정으로 하지마를 쳐다보았다.

"저한테요? 뭔데요?"

"어제 저녁, 아이하라 씨가 편지를 맡겼죠? 우체통에 넣어달라면서요. 그것 말고 아이하라 씨의 부탁으로 다른 편지를 누군가에게 건넨 사실은 없지요?"

"없습니다. 그건 형사님들이 질리도록 물었어요."

"그럼 부탁받은 그 편지 말씀인데, 뭔가 수상한 점은 없었습니까?"

수상한 점이라고 막연히 묻자, 주인아주머니는 당황했다.

"봉투 내용물이 비쳐 보였다거나 하지는 않았습니까?"

"아뇨. 제가 드린 건 그렇게 얇은 봉투가 아니에요."

"그럼, 으음, 봉투에 뭔가 특징은 없었습니까? 귀퉁이가 접혀 있었다거나, 뭐가 묻어 있었다거나."

주인아주머니 입장에서는 어째서 그런 질문을 하는지 이상했던 모양이다. 봉투의 특징을 알고 싶으면 경찰에 부탁해 실물을 보여달라고 하면 되지 않느냐고 생각했는지도 모른다.

하지마는 질문의 취지를 설명했다.

"그러니까 말입니다, 주인아주머니께서 우체통에 넣은 편지와, 경찰이 회수한 편지는 서로 다른 물건일지도 모른다고 생각하는 겁니다. 어땠습니까?"

"그렇게 말씀하셔도……."

하지마는 봉투가 바뀌었다는 주인아주머니의 증언을 끌어내려는 것이다. 그 편이 경찰에게 설명하기 쉬워서 그러는지도 모른다.

"모르겠어요."

주인아주머니의 난처한 얼굴을 보고 하지마는 포기했다. 해방된 주인아주머니는 어깨로 안도의 한숨을 쉬며 안으로 돌아갔다.

하지마는 나를 돌아보며 말했다.

"아리스가와 씨. 저는 당신이 내린 결론에 찬동하지만 물적 증거가 부족해요. 뒤바뀐 봉투는 둘 다 주인아주머니가 아이하라 씨에게 건네준 물건이니, 묻어 있는 지문도 똑같겠지요. 뒤바뀌었다는 증거가 필요합니다."

"그 편이 경찰에게 설명하기 쉬워서 그러시는 거죠?"

그는 고개를 끄덕였다. 내게 좋은 생각이 있다.

"경찰에 조사를 부탁하고 싶은 포인트가 있어요. 아이하라 씨가 주인아주머니에게 우체통에 넣어달라고 부탁한 봉투는 두 겹이었겠지요? 봉투 안에 다른 봉투가 들어 있었으니까요. 그 두 개의 봉투는 둘 다 아이하라 씨가 수신인명을 쓰고 우표를 붙였지만, 딱 한 가지 다른 점이 있어요. 만약 야마모토 편집장에게 보내는 편지에 나쓰모리 마을 주변의 관광 안내 팸플릿을 동봉한 사람이 무로키 씨였다면, 풀로 봉투를 붙인 건 무로키 씨라는 뜻이 됩니다. 그 풀 자국을 조사하면 뭔가 알 수 있을지도 몰라요. 아이하라 씨는 풀도 주인아주머니에게 빌렸을 테니, 그 종류가 다르면 편지가 뒤바뀌었다는 증거가 될 거예요."

"어쨌든 경찰에 조사를 부탁해야 합니다."

모치즈키가 재촉하자 하지마는 납득했다.

방으로 돌아가 모치즈키가 스기모리 경찰서에 전화하니, 누마이와 후지시로는 아직 도착 전이었다. 모치즈키는 아이하라 나오키가 도쿄의 편집장에게 보낸 편지를 우체국 직원이 바꿔치기했을 의혹이 있다는 내용을 상대에게 설명했다.
 이야기를 마치고 전화기를 내려놓은 모치즈키는 우리에게 보고했다.
 "무선으로 누마이 경감님께 연락해주겠대. 당장 나쓰모리로 돌아올 거라는군."
 "옳거니, 기다립시다." 하지마는 방금 전 자리에 털썩 앉았다. "가볍게 한잔 걸치면서 기다리죠."
 "주정뱅이라는 오해를 사지 않도록 가볍게 말이죠."
 오다가 자리에 앉아 교사에게 맥주를 따랐다.
 "무로키 씨가 범인이라는 사실은 알았지만 여전히 의문점이 많군요."
 그렇게 말하면서 하지마는 미지근한 맥주를 들이켰다.
 "그러게요. 두 사람이 어떤 비밀을 공유하고 서로 몰래 연락을 취했는지, 아이하라 씨는 무엇을 가지고 있었는지. 그리고 무엇보다 무로키 씨가 아이하라 씨를 살해한 동기는 무엇이었는지……."
 모치즈키가 해결하지 못한 의문을 늘어놓았다. 하나같이 아무도 대답할 수 없는 질문들이다.
 "이제 곧 알 수 있겠지요."
 하지마는 입가의 거품을 손바닥으로 훔쳤다.
 나는 살짝 열린 창문으로 밖을 보고 있었다. 남은 수수께끼를 풀기 위해 경찰차가 빨리 와주면 좋으련만. 그런 생각을 하면서.

***

한 시간 가까이 지났다.

대화에 지쳐, 추리에 지쳐, 모두들 기진맥진했다. 나는 꾸벅꾸벅 졸고 있었다.

현관문이 벌컥 열리는 소리가 났다. 귀에 익은 두 형사의 목소리가 들린다.

"왔다!"

오다가 팔꿈치로 나를 찔렀다. 두 눈을 비비며 바른 자세로 앉았다.

이윽고 나타난 두 형사를 보고 나는 흠칫 놀랐다. 그렇게 험한 얼굴은 처음 본다.

"아이하라 나오키가 보낸 편지가 바꿔치기당했다는 말이 사실입니까?"

이것이 누마이 경감의 첫마디였다. 그 결론에 이르는 과정은 무선으로 전달받았을 텐데, 하지만 역시 처음부터 설명해야겠지.

그렇다면야. 내가 헛기침을 했을 때, 누마이가 "사실은." 하고 뭔가 말을 꺼냈다.

"이곳에 오기 전에 신문을 할 생각으로 먼저 무로키 노리오의 집에 들렀습니다."

"무로키 씨가 부정하던가요?"

하지마의 질문에 누마이는 오른쪽에서 왼쪽으로 딱 한 번 강하게 고개를 저었다.

"아니요. 그의 집은 텅 비어 있었습니다."

무슨 뜻인지 모르겠다. 그러자 후지시로가 하얀 얼굴을 들이밀며 말했다.

"무로키가 도망친 것 같습니다."

제14장

죽음의 표본 - 마리아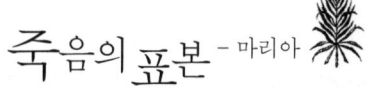

/1/

에가미 선배는 음악실로 들어갔다. 시도가 잠자코 뒤를 따랐다. 그리고 나는 문가에서 데쓰코와 나란히 그 뒷모습을 보고 있었다. 두 사람은 피아노에 엎드린 야기사와의 양쪽에 서서 상태를 살피더니 얼굴을 마주 보고 고개를 저었다.

"다른 분들께 알리십시오."

에가미 선배는 이쪽을 돌아보고 말했다. 데쓰코가 그러마 하고 대답하고 달려갔다. 참사 현장에서 빨리 떠나고 싶다는 듯이 재빠른 발걸음이었다.

나는 그 자리에 남았다. 홀로 남아 문 그늘 뒤에 숨어 있었다. 에가미 선배와 시도는 바로 나올 줄 알았는데, 현장 검증을 하는지 방 안에 머물렀다.

"피아노를 치고 있을 때 단숨에 찔렀군."

"이 나이프를 본 적 있습니까?"

"음, 이놈은 죽은 화백의 물건이야. 예전에 요코스카에서 미군하고 포커를 치다가 이겼을 때 빼앗은 전투용 나이프라고 들었어."

"그나저나 이건 지독하군요."

그런 대화가 들려왔다. 두 사람 다 어쩜 저리 냉정할까. 기분이 썩 좋지는 않았다.

문득 또다시 싱그러운 풀의 새싹 같은 향기를 맡았다. 문이 열렸을 때, 실내에서 연기처럼 풍겨 나왔던 향기다.

"에가미 선배." 나는 문 그늘에서 불렀다.

"왜?"

"풀 냄새가 나는데, 대체 뭐죠?"

나는 물어보면서도 예상하고 있었다.

"오노 씨를 살해한 현장에서 그랬던 것처럼 여기에서도 똑같은 짓을 했어. '미쓰루'라는 향수를 뿌린 모양이야."

예상대로다.

"그건…… 야기사와 씨 몸에 말이에요?"

"그래. 그리고 피아노 건반에도."

무슨 영문이지? 오노 히로키 살해 현장에 피해자와 같은 이름을 가진 향수를 뿌려놓았던 행위에는 에가미 선배가 합리적인 의미를 부여했다. 미궁 같은 종유동의 어둠 속에서 범인이 피해자를 미행하기 위한 아리아드네의 실이었다고. 하지만 어째서 이곳에서 똑같은 광경이 재현되어야 하는지 이해할 수 없다.

그보다 누가 야기사와를 죽였을까? 오노를 살해한 범인이 벌인 연쇄 살인이 아니라는 사실을 나는 알고 있다. 오노를 살해한 인물은 다름 아닌 야기사와 미쓰루였으니까. 야기사와가 범인임을 밝혀냈으니 사건은 끝날 줄로 믿고 있었는데, 그런 야기사와가 살해당하고 말았다. 우리는 또다시 혼돈 속에 굴러떨어진 것이다. 마치 멀미처럼 수수께끼에 속이 메슥거렸다.

두 사람이 밖으로 나왔다. 문을 반쯤 열어두고 기다리는 사이에 아래층에서 사람들이 올라왔다.

"야기사와 씨는 정말로 죽은 겁니까?"

맨 앞의 고비시가 이쪽으로 다가오면서 물었다. 얼어붙은 그 표정이 한눈에 보였다.

"이미 숨을 거두었습니다. 타살입니다."

에가미 선배는 안을 잘 볼 수 있도록 문을 활짝 열었다. 고비시, 마에다 부부, 사에코, 기쿠노, 고토에……. 마치 사설 박물관을 찾은 손님처럼 차례로 실내를 들여다보고는 뒤로 물러났다.

'유이가 없어.'

나는 그 점을 수상하게 여기기보다 일단 안도했다.

"이게 무슨 일이람. 범인의 목적은 오노 씨 한 사람이 아니었단 말인가."

마에다 데쓰오는 입술을 부들부들 떨고 있었다. 틀림없이 분노, 비탄, 공포가 뒤섞인 감정이 오가고 있을 것이다.

"오노 씨 다음은 야기사와 씨. 이번에는 누굴 노릴지……."

그렇게 중얼거린 사에코는 데쓰오와는 대조적으로 몹시 차분한 모습이었다. 침착하다기보다 감정이 마비되었는지도 모른다. 나는 그런 불손한 걱정을 했다.

"고토에 씨."

에가미 선배가 불렀다. 고토에는 조용히 고개를 들었다.

"부탁이 있습니다. 이곳에 있는 사람들 가운데 누군가의 몸에서 고토에 씨가 만든 '미쓰루'라는 향수의 냄새가 나지 않는지 확인해주십시오."

"무슨 뜻입니까?"

고비시가 물었지만, 고토에는 그 의도를 바로 알아차렸다

"음악실 안에서 '미쓰루'의 향기가 나요. 범인은 또 현장에 제 향수를 뿌렸군요? 그러니 범인의 몸에 그 잔향이 묻어 있을 수도 있다는 뜻인가요?"

"그렇습니다. 지난 사건과 달리 이번에는 범행을 저지른 지 시간이 얼마 지나지 않았습니다. '미쓰루'를 만드셨고, 누구

보다도 예민한 후각을 가진 고토에 씨라면 범인 스스로도 눈치채지 못하고 몸에 묻혀버린 잔향을 감지할 수 있을지도 모릅니다."

"저더러 다른 분들의 체취를 맡으며 돌아다니라는 말씀인가요?"

얇고 붉은 입술이 아주 조그맣게 움직이더니, 고토에가 그렇게 되물었다. 심술스레 들렸다. 고토에는 몹시 기분이 상했는지도 모른다.

"고토에 씨께도, 다른 분들께도 실례라는 점은 잘 알고 있습니다."

에가미 선배는 그 이상 구구절절 늘어놓지 않았다. 구차한 설명이야말로 실례라고 판단했으리라.

고토에는 승낙했다.

"저는 상관없습니다. 여러분이 허락하신다면, 개 흉내도 개의치 않겠어요. 과연 도움이 될지 불안하기는 합니다만."

"먼저 저와 시도 씨를 시험해주십시오."

다른 사람의 허락이고 뭐고 다 생략하고, 에가미 선배는 시도의 등을 떠밀며 본인도 앞으로 나섰다. 시도는 뭐라 종알거리려다가 입을 다물었다.

"빨리 하지 않으면 향기가 날아가 버릴까 봐 걱정하고 있군요?"

고토에는 그렇게 말하며 에가미 선배의 어깨 부근에 얼굴을 대고 코를 벌름거렸다.

"그렇습니다."

에가미 선배는 고토에의 머리 바로 옆에서 대답했다. 그 말투에는 초조한 기색이 담겨 있었다.

"머리가 잘 돌아가는군요."

고토에가 칭찬인지 조롱인지 모를 말을 했다.

"하지만 글쎄요. '미쓰루'는 '히로키'에 비해 잔향성이 훨씬 약해서 말이죠. 손을 내밀어요. 범인은 손으로 향수병 뚜껑을 열었을 테니까요."

에가미 선배는 아이처럼 고분고분하게 따랐다. 향기의 예술가는 그 손을 쥐고 꼼꼼하게 냄새를 맡았다.

"당신, 바다 근처에서 태어났군요?"

예상치 못한 지적을 받자, 에가미 선배의 표정이 잔물결처럼 일렁였다.

"아득한 파도의 향기가 나네요. 바닷가에서 태어난 사람의 냄새."

에가미 선배는 미소를 지었다.

"농담은 그만하십시오."

고토에는 부장의 손을 툭 놓더니 똑같은 미소를 지었다.

"미안해요. 장난을 칠 때가 아니죠. 당신에게서는 '미쓰루'

의 향기가 나지 않는군요."

에가미 선배가 시도를 흘깃 쳐다보자 시인은 잠자코 고토에에게 두 손을 내밀었다. 고토에가 진지한 표정으로 코를 벌름거리는 동안, 시도는 긴장한 표정으로 꼼짝도 하지 않았다.

"당신도 아니에요."

고토에가 다음은 누구냐고 묻기도 전에 내가 앞으로 나섰다. "부탁드려요." 고작 10초 남짓한 시간이었지만 남이 내게 코를 들이대고 여기저기 냄새를 맡는다는 건 기분 나쁜 경험이었다. 결백 판정이 나왔을 때, 그것이 당연한 결과임을 알면서도 한숨을 놓았다.

내 뒤를 이어 기쿠노가, 이어서 고비시가, 그런 식으로 다들 순서대로 고토에의 앞으로 나갔다. 반대를 외치는 이는 없었다. 다만 찬성을 표명한 이도 없다.

"유감스럽지만 에가미 씨, 저는 모르겠군요. 향수 냄새를 지우기 위해 범인이 비누로 꼼꼼히 손을 씻었을 가능성도 생각했지만, 그런 의혹이 있는 분도 없어요. 조향사의 후각은 일반인의 만 배에 이르지만……."

"범인은 장갑을 끼고 있었을지도 모릅니다."

에가미 선배는 그렇게 주석을 붙이면서 고토에에게 감사를 표했다.

"유이 씨를 불러와야겠어요. 유이 씨도 검사를 받지 않으면 불공평하잖아요."

데쓰코의 말에 나는 유이의 부재를 상기했다. 방금 전의 안도는 이제 사라지고, 불안이 커다란 새의 그림자처럼 마음을 가로질렀다.

"유이는 어디에 있어요?"

누구에게랄 것 없이 묻자 데쓰코가 뒤를 돌아보았다.

"산책을 나갔어요. 바깥 공기를 쐬고 싶다면서요."

"산책……."

"그래요. 저하고 사에코 씨가 식사 준비는 됐으니까 다녀오라고 했거든요. 어머?"

데쓰코가 내 어깨 너머로 복도 건너편을 쳐다보았다. 누군가 계단을 올라오는 소리가 들렸다.

"돌아왔나 보네요."

데쓰코의 목소리가 몹시 속 편하게 들렸다. 나는 복도를 내달렸다.

"유이, 잠깐 기다려!"

유이의 모습이 나타났다. 모두 위층에 모여 있다는 사실이 의아한 모양이다.

"무슨 일이에요?"

무슨 일이 있었는지, 전혀 짐작 가는 바가 없다는 표정이다. 나는 유이를 향해 달려가면서 서글픈 마음이 복받쳤다.

"왜 그래요, 마리아 씨?"
유이 앞에서 우뚝 멈춰, 크게 심호흡을 했다.
'어째서 내 입으로 전해야 하지?'
그렇게 한탄하면서 야기사와의 죽음을 전했다.
유이는 정신을 잃고 쓰러졌다.
"누가 좀!"
뒤를 향해 외치면서 나는 현기증에 휩싸였다.
에가미 선배가 달려오는 모습이 가로로 보였다.

/ 2 /

해는 이미 저물었고, 식당 테이블 위에서는 여섯 개의 촛불이 일렁이고 있었다. 실내 구석으로 밀려나 압축된 어둠이 일렁이는 그 움직임에 호응해 꿈틀거리고 있다.

소박하기 그지없는 저녁 식사가 지금 막 끝났다. 나는 거의 입에 댈 수 없었다. 다른 사람들도 비슷하거나, 혹은 고통을 느끼면서도 억지로 위장에 쏴셔 넣은 듯했다.

사에코의 검은 그림자가 들어왔다.

"진정제 약 기운이 도는지 곤히 자고 있어요."

"그래요. 잠시 재워두는 편이 그 아이를 위한 일이에요." 기쿠노가 말했다.

사에코는 비어 있는 내 옆자리에 앉았다.

"마리아 씨야말로 괜찮은가요?"

사에코가 그렇게 속삭였다. "네."라고 대답했다.

"유이 씨도 걱정이지만, 당신도 마음을 단단히 먹어요. 둘 다 정신을 잃은 줄 알았지 뭐예요."

"놀라셨죠, 죄송해요. 머리가 어지러워서 서 있지 못했어요. 이젠 말짱해요."

"그럼 됐어요."

사에코는 다독이듯 테이블 위에 얹은 내 손을 가볍게 쥐었다.

"사모님께 좀 여쭙겠어요."

유이를 뺀 전원이 모인 가운데, 데쓰코가 낭랑하게 목소리를 높였다.

"뭔가요, 데쓰코 씨?"

"오노 씨가 시신으로 발견되었을 때, 사모님은 이틀이라는 시한을 두고 외부로의 연락을 연기하셨죠. 그 이틀이라는 시간은 오늘 밤으로 끝나는데, 내일 아침이 되면 어쩌실 건가요? 외부에 구조를 요청해도 될까요? 아니면, 새로운 사건이 터졌다는 구실로 기한을 연장하실 생각인가요? 그 문제를 여쭙고 싶군요."

기쿠노는 만면에 초췌한 빛을 띠고 있었지만 대답은 단호했다.

"물론 연장은 하지 않겠습니다. 또다시 살인이 일어나면 큰일이니까요. 제가 그런 말을 하지 않았더라면 야기사와 씨가 살해당할 일도 없었을지 모른다는 생각을 하니 후회로 가슴이 멥니다."

기쿠노와 가장 연배가 가까운 고토에가 살며시 어깨에 손을 얹으며 위로했다.

"그렇다면 내일 아침이 되면 구조를 요청해도 된다는 말씀이지요?"

데쓰코는 다짐을 받았다.

"그래요. 오늘은 이미 해가 지고 말았으니 아침까지 기다립시다."

"거실 같은 곳에 모여 밤을 새울까요?"

사에코가 말하자 데쓰코는 그럴 필요 없다고 했다.

"침대를 방문에 붙여두면 자물쇠가 없어도 걱정할 필요 없어요. 안 그래도 지쳤는데 굳이 철야를 하다니, 사양하겠어요. 그렇죠, 여보?"

얌전한 남편은 고개를 끄덕였다. 이 부부도 나하고 똑같은 방법으로 문을 걸어 잠그고 스스로를 지키고 있었나.

"그건 좋다 치고, 누가 야기사와 군을 죽였는지, 수사 회의는 시작하지 않을 텐가?"

시도였다. 나를 포함해 그런 문제를 검토할 기력조차 시든 사람들 사이에서 그 발언은 몹시 무신경하게 울려 퍼졌다.

"범인을 알아내면 그놈을 꽁꽁 묶어놓고 느긋하게 잘 수 있잖아?"

"끈질긴 사람이네요, 당신." 데쓰코가 비아냥거리듯 말했다. "탐정놀이는 벌써 끝난 지 오래예요. 우리의 패배로 말이죠."

패배라는 단어가 가슴을 찔렀다.

'역시 패배였나?'

에가미 선배는 오노를 살해한 범인이 야기사와라고 지적했고, 나는 그 결론에 납득했다. 탐정은 분명 승리했다. 하지만 그 야기사와가 살해당했다는 말은, 역시 그 승리가 착각이었다는 뜻일까? 패배를 인정해야 하는 걸까?

'야기사와 씨는 범인이 아니었나……?'

그렇게 생각한 찰나, 고비시의 목소리가 사색을 끊었다.

"할 수 있는 데까지 해봐야 하지 않겠습니까? 이번 사건을 검토해보면 범인이 드러낸 꼬리를 잡을 수 있을지도 모릅니다."

"과연 그럴까요? 범인에게 향수의 잔향이 묻어 있을지도 모른다는 재미있는 아이디어도 나왔지만, 결국 알아내지 못했잖아요. 간단히 꼬리를 드러낼 범인 같지는 않군요."

충격이 큰 나머지 정신을 잃은 유이를 에가미 선배가 일으켰을 때, 이어서 달려온 고토에는 우선 그 두 손을 쥐고 냄새를 맡았다. 아무리 결백 판정도 좋다지만, 고토에의 신경도 정상은 아니었다.

"하지만 지난번과 달리 이번 사건에서는 범행 시간이 확실합니다. 알리바이를 조사하면 의외로 손쉽게 알아낼 수 있을지도 모릅니다."

"낙관적인 고비시 씨가 부럽군요."

데쓰코의 말에도 고비시는 불쾌한 내색을 하지 않았다. 고비시 같은 인물이 범죄를 저지르면 수사하기 어려울지도 모르겠다는 생각을 하다가 고개를 저었다. 이 무용가를 특별히 의심할 근거는 조금도 없다.

"좋아요. 시작합시다. 저부터 말씀드릴게요."

데쓰코가 담배를 물었다. 평소 같으면 고토에가 항의하는데, 오늘 밤은 입을 다물고 있다.

"야기사와 씨가 음악실로 들어간 시간은 3시 반이었어요. 제가 그때까지 함께 커피를 마시고 있었으니까요. 그 밖에 유이 씨하고 제 남편도요."

"저도 있었습니다." 고비시가 말했다.

"맞아요, 그랬죠. 다섯 명이었어요. 야기사와 씨는 그때까지 유이 씨의 노래 연습을 상대하고 계셨다고 했는데, 커피를 마신 다음에는 자기 곡을 연주할 거라고 말했어요."

데쓰오와 고비시가 고개를 끄덕였다.

"야기사와 씨가 '그럼 연주하고 오겠습니다.' 하고 말하고 식당을 나간 게 3시 반쯤 되었을 때였어요."

여기서 내가 발언해야 한다.

"제가 식당에서 나온 야기사와 씨를 만났어요."

"3시 반이었죠?" 데쓰코가 물었다.

"네, 맞아요. 저는 도서실에서 책을 골라 방으로 돌아가려다가 계단 밑에서 마주쳤어요. 그래서 함께 위층으로 올라왔어요."

"야기사와 씨가 음악실로 들어가는 모습을 보았나요?"

기쿠노가 질문을 던졌다.

"예. 제 방은 음악실 맞은편이라 그 앞에서 헤어졌어요. 야기사와 씨가 음악실로 들어가는 모습을 보았습니다."

"그 후에 살아 있는 야기사와 씨를 보신 분 계신가요?"

기쿠노의 질문에 대답하는 이는 없었다.

"시체를 발견한 건 5시. 범행은 3시 반부터 5시 사이라는 뜻이 돼. 그사이의 알리바이를 조사하면 되겠지? 순서대로 말해보지 뭐. 자, 당신부터."

시도가 자신만만한 목소리로 말하며 익살스럽게 에가미 선배를 가리켰다. 내내 말이 없던 선배는 천천히 이야기를 시작했다.

"저는 3시까지는 계속 마리아와 함께 있었습니다. 야기사와 씨와 유이 씨가 커피를 권했지만 낮잠을 자고 싶었습니다. 마리아는 책을 읽고 싶다면서 도서실로 향했고, 저희는 아래층에서 헤어졌습니다."

에가미 선배의 그 후 행동은 나도 모른다.

"방으로 돌아와 바로 침대에 드러누웠습니다. 그대로 곧 잠이 들려는데, 눈꺼풀이 무거워졌을 때 누가 문을 노크했습니다."

"시에스타를 즐기려 하셨던가요? 그거 실례를 했군요."

내 오른쪽 옆에 앉은 사에코가 왼쪽 옆에 앉은 에가미 선배에게 고개를 숙였다. 그렇다면 노크의 주인공은 사에코?

"사과하실 만큼 큰일은 아닙니다."

부장은 상냥하게 말했다.

"사에코 씨는 무슨 용건으로 에가미 씨의 방에 찾아가셨나요?"

데쓰코가 호기심 넘치는 눈으로 물었다. 에가미 선배는 질문자의 눈을 바라보며 대답했다.

"사에코 씨는 산책하시다가 마리아와 제가 종유동 탐색에서 돌아오는 모습을 보셨다고 합니다. 그래서 뭐 좀 찾아냈는지 듣고 싶어 오셨던 겁니다."

"산책을 마치고 일단 방으로 돌아갔지만, 오던 길에 멀리서 보았던 에가미 씨와 마리아 씨의 모습이 자꾸만 마음에 걸렸거든요."

"이런, 그러셨습니까? 어떤 모습이 마음에 걸리시던가요?" 에가미 선배가 물었다.

"두 분 다 몹시 진지한 표정이었어요. 그냥 진지하기만 한 게 아니라, 뭔가 중대한 결의를 가슴속에 숨기고 있는 듯한 그런 모습이었지요. 틀림없이 무슨 일이 있었구나 싶었어요."

사에코의 통찰력에 감복했다. 확실히 그 순간 우리는 범상치 않은 분위기를 띠고 있었을지도 모른다. 사에코가 우리를 보고 있는 줄도 몰랐다.

그나저나 찾아와서 묻는 사에코에게 에가미 선배는 어떻게 대답했을까?

부장은 이야기를 재개했다.

"유감스럽게도 보고할 만한 큰 발견은 없었습니다. 사에코 씨는 실망하셨겠지만, 그런 기색은 비치지 않고 '괜찮으면 제 아틀리에에 오시지 않겠어요?' 하고 불러주셨습니다."

나는 가슴이 덜컥했다. 에가미 선배가 내 초상화를 보았을지도 모른다는 생각을 하니 뺨이 화끈거렸다.

"미안해요, 마리아 씨."

"네?"

사에코가 내 얼굴을 들여다보고 있었다.

"마리아 씨 허락도 없이 초상화를 에가미 씨에게 보여드리고 말았어요."

"네……."

역시 그랬구나.

"괜히 장난삼아 보여드린 건 아니에요. 마리아 씨를 잘 알고 있는 분께 보여드리고 의견을 듣고 싶었어요. 다른 뜻은 없이, 제가 파악하지 못한 점이 있다면 지적해달라고 부탁해야겠다는 생각에서 보여드린 거예요."

"네……."

"에가미 씨는 '마리아의 허락을 받은 후에 볼까요?'라고 말씀하셨지만 제가 꼭 지금 봐달라고 부탁드렸어요."

"예. 전 별 상관없어요."

그렇게 대답할 수밖에 없지 않은가. 모델은 나지만 그 그림은 사에코의 작품이니까. 다만 그림 속에서 내 다리 노출이 약간 심해 부끄러웠을 뿐이다. 이상하네. 지금까지 그런 걱정은 한 적 없었는데. 에가미 선배가 그 그림을 볼 줄은 꿈에도 몰랐기 때문인지도 모른다.

"훌륭한 그림이었습니다."

그림에 대한 에가미 선배의 감상은 그 한마디가 전부였다. 내 뺨은 눈에 띄게 화끈거렸다.

"두 분이서 계속 아틀리에에 계셨나요?"

데쓰코가 사무적으로 물었다. 아무도 내가 촛불 속에서 얼굴을 붉히고 있는 줄 모르는 모양이다.

"아니요. 사에코 씨의 아틀리에에 그리 오래 있지는 않았습니다. 정확히 말한다면 3시 15분부터 45분 사이일 겁니다. 저는 그림을 보고 방으로 돌아가 이번에야말로 바로 잠들었습니다."

"변변찮은 놈이 두들겨 깨우기 전까지 말이지."

시도가 웃었다.

"예. 문을 두드리는 소리에 눈을 뜨니 4시 반이 막 지났더군요. 노크 소리를 듣고 문을 열자 시인이 서 있었습니다."

에가미 선배의 이야기에 맞추어 시도는 자기 가슴을 가볍게 두드렸다.

"어째서 시도 씨가 에가미 씨의 문을 두드렸는지 궁금하군요." 데쓰코가 말했다. "자작시 낭송이라도 하시려고?"

"내가 없었던 점심 식사 자리에서 이 양반이 묘한 이야기를 했다는 소식을 듣고 뒷이야기가 있으면 듣고 싶어서 무턱대고 찾아갔을 뿐이야."

"묘한 이야기?" 데쓰코가 어리둥절하게 되물었다.

"화려한 추리 말이야. 알겠어? 카레 향 추리일본어로 '화려'와 '카레'는 발음이 같다.—옮긴이."

자학적이리만치 김빠지는 말장난이었다. 진지하게 받아들인 데쓰코는 얼굴을 찌푸렸다.

"시인 어쩌고 하는 차원 이전의 문제로군요. 당신이 20대라는 사실조차 의심스러워요."

"이화 효과야異化效果, 독일의 극작가 브레히트가 창안한 연극 기법. 관객들에게 낯선 시각으로 대상을 바라보게 함으로써 친숙하던 사물이나 현상을 다시 생각하게 하여 그 본질을 이해할 수 있게 한다.—옮긴이." 시도는 웃었다.

"시시한 농담은 그만들 하고 에가미 씨의 이야기를 들어봅시다."

기쿠노가 탈선을 언짢아하며 말했다. 시도는 오뚝한 코끝을 긁적이며 입을 다물었다.

"시도 씨가 묻는 대로 오노 씨가 무취증이었다는 점을 깨달은 과정을 말씀드렸습니다만, 만족스럽지 못한 기색이었습니다. '그래서 범인은 누구?'라는 질문에 대답을 못했으니까요."

에가미 선배는 시도에게도 거짓말을 했나. 야기사와가 범인이라는 사실을 밝힐 뜻은 전혀 없는 모양이다. 야기사와의 죽음으로 진상이 다시 어둠의 나락에 가라앉고 말았기 때문이리라.

"이래저래 사건 이야기를 나누었지만 아무 성과도 없었습니다. 그러는 사이에 5시가 되었고, 아래층에 내려가 보기로 했습니다. 누가 식사 준비를 시작했을지도 모른다는 생각에요. 아래층으로 내려가려는데 음악실 앞에 데쓰코 씨와 마리아가 서 있었습니다. 시도 씨를 찾는 듯했습니다."

그 전후의 이야기, 시도를 찾은 이유에 대해서는 데쓰코가 설명했다. 시체 발견 상황은 이미 모두 알고 있었다.

"제 이야기의 결론을 스스로 내리자면, 제게는 3시 45분부터 4시 반 사이의 알리바이가 없습니다."

'낮잠이 신세를 망쳤군요.' 나는 소리 없이 중얼거렸다.

그리고 시도는 4시 반 이전의 알리바이를 증언해줄 사람을 대지 못했다.

/ 3 /

"다음으로는 에가미 씨 이야기에 등장한 분께 여쭙겠습니다."

그렇게 말한 기쿠노가 앞으로 쭉 내민 가느다란 손가락이 허공에서 정처 없이 방황했다.

"그래요, 사에코 씨 얘기를 들어볼까요."

지명을 받은 사에코는 바로 이야기를 시작했다.

"말씀드릴 만한 내용은 별로 없습니다. 에가미 씨가 아틀리에를 나간 후, 한동안 혼자 멍하니 있었어요. 이따금 창가로 다가가 정원을 내려다보기도 하면서요. 4시쯤 시도 씨가 잔디 정원을 가로질러 오는 모습이 보였습니다."

"아아, 4시쯤이었지." 시도가 중얼거렸다.

"그 후 아틀리에에서 나와 아래층으로 내려갔어요. 거실에 데쓰코 씨와 유이 씨가 계셨습니다. 그때 유이 씨가 약간 지쳐 보이기에 '산책이라도 하면서 바깥 공기 좀 쐬고 오지그래요?' 하고 권했어요. 데쓰코 씨와 저녁 식사를 어떻게 할지 의논하고, 4시 반쯤부터 함께 준비를 시작했습니다. 5시쯤 되어 데쓰코 씨가 시도 씨를 찾으러 나갈 때까지, 줄곧 주방에서 단둘이 있었어요."

"그렇다면 다음은 데쓰코 씨 이야기를 들을 차례인 것 같군요."

기쿠노의 말과 거의 동시에 데쓰코는 이야기를 시작했다.

"방금 전에도 말씀드렸듯이 3시부터 야기사와 씨, 유이 씨, 고비시 씨, 남편과 함께 커피를 마시며 잠시 담소를 나누었습니다. 그리고 3시 반에 야기사와 씨가 위층으로 올라가자, 고비시 씨가 '강이 어떻게 되었는지 보러 가지 않겠습니까?'라는 말을 꺼냈어요. 남편은 함께 가기로 했지만 저는 귀찮아서 일어나지 않았어요. 유이 씨는 남들 눈이 신경 쓰여 강기슭에도 가기 싫어하는 아가씨니 당연히 저하고 함께 남았죠."

"무단으로 강에는 가지 않겠다고 규칙을 정하지 않았던가요?"

기쿠노가 재빨리 잔소리를 했다. 하지만 그렇게 탓해봤자 이미 부질없는 짓임을 깨달았는지 바로 수그러들었다.

"됐어요. 고비시 씨하고 데쓰오 씨가 강으로 향한 건 몇 시쯤이죠?"

데쓰코는 고비시와 데쓰오에게 확인한 다음 대답했다.

"3시 반에서 5분쯤 지났을 때였어요."

"계속해요."

"그런 연유로 유이 씨하고 제가 거실에 남았습니다. 4시쯤 시도 씨가 이쪽으로 걸어오는 모습을 저도 봤어요. 그 다음은 사에코 씨가 말씀한 대로예요."

"유이 씨하고 줄곧 함께 있었던 건 아니지요?"

기쿠노가 또 비딱한 말투로 말했다. 데쓰코의 눈썹이 실룩이는 것이 보였다.

"저는 당신이 혼자서 진열실에 있는 모습을 보았어요."

"어머, 어디에서 보셨어요?"

데쓰코는 주눅 들기는커녕 그렇게 되물었다. 기쿠노는 그 얼굴을 똑바로 노려보았다.

"저는 계속 정원에 있었습니다. 4시 전이었나, 진열실 창문에 비친 당신 모습을 보았어요. 잘 보이지는 않았지만, 혼자이지 않았던가요?"

데쓰코는 천장을 비스듬히 올려다보며 한숨을 쉬더니 두 번째 담배에 불을 붙였다.

"10분쯤 진열실에 혼자 있었어요. 어제 끔찍한 꼴을 당한 히구치 씨 작품이 생각나서, 저하고 남편의 작품이 걱정되어 보러 갔던 거예요. 아무 일도 없어서 안심했지만 잠시 멍하니 그림을 보고 있었어요. 그게 3시 45분쯤이었네요."

"그 사이, 유이 씨는?"

"계속 거실에 있지 않았겠어요?"

자리를 비웠던 그 10분 때문에 데쓰코와 유이의 알리바이는 사라지고 말았다. 기쿠노가 지적하지 않았다면 데쓰코는 내내 유이와 함께 있었다고 주장할 심산이었던 모양이다. 심정은 이해하지만, 그건 역시 비겁하다. 나는 데쓰코가 토해내는 담배 연기를 살짝 쏘아보았다.

"그럼 강에 가셨던 고비시 씨와 데쓰오 씨께서 말씀해주시겠어요?"

지명을 받은 두 사람은 서로 보충해가며 자신들의 이야기를 했다.

3시 35분쯤 저택을 나선 두 사람이 다쓰모리 강가에 가보니 수위는 내려갔지만 탁류가 여전히 으르렁거릴 기세였던 모양이다. 강 건너편에 사람 그림자도 없고 해서 바로 되돌아왔다고 한다.

"돌아오는 길에 저는 집에 들렀습니다. 볼일은 없었지만 잠시 쉬고 싶었습니다."

데쓰오는 우물우물 그렇게 말하더니 반응을 살피듯 눈길을 들어 기쿠노를 바라보았다.

"당신도 낮잠?" 여주인은 짧게 물었다.

"아니요, 잠에 곯아떨어졌던 건 아닙니다. 저택에 있으면 차마 못할 흉한 모습으로 뒹굴고 싶었을 뿐입니다."

"그게 4시쯤이지요?"

"예. 저녁이 되어도 집사람이 돌아오지 않아서 4시 반쯤 저택으로 왔습니다. 집사람이 사에코 씨와 함께 식사 준비를 하고 있기에 말을 걸었지만 거치적거린다고 해서 거실에서 얌전히 기다렸습니다. 5시 조금 전에 집사람이 '시도 씨 못 봤어요?'라고 물었지만, 저는 오늘 오후 시도 씨를 한 번도 보지 못했습니다. 집사람은 '2층인가?' 하고 위로 올라갔는데, 그 후에 마리아 씨와 다른 분들과 함께 시체를 발견한 겁니다."

기쿠노는 재빨리 시선을 고비시에게로 옮겼다. 무용가는 낮은 목소리로 이야기했다.

"데쓰오 씨와 헤어진 후에 저도 일단 집으로 돌아갔습니다. 혼자 조용히 요모조모 생각해보고 싶었기 때문입니다. 저택으로 돌아온 건 거의 5시쯤이었습니다. 마침 에가미 씨와 다른 분들이 야기사와 씨의 시체를 발견하고 놀라고 계실 때, 저는 현관에 서 있었겠군요. 안색이 바뀌어 계단을 뛰어 내려오는 데쓰코 씨를 만났으니까요."

나는 차츰, 조용히, 흥분하기 시작했다. 지금까지는 아무도 알리바이가 성립하지 않는다. 모두의 행동이 그린 그물의 틈새를 뚫고 악마가 피아니스트를 덮친 게 아닌가, 하고 전율했던 것이다.

"마리아 씨 이야기가 남았죠?"

"네."

나는 고이지도 않은 침을 삼키고 말했다.

도서실의 책을 방으로 가지고 돌아오는 도중에 야기사와를 만났던 일. 음악실 앞에서 헤어진 일. 한동안 책을 읽다가 질리자 침대에 드러누워 이런저런 생각을 했던 일. 5시가 되어 아래층으로 내려가려는데 데쓰코가 위로 올라온 일. 데쓰코에게서 시도를 찾고 있다는 이야기를 듣고 있을 때 시도 본인과 에가미 선배가 나타난 일. 이렇게 되짚어보니 가장 결정적으로 알리바이가 없는 사람은 나 자신이라는 사실을 깨닫고 가슴이 울렁거렸다.

"당신은 3시 반부터 5시까지 완전히 혼자였군요?"

기쿠노는 가차 없이 지적했다. 대답할 말이 없다.

"더군다나 살인이 있었던 방과 복도 하나를 사이에 둔 곳에 있었어요. 범행 현장과 가장 가까운 곳에 있었다는 뜻도 됩니다."

그 치근거리는 말투에 반발한 나는 대담하게 말했다.

"그런 제게 묻고 싶은 말씀이 있으신가요?"

기쿠노는 손을 비비듯이 두 손바닥을 움직였다. 버석버석, 메마른 소리가 나는 듯했다.

"뭔가 눈치챈 점은 없었나요? 범인은 당신 방 앞에 등을 돌리고 서서 음악실로 들어갔을 테니까요."

질문하는 기쿠노의 몸이 한 아름은 커진 듯한 착각을 느꼈다. 나는 위압을 받고 있는 것이다. 아무 죄도 저지르지 않았는데 이렇게 어이없을 수가. 정신 차려. 스스로를 질타했다.

"발소리는 몇 개 들었어요. 하지만 신경을 곤두세우고 있었던 게 아니라서 언제, 어떤 발소리가 어느 쪽으로 향했는지 증언할 수는 없습니다."

"몇 번이나 들었죠?"

법정의 증언대에 끌려 나온 기분이다.

"세 번 정도라고밖에 말씀드리지 못하겠네요."

"네 번일지도 모른다?"

"네."

"두 번일지도?"

"네……."

기쿠노가 한숨을 쉬었는지, 그녀 바로 앞에 있던 촛불이 일렁였다. 내 이야기를 믿는 건지, 안 믿는 건지 알 수가 없다. 하지만 나는 진실을 말하면서 꺼림칙해할 정도로 비굴하지도 않았다. 그런 건 신경 쓰지 않는다.

"마리아 씨가 들었던 소리 중에는 제 발소리도 포함되어 있을 겁니다." 사에코였다. "에가미 씨 방을 찾아갔을 때의 발소리가."

"그리고 제 것도 말이지요."

기쿠노의 옆에서 고토에가 말했다. 두 부인의 시선이 약간의 거리를 두고 부딪쳤다.

"조향을 마치고 제 방으로 돌아갔을 때의 발소리예요."

"어머나, 고토에 씨, 방에 계셨던가요?"

"그래요, 아주 잠깐."

보아하니 자연스럽게 고토에가 이야기할 차례가 돌아온 모양이다. 나는 바통을 넘기며 입을 다물었다.

"저는 기쿠노 씨하고 계속 뒤뜰에 있었잖아요? 그 후에 조향실에 들어가 잠시 향기를 조물거리다가 방으로 돌아가 쉬었어요. 잠시 후 다시 뒤뜰로 가서 기쿠노 씨와 퍼걸러 아래서 담소를 나누었지요. 그뿐입니다."

"시간을 덧붙여서 말씀해주시겠어요?"

이것으로 이야기는 끝났다는 듯이 의자 등받이에 기대는

고토에에게 짜증이 났는지, 데쓰코가 타이르듯 말했다.

"네, 시간도 똑똑히 말씀드릴 수 있어요. 만약……." 고토에는 데쓰코가 손가락에 끼우고 있는 세 번째 담배를 눈짓으로 가리켰다. "더 이상 악취를 뿌리지 않으신다면, 좀 더 이야기하기 편할 텐데 말이에요."

데쓰코는 울컥한 표정을 감추지 않았지만 담배는 담뱃갑 속에 도로 집어넣었다. 고토에는 기쁜 표정으로 미소를 지었다.

"고마워요. 저는 기쿠노 씨와 둘이서 2시 이후부터 허브 정원을 손질하고 있었어요. 한동안 돌봐주지 못했고, 오랜 비에 꽤 많이 상한 식물들도 있어서 정성 들여 손질을 해주었습니다. 화장실에 갔던 시간 말고는 내내 둘이 함께 있었어요."

나는 종유동에서 돌아오는 길에 두 사람의 모습을 본 기억이 있다. 하지만 그 시간대의 알리바이는 문제가 아니다.

"3시 20분쯤 되어 저만 조향실로 갔습니다. 오래 서 있느라 지쳤기 때문에 만들고 있던 향기를 조금 더 손보다가 방에 쉬러 갔죠. 정원으로 돌아온 게 4시였고, 그 후에는 줄곧 기쿠노 씨와 함께였어요. 야기사와 씨의 변사 소식은 사에코 씨가 알려주셨습니다."

반쯤 뜨고 있던 에가미 선배의 눈이 거기서 크게 벌어지더니, 처음으로 질문을 요청했다.

"뭔가요?"

고토에는 안경 속의 온화한 눈을 부장에게 돌렸다.

"3시 20분부터 언제까지 조향실에 계셨습니까?"

"오래 있지는 않았어요. 그래요……." 고토에는 몇 초 생각하다가 답했다. "그래도 20분은 있었겠군요."

"3시 20분부터 40분까지 조향실에 계셨고, 40분부터 4시까지는 방에서 쉬셨다는 말씀이지요?"

"그래요."

에가미 선배의 집게손가락이 테이블 위에 무의미한 파도 무늬를 그리고 있었다. 부장은 그 동작을 멈추지 않고 질문했다.

"그때 조향실에 '미쓰루'는 있었습니까?"

당연히 확인해두어야 할 점이었다. 참고로 고토에가 조향실에 있었다는 시간 중 10분은 내가 그 옆의 도서실에 있었던 시간에 해당한다.

"'미쓰루' 말인가요? 예, 있었어요."

고토에는 주저 없이 말했다. 그 대답을 들은 에가미 선배가 몸을 앞으로 불쑥 내미는 바람에 나는 깜짝 놀랐다.

"확실히 있었던 거지요?"

"네. 그 향수는 병이 특이해 '히로키'와는 달리 눈에 잘 띕니다."

"병이라는 건 살인 현장에 굴러다녔던 팔각형 병 말씀이지요? 연한 푸른색의?"

"저는 살인 현장에 발을 들여놓지 않았지만, 당신이 말한 그런 병이 맞아요."

고토에는 담담하게 대답했다. 그 병이라면 나도 본 적이 있다. 다 쓴 빈 병이었는데, 버리려던 고토에를 야기사와가 말리면서 '그 병에 제 이름이 붙은 향수를 넣어주십시오.' 하고 부탁했다고 한다. 야기사와가 좋아하는 병이었던 모양이다.

"가장 특징이 두드러지는 병이었습니까?"

에가미 선배는 병에 집착했다.

"글쎄요. 가장 특징이 두드러지는 병 가운데 하나였다는 점은 확실하겠지요."

나도 조향실 선반을 볼 때마다 그 병에 눈길이 가곤 했다. 특이한 형태 때문만이 아니라 그 색감이 스테인드글라스를 연상케 할 정도로 아름다웠기 때문. 그것이 야기사와의 시체 옆에 굴러다니고 있었나 싶으니 더더욱 슬펐다.

"그나저나 또 제 향수를 꺼내 가리라고는 정말 생각도 못했어요."

그것은 나도 예기치 못했던 일이다. 고토에는 이야기하는 사이에 불쾌감이 치밀어 오르는지 눈썹을 찌푸렸다.

"그렇다면 범인이 향수를 꺼내 간 건 3시 40분 이후라는 뜻이 돼."

고비시가 혼잣말처럼 말했다.

"향수를 언제 꺼내 갔는지는 그리 중요한 문제가 아닐 것 같은데요. 3시 40분 이후의 알리바이가 완벽한 사람은 없는 것 같으니."

데쓰코가 관심도 없다는 듯이 말했다. 과연 그럴까?

"어쩌면 중요할지도 모릅니다."

에가미 선배는 그 한마디를 던지고 입을 다물었다. 그 말에 주목한 사람은 나 하나뿐이었을지도 모른다.

"어떤 의미로 중요한데요?"

마음에 걸린 나는 고개를 기울여 물어보았다. 부장의 대답은 짧았다. 이런 식으로.

"나중에 조사하러 가자."

알리바이 조사는 허탕으로 끝났다.

/ 4 /

다음으로 흉기에 대한 고찰이 시작되었다.

살인에 사용한 나이프는 시도가 현장에서 말했던 대로 오노의 물건이었다. 미군에게서 빼앗았다는 출처도, 나를 제외한 모두가 알고 있는 것을 보니 오노가 다른 사람들 앞에서 이야기한 적이 있었나 보다. 나이프의 존재에 대해서는 모두가 알고 있었다는 뜻이다. 그런 나이프가 있는 줄 몰랐다고 호소하기도 귀찮아 나는 특별히 아무 말도 하지 않았다.

"저도 그런 나이프가 있는 줄은 알고 있었지만, 보관 장소까지는 몰랐어요."

데쓰코가 견제하듯 말했지만 기쿠노는 받아들이지 않았다.

"저 역시도 그 사람이 어디에 나이프를 넣어뒀는지까지는 몰랐어요. 하지만 범인은 그 사람이 그린 종유동 지도를 훔쳐봤을 가능성이 있습니다. 방문은 잠글 수가 없으니 몰래 들어가 책상 서랍을 뒤진 적이 있는 사람이라면 분명 보관 장소를 알았겠지요."

종유동 지도를 훔쳐본 사람은 죽은 야기사와일 공산이 크다. 하지만 다른 인물이 마찬가지로 서랍을 뒤졌을 가능성도 충분했다.

결국 모두가 흉기를 손에 넣을 수 있었다. 또한 언제 그 나이프를 꺼내 갔는지는 모른다. 훨씬 전부터 범인이 가지고 있었을 수도 있고, 야기사와를 살해하려고 음악실에 가기 직전에 오노의 방에 들러 조달했다고 생각해볼 수도 있다.

"알리바이는 우리 모두 없어요. 흉기나 현장에 남은 향수를 손에 넣을 기회는 모두에게 있었습니다. 또 까다롭게 됐군요."

데쓰오의 불평에 대꾸하는 이도 없다. 방 안은 잠시 정적에 휩싸였고, 촛농이 뚝뚝 떨어지는 소리까지 들릴 것만 같았다.

"활기가 부족한 수사 회의로군."

시도가 하품 섞인 목소리로 말했다. 그리고 가려운 듯 머리를 긁적였다. 이런 밤에 그 일련의 동작은 몹시 무례해 보였지만, 어쩌면 긴장한 동물이 안정을 되찾고자 할 때 털을 고르는 행동과 비슷한 맥락인지도 모르겠다.

벽시계는 8시를 가리키고 있었다.

"이쯤 할까요."

기쿠노가 힘없이 말했다. 시도의 한마디에 허탈해졌는지도 모른다.

"정리합시다. 내일이 되면 외부에 구조를 요청하기로 했으니까요."

그것이 기쿠노의 결단이었다.

"오늘 밤만 조심하면 이제 끝이야."

데쓰오가 아내에게 속삭였다. 데쓰코는 "그래요." 하고 낮은 목소리로 말했다.

기쿠노가 폐회를 선언했다.

"그럼 마치겠어요. 조심하고, 푹 쉬세요."

'조심하고, 푹 쉬세요.' 이런 이런. 자극 넘치는 이 말은 지금 이 장소가 아니면 들을 수 없는 표현이다.

고비시와 마에다 부부는 바로 자리에서 일어섰다. 사에코와 기쿠노도 무거운 발걸음으로 방으로 향했고, 식당에는 네 사람이 남았다. 고토에, 시도, 에가미 선배와 나.

"술이라도 드시겠어요, 시도 씨?"

고토에가 묻자 시인은 쓸쓸하게 웃었다.

"선생께서 모처럼 제안해주셨는데 망할 얼음이 없어."

"그러네요."

"게다가 오늘 밤만은 제정신을 유지하지 않으면, 글자 그대로 목이 날아갈지도 모르니까."

"당신 말이 맞을지도 몰라요."

두 사람은 촛불을 사이에 두고 대화하고 있었다. 난롯가에서 담소를 나누듯 몹시 편안한 기색으로.

"꿈속에도 떠다니는 향기가 있을까?"

시인의 그런 혼잣말을 조향 예술가는 놓치지 않고 받았다.

"물론 있다마다요. 맹인은 음성만 있는 꿈을 꾼다고 하는데, 저는 향기만 있는 꿈을 꿔요. 어제도 꿨답니다. 무르익은 가공의 과실 같은 향기. 너무 생생해서 그리 좋은 향기는 아니었지만요."

역시나 고토에다. 가공의 과실의 향기라니, 나는 도저히 말을 재간이 없다.

"나는 어제, 맛이 나는 꿈을 꿨어." 시도는 작은 불꽃을 뚫어져라 바라보고 있었다. "인간의 시체를 먹는 꿈이었어. 정

강이를 씹으니 웨하스처럼 파편이 산산이 흩어지는 거야. 맛도 웨하스처럼 달착지근했지."

"누구 시체였죠?"

고토에는 불쾌한 기색도 없이 극히 평범하게 물었다.

"글쎄. 원형이 많이 망가져서 모르겠더라고. 과자가 된 판타스틱한 시체였는데, 누구였을까?"

"사람은 자기도 모르는 사이에 사람을 먹는 경우가 있어요."

고토에는 언젠가 내게도 그런 말을 했던 적이 있다. 고토에의 철학이라기보다 그것이 그녀가 좋아하는 표현인 듯했다.

"야기사와 미쓰루도 자기도 모르는 사이에 사람을 먹었던 걸까. 살해당할 이유는 없어 보이는데."

안경에 새빨갛게 타오르는 불꽃이 비쳐 고토에의 표정을 읽을 수 없었다. 그녀는 짤막하게 말했다.

"먹었을지도 모르죠."

어째서 야기사와가 살해당해야만 했나. 그 논의가 수사 회의에서 빠져 있었다는 사실을 깨달았다. 다들 제정신이 아니다. 아니, 저마다 그런 문제는 고민해봤자 헛수고라는 판단을 내렸던 건지도 모른다. 종유동 안에서 시체를 장식했던 광기가 활보하고 있다는 생각에 사고思考를 포기한 채.

하지만 종유동과 음악실의 살인범이 다른 인물이라는 사실을 에가미 선배와 나는 알고 있다. 오노를 살해했을 때 가했던 도를 넘은 장식이 갖는 수수께끼, 그 전부는 아니지만 큰 부분을 차지했던 향수의 수수께끼에 대해서는 해답을 얻을 수 있었다. 그곳에 광기의 냄새는 희박했다. 하지만 다른 살인범이 또다시 향수를 사용했다. 이것은 어떻게 해석하면 좋을까? 뭔가 의미가 있겠지만, 그렇다면 그것은 오노를 살해했을 때와 전혀 다른 의미가 될 것이다. 저녁노을이 지기 전의 음악실에서는 아리아드네의 향기가 필요치 않았을 테니까.

"오노 씨와 야기사와 씨의 공통점은 뭘까."

고토에가 자문하듯 말했다. 에가미 선배의 추리를 모르는 고토에의 눈에는 동일범에 의한 연쇄 살인으로 비치는 것이 당연하다.

시도가 불꽃을 바라보며 말했다.

"둘 다 수컷이었어. 둘 다 예술을 짓누르고, 그 위에 올라타 목을 조르고 싶어 했지."

"그 두 사람에게 과연 공통점이 있을까요? 저는 바로 떠오르지 않는군요. 두 사람은 그다지 가깝지 않았어요. 어느 쪽인가 하면 서로 거북해하는 것 같았죠."

"서로 상대의 작품을 이단이라고 생각했겠지."

"저는 남의 작품에는 관심이 없어요." 고토에는 차갑게 말했다. "소중한 건 제 작품뿐이죠. 제가 상상한 향기를 만들며 지낼 수 있다면 그걸로 족해요."

"그럼 선생은 여기서 행복하겠군."

시도는 고토에만 선생이라고 부른다. 그리고 그것은 이 기사라 마을에서 선생이라는 단어를 들을 수 있는 유일한 경우였다. 그가 조향 예술에 경의를 표하기 때문인지, 연장자를 존경하기 때문인지는 알 수 없다.

"제가 만들려고 했던 향기는 말이지요, 에가미 씨."

난데없이 이름을 부르자 부장은 화들짝 놀라는 기색이었다. 고토에는 생긋 미소를 지었다.

"'지로'라는 이름이었답니다."

"그거 영광이군요."

에가미 선배는 진지한 얼굴로 말했다.

"하지만 안 되겠어요. 상황이 이러니 조향을 하고 있을 때가 아니에요. 빨리 침대에 들어가 자기로 하죠."

"나도 그만 돌아갈까."

시도는 쩌억 하품을 하면서 일어섰다. 앉아 있느라 지쳤는지 허리께를 주먹으로 두드리고 있다.

"두 분도 그만 쉬실 거지요?"

고토에가 묻자 에가미 선배는 "예."라고 대답했다. 그리고 덧붙였다.

"음악실을 잠깐 살펴보고 자겠습니다."

나는 사양하고 싶었다. 굳이 자기 전에 살인 현장에 키스를 던질 필요까지야 없지 않은가.

시도는 놀리듯이 휘파람을 불었다.

"또 뭘 조사하려고? 탐정이로세. 탐정 노릇이라는 행위도 이곳에서는 예술에 포함시켜주고 싶군."

"범죄자는 예술가이지만, 탐정은 비평가에 지나지 않습니다."

에가미 선배가 즉각 받아치자 시도는 어리둥절한 표정을 지었다.

"제가 한 말이 아닙니다. 어느 추리소설에 나오는 유명한 말이지요."

"이 사건의 범인에게는 맞아떨어지겠군. 이류인지 삼류인지 모르겠지만, 잡아놓고 보면 어쨌든 자칭 예술가겠지."

시도는 비웃으며 나갔다.

그 순간 고토에가 손뼉을 딱 쳤다.

"그래요! 돌아가기 전에 조향실을 확인해야겠어요. 살인범이 또 장난을 치지 않았는지 걱정돼요."

아무리 그래도 오늘 밤에는 아무 짓 못하겠지. 사람들이 이렇게나 경계하고 있으니까. 하지만 듣고 보니 약간 마음에 걸리기도 한다.

"저도 가봐도 될까요?"

고토에는 "네, 그러세요."라고 대답했다.

현관, 도서실을 지나 향기가 태어나는 방 앞에 왔다. 물론 에가미 선배도 따라왔다.

"사실 이 방에 자물쇠를 채워야 했는데. 그러면 범인도 그런 짓을 못했을지도 모른다는 생각이 자꾸만 들어요."

고토에는 문 앞에 멈춰 서서 그런 말을 중얼거렸다. 나는 비논리적인 그 의견에 공명했다. 이 마을 주민들과 같은 이름이 붙은 향수병이 선반에 진열되어 있다. 어제부터 같은 이름을 가진 사람과 향기가 말살당하고 있다. 그렇다면 선반에 진열되어 있는 것은 예정된 죽음의 표본 아닐까? 우리가 지금 당장 해야 할 일은 바로 이 방을 봉인하는 일 아닐까?

'모습은 보이지 않지만 분명하게 존재하고, 슬그머니 다가오는 것은 무엇일까요?'

그렇다. 향기와 살인범.

어리석은 수수께끼.

"어디 봅시다."

고토에는 문을 열고 촛불을 내밀었다. 마법의 방이 빛을 받아 어렴풋이 드러났다.

"아까까지는 이곳에 있었어요. '미쓰루'도."

그 표현은 내 심장에 독화살처럼 꽂혔다.

'어떻게 그런 무신경한 말을 할 수 있어요?'

나는 고토에의 등에 대고 마음속으로 외쳤다. 아까까지는 이곳에 있었다? 그렇다, 향수병만 말하는 거라면 그래도 좋다 치자. 하지만 같은 이름을 가진 남성이 목숨을 잃었다는 사실을 고토에는 잊고 있는 걸까?

'아까까지는 이곳에 있었어요, 미쓰루도.'

어쩜 이런 말이 또 있을까. 오싹한 심정을 끌어안은 나는 견딜 수가 없었다.

"어머, 뭐지?"

고토에가 평소에 들어보지 못한 얼빠진 목소리를 냈다. 앞쪽의 병을 옆으로 치우고 안쪽 병의 라벨을 읽으려는 것 같았다.

"뭔가 문제가 있습니까?"

에가미 선배가 물었다. 고토에는 "네."라는 말뿐, 병의 라벨을 훑어보는 시선을 멈추지 않았다.

"뭔가 모자란 게 있나요?"

불안해진 나는 날카로운 목소리로 물었다.

뒤를 돌아보는 고토에의 안색은 지독히 나빴다.

"그래요. 모자라요, 하나가."

나는 내 목구멍이 꼴깍 울리는 소리를 들었다.

"그 이름은?"

나는 무서워서 입에 담을 수 없었던 질문을, 에가미 선배가 던졌다. 고토에는 대답했다.

"유이."

제15장

유류품 - 아리스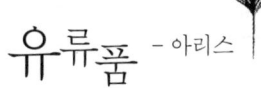

/ 1 /

무로키의 도주 소식을 들은 나는 얼이 빠지고 말았다. 오락가락 불안한 걸음으로 네 명이 매달렸던 추리가 적중했다는 사실이 증명된 것이다. 반신반의했던 그 추리가.

"도주했다니, 진짜예요? 그냥 외출한 것 아닙니까?"

모치즈키가 그렇게 확인을 요청할 만도 했다. 우리가 빙고 게임에서 이겼다는 사실을 아직 믿을 수 없었고 더군다나, 더군다나 무로키의 도주 타이밍이 지나치게 절묘하지 않은가. 무로키가 범인일지도 모른다고 생각한 우리가 추리의 나무토막을 차곡차곡 쌓아 경찰에 참고삼아 정보를 제공한 직후에 달아나다니, 이런 우연이 있을까?

"그냥 외출한 것 같지는 않습니다." 후지시로는 하얀 얼굴에 살짝 홍조를 띠고 있었다. "집 안을 쭉 조사해보니 현금은 한 푼도 없었습니다. 벽장과 장롱 서랍이 열려 있었고, 황급히 짐을 꾸려 뛰쳐나간 분위기가 농후해……."

"목격자가 있습니다."

누마이가 채찍질하듯이 말했다. 모치즈키가 되물었다.

"누가 뭘 목격했습니까?"

"가방을 멘 무로키가 몹시 당황한 기색으로 뛰쳐나오는 모습을 이웃이 보았답니다. '이런 시간에 어디에?' 하고 말을 걸었더니 '잠깐 좀.'이라고만 대답하고 산 쪽으로 달려갔다고 합니다."

"달려서? 차를 타고 도망친 게 아닙니까?" 오다가 물었다.

"예, 자동차는 놓고 갔습니다. 도보로 달아난 겁니다."

무로키는 경찰이 자기를 찾아올 줄 알았던 게 아닐까? 그걸 알고 있었다면 자동차를 이용한 도주는 단념했을 것이다. 마을에서 나가는 외길을 달려가면 마을로 오는 형사들과 정면 대결을 피할 수 없으니까.

"저희가 이곳으로 향하고 있다는 사실을 눈치챘을 가능성이 있습니다."

누마이는 나하고 똑같은 생각을 했던 모양이다.

"하지만 무로키 씨가 어떻게 눈치챘는지 모르겠네요. 방금 전 이곳에서 막 나온 이야기였다고요."

하지마가 말하자 누마이는 신음했다. "그럼 순전히 우연인가요? 그런 것 치고는 절묘한 타이밍이군요."

"비는 그쳤지만 산으로 도망치다니 상당히 무모한 짓 아닙니까? 밤이고 하니까 위험할 것 같은데요."

오다가 말하자 누마이는 천만의 말씀이라는 듯 고개를 저었다.

"현지 사람이니 당신 생각만큼 무모하지는 않을 거요. 게다가 어느 정도의 위험은 각오하고 도망친 겁니다. 정말로 사람을 죽였다면 필사적이지 않겠습니까?"

"추적할 건가요?" 오다가 당연한 질문을 했다.

"인근 경찰서는 물론이고 소방대, 청년단에도 이미 지원을 요청했습니다. 아직 그리 멀리 가지는 못했을 테니 놓칠 우려는 없겠지요. 그보다 자살이라도 하면 큰일입니다."

우체국 직원을 올가미에 몰아넣는 것이다. 붙잡힐쏘냐 하고 어두운 산속을 내달리는 남자의 모습을 뇌리에 그려보았다. 더없이 애처로운 광경이다. 사람이 사람을 사냥하다니 상상만 해도 끔찍하다.

"저희는 이제 현장으로 돌아가 가택수색을 하겠습니다. 여쭤볼 일이 생길지도 모르니 그때는 협조 부탁드리겠습니다."

누마이가 작게 경례했다. 후지시로 그 행동을 따라 하면서 "협력 감사드립니다."라고 말했다.

형사들이 떠나자 우리는 얼굴을 마주 보았다. 가슴 졸이는 사이에 일이 이렇게까지 굴러가버렸다. 하나같이 당혹스러운 얼굴들이었다.

"아니, 이건, 또⋯⋯."

하지마의 의미 없는 말이 그 당혹감을 단적으로 나타내고 있었다. 모치즈키가 말했다.

"놀랄 필요는 없잖습니까, 선생님. 제비뽑기로 무로키 씨가 범인이라는 결론을 내린 게 아니니까요. 이건 요행으로 맞힌 게 아닙니다."

"말은 그렇지만, 이렇게 당장 채점 답안이 돌아올 줄은 몰랐습니다."

하지마는 교사다운 비유를 사용했다.

"그보다도 이상해요."

내가 그렇게 말하자 오다가 물었다.

"뭐가 말이야?"

"아무리 생각해도 무로키 씨가 도망친 타이밍이 너무 절묘해요. 마치 저희 얘기를 엿들은 것 같잖아요?"

물론 그런 일은 있을 수 없다.

"우연이겠지, 우연."

오다는 그다지 신경 쓰지 않는 듯했다. 나만 찜찜한 채로 남았다.

"그보다 아케미 씨한테 전화해드리면 어떨까요? 뭔가 알아내면 연락 달라고 했잖습니까?"

아케미는 '내일 아침에라도.'라고 했다. 시계를 보니 아직 10시 전이다. 전화를 해도 이해해줄 시간이겠지.

"걸어볼게요."

나는 수화기를 들고 메모를 보며 번호를 돌렸다. 호출음이 여섯 번 이어진 후에 "호사카입니다." 하고 아케미가 받았다.

"아, 아리스가와입니다. 밤늦게 죄송해요."

"네……."

아케미의 목소리는 맥이 없었다. 아직도 기분이 좋지 않은 건지, 아니면 벌써 잠자리에 들었던 건지 염려스러웠다.

"이렇게 전화를 드려도 실례가 아닌가요?"

"네."

또 대답이 짧다. 하지만 "네."라고 하니까 말해도 되겠지.

"결정적인 진전이 있어서 전화드렸어요. 무로키 씨가 도주했다고 합니다."

"도주……?"

난데없이 그런 말을 들어도 무슨 소린지 모를 것이다. 나는 경위를 간단히 설명했다. 중간에 아케미는 질문 하나 섞지 않고 작은 목소리로 "네, 네." 하고 되풀이할 뿐이었다.

"그렇게 된 거예요. 역시 무로키 씨가 범인이었습니다."

아케미는 전화기 저편에서 침묵하고 말았다. 이 태도는 방금 전 우리의 반응과 비슷하다.

"그랬나요……."

아케미의 목소리는 역시 맥이 없었다. 또 걱정이 되었다.

"저…… 계속 기분이 좋지 않으신가요?"

"아뇨, 그렇지 않아요."

"정말로요?"

전화기에 대고 속삭이는 내 모습이 이상했는지 뒤에서 "카사노바가 진가를 발휘하는군." 하고 말하는 모치즈키의 목소리가 들렸다.

"괜찮으니까 걱정 마세요."

"그러세요? 자꾸 물어서 죄송합니다."

"아리스가와 씨는 상냥하네요."

아케미의 미소가 보이는 듯했다.

"아뇨, 그렇지는."

"마리아가 부러워요."

나는 할 말을 잃었다. 내 주위에서 지금까지도 있었던 착각을 그녀도 어김없이 하고 있는 모양이다. 마리아와 내 관계는 걸프렌드, 보이프렌드라고밖에 부를 수 없는 사이다. 전화카드 한 장의 두께보다 못한. 하지만 그렇게 보이지 않는다는 사람들이 제법 있으니 이상한 노릇이다. 아케미의 경우 마리아와 내가 함께 나란히 있는 모습을 본 적도 없으니까 단순한 억측이겠지만.

"그건 약간 오해인 것 같은데요."

이번에는 "오, 사랑싸움 냄새가 나는데?"라고 말하는 인간이 있다. 오해의 틈바구니에 낀 나는 혼란스러웠다. 스무 살이나 먹었는데 이 얼마나 순정파란 말인가. 그렇게 생각한 순간 한심해졌다.

"그래서, 무로키 씨는 도주 중이에요." 강제로 이야기를 궤도 위에 돌려놓았다. "산을 수색한다는 것 같아요."

"그거 큰일이네요."

여전히 아케미의 목소리는 기운이 없었다. 역시 실례되는 전화였는지도 모른다고 판단하고 마무리 짓기로 했다.

"피곤하실 텐데 죄송했습니다."

"아뇨, 그럴 리가요. 신경 써주셔서 고마웠어요. 그럼."

"푹 쉬세요."

수화기를 내려놓으며 나는 전화한 일을 후회했다. 마리아 생각이 나고 말았다.

/ 2 /

"저도 슬슬 일어나겠습니다. 그만 오래 머물고 말았네요."

하지마가 가방을 옆구리에 끼며 일어서더니 갑자기 '으음' 하고 신음했다.
"깜빡했네, 내일은 학교 수업이 있는데. 이거 좀 과음했군."
확실히 술기운이 도는지 걸음이 약간 불안했다. 니시이는 냉큼 자기 방으로 돌아갔지만 우리는 교사에게 어깨를 빌려주고 부축해가며 계단을 내려갔다.
"여기면 됐습니다."
그렇게 말하더니 비틀거리다가 현관문에 머리를 찧었다. 내버려둘 수 없어서 넷이서 밖으로 나갔다.
"오, 이게 바로 밤공기지. 시원해서 기분 좋군."
교사는 두 팔을 벌리고 심호흡을 했다.
하지만 고요한 밤은 아니었다. 몇 대나 되는 순찰차가 고갯길을 넘어 이쪽으로 다가오는 소리가 들렸다. 새로운 사냥꾼이 도착한 것이다.
"참 못할 짓이죠."
하지마는 술 냄새 나는 트림을 했다. 사이렌이 들려오는 방향을 쳐다보는 눈은 눈꺼풀이 무거운지 반쯤 감겨 있었다.
사양하는 말도 듣지 않고 우리는 하지마를 집까지 바래다주었다. 친절해서 그랬다기보다 이제부터 마을에서 무슨 일이 벌어질지 궁금했기 때문이다. 밖에 나와 있고 싶었다.
하지마의 집 앞에서 밤 인사를 나누고 있으려니 진료소 창문에서 나카오가 고개를 내밀었다. 순찰차 사이렌 소리에 놀 랐는지 그쪽을 보려다가 나와 눈이 마주쳤다.

"아따, 억수로 마신 모양입니다."

나는 어정쩡하게 대답하며 꾸벅 고개를 숙였다.

"근데 저 사이렌 소리는 또 뭐꼬? 또 사건입니꺼?"

"그건 아니고요."

나는 무로키가 살인범일 가능성이 높다는 점과, 그가 신문을 받기 직전에 도주한 사실을 설명했다. 의사는 그저 넋 나간 표정이다.

"참말로 놀랍네. 지가 지루한 텔레비전이나 보는 새에 그란 일이 있었십니꺼? 우체국 무로키 씨라고예. 시상에, 놀라 자빠지겠네."

그러더니 나카오의 표정이 갑자기 날카롭게 굳었다.

"그란데 우째 그런 짓을 했을까예? 그 카메라맨한테 뭔 원한이라도 있었다 캅니꺼?"

"모르겠어요. 그게 아직 수수께낍니다, 선생님."

내 오른쪽 어깨에 손을 얹고 있던 하지마가 자유로운 오른손을 휘두르며 말했다. 술기운이 점점 퍼지고 있다.

의사는 창문으로 고개를 내민 채 끙끙거렸다.

"으음, 다들 괘안으면 이리 들어오실랍니꺼?"

"저희야 상관없는데요."

모치즈키의 말과 거의 동시에 하지마가 집게손가락을 세우며 "그럼 잠깐 실례하겠습니다."라고 말했다. 이 선생, 괜찮은가?

어쨌든 우리는 부르는 대로 진료소로 들어갔다. 의사는 잠옷 위에 솜옷을 걸치고 있었다. 응접실로 안내된 우리는 앉은뱅이 소파에 털썩 주저앉았다.

나카오가 더 마시겠냐고 물었지만 만장일치로 거절했다. 주인은 커피를 가져왔다.

"무로키 씨가 범인이라 캐도 사건의 전모를 잘 모르겠구마요. 카메라맨이 편지에다가 '귀하에게 필요한 물건'이라고 쓴 말도 무신 뜻인지 모르겠네……. 대체 뭐가 무신 영문으로 우찌 된 깁니꺼?"

나카오는 설탕을 뺀 커피가 쓴지 찌푸린 얼굴로 홀짝이며 물었다. 우리도 영문을 모르기는 마찬가지라, 이 자리에서 차분하게 사건을 재구성해보기로 했다. 모치즈키가 이야기를 정리하면서 진행을 맡았다.

"아이하라 씨와 무로키 씨가 언제 어떤 형태로 접근했는지 잘 모르겠지만, 그저께 밤 여관에 걸려온 개구리 목소리 같다는 전화는 아마도 무로키 씨가 걸었을 거예요. 그 전화로 무로키 씨는 아이하라 씨가 가지고 있는 무언가를 양보해달라고 부탁한 것 같습니다. 그 자리에서는 바로 거래가 성사되지 않았고, 나중에 아이하라 씨가 연락하게 됐죠. 은밀한 이야기를 나누기에는 전화가 제일 손쉬웠지만, 호우 때문에 전화가 불통이 되었을 경우에 취할 연락 방법도 그때 미리 의논했습니다. 무로키 씨가 제안한 겁니다."

모치즈키는 편지 속에 편지를 넣는다는 그 방법을 짧게 설명했다.

"그렇습니다. 아이하라 씨 입장에서는 번거롭고 이상한 방법이라고 생각했겠지요. 그럴 필요 없이 사전에 가공의 수신인명을 정해놓으면 그만 아니냐고 말했을지도 모릅니다. 하지만 무로키 씨 쪽에서는 그건 안 될 말이었어요. 아이하라 씨를 살해한 후에 '그 사람은 편지를 보냈다.'는 증인이 나올지도 모릅니다. 그렇게 되면 경찰은 필시 우편물을 조사하러 올 테고, 해당하는 편지가 없으면 우체국 직원이 의심을 사게 될 테니까요."

"지 주둥이로 제안한 방법으로 연락하게끔 아이하라 씨를 설득했고마."

"그리고 범행 당일, 아이하라 씨가 미리 의논한 방법으로 연락을 보냅니다. 7시에 초등학교에서 만나고 싶다는 그 편지 말이에요. 그 편지를 받은 무로키 씨는 메시지만 남기고 함께 들어 있던 봉투와 편지에 관광 안내 팸플릿을 추가해 다시 우체통에 넣어둡니다. 아이하라 씨는 6시에 저희와 함께 다쓰모리 강에 갔다가 폐교로 향합니다. 7시가 되자 약속대로 무로키 씨가 찾아왔고, 거래를 시작했겠지요."

"그 거래 내용이 뭔지 모르겠십니더."

"예, 모르죠. 뭐, 그 문제는 나중에 생각하지요. 두 사람은 7시에 폐교에서 만났습니다. 그리고 무로키 씨는 아이하라 씨를 살해하고 맙니다. 범행 후에 밑져야 본전이라는 생각이 었는지 무로키 씨는 가지고 있던 아이하라 씨의 메시지에서 '7'을 '9'로 바꾼 다음 시체 주머니에 넣고 떠났습니다. 그런 다음 9시 전후의 알리바이를 만들어두면 혐의를 벗을 수 있을 테고, 누가 누구에게 밀회를 요청했는지 반대로 위장함으로써 수사에 혼란을 야기할 수 있을 거라고 기대했겠지요. 누군가가 편지로 아이하라 씨를 불러냈다고 경찰이 착각한다면 자기 쪽에서 직접 아이하라 씨에게 접촉한 적이 없는 무로키 씨는 거기서도 안전권으로 벗어날 수 있다고 생각했는지도 모릅니다."

"그라고 나서 무로키 씨는 9시의 알리바이를 맹글었다는 깁니꺼?"

"우연히 증인으로 선택된 사람이 하지마 선생님과 저희였습니다. 물론 상대는 누구라도 상관없었습니다. 후쿠주야가 열려 있었으니, 가령 손님이 없어도 가게 주인아저씨가 증인이 되어줄 거라 생각하고 뛰어들었겠지요."

"무로키 씨의 범행 발자취는 이래 추적할 수 있었구마." 의사는 고개를 크게 끄덕였다. "그라믄 인자 이해하기 힘든 문제는 동기라카이."

"네. 아이하라 씨와 무로키 씨 사이에 어떤 거래가 오갔는지가 핵심인 것 같은데, 그걸 모르겠습니다."

"아이하라 씨는 폐교에 그 뭔가를 가지고 갔던 거지요? 그 비슷한 물건이 현장에 남아 있지 않았다는 말은……."

지금까지 잠자코 있던 주정뱅이 하지마가 입을 열었지만, 바로 말꼬리를 흐리며 입을 오물거렸다.

"그건 아무리 생각해봐도 사진이야."

오다가 딱 잘라 말했다.

"우째서 말입이꺼?"

나카오가 거북이처럼 고개를 내밀었다.

"현장에 남아 있던 아이하라 씨의 카메라에 필름이 없었잖아요. 그 필름이 제일 수상하지 않나요?"

모치즈키가 오다의 앞길을 막았다.

"그건 뭐라고 말할 수 없어. 아이하라 씨가 다가온 범인에게 아무 생각 없이 카메라를 대고 스냅사진을 찍었을 수도 있지. 그래서 범인이 그냥 둘 수 없었을 뿐, 본래의 거래하고는 상관없을지도 모르잖아."

"그건 그렇지만, 누가 아이하라 씨에게 뭘 요구한다면 그건 아이하라 씨가 촬영한 사진이라고 생각하는 게 자연스럽지 않겠어? 그 사람한테서 카메라맨이라는 걸 빼면 아무 특징도 안 남는데. 범인, 즉 무로키 씨는 아이하라 씨에게 어떠어떠한 사진이 필요하다고 이야기를 꺼냈을 거야."

"하지만 그때 카메라에 들어 있었던 건 다쓰모리 강의 풍경이나 저녁 때 잡다하게 찍은 사진뿐이야. 그런 사진이 필요하다고 전날 밤에 전화할 리가 없잖아."

"물론 전날 밤 전화로 요구한 사진은 다른 거지. 무로키 씨는 아이하라 씨를 죽이고 그 사진을 빼앗은 후에 카메라 안에 똑같은 사진이 들어 있지 않나 하고 만일을 위해 빼간 것 아닐까?"

"그 사진이라는 게 뭔데요?" 나는 끼어들었다. "무로키 씨에게 몹시 불리한 상황이라도 찍혀 있는 건가요?"

오다가 손가락으로 권총을 만들어 내 가슴을 겨냥했다.

"그래. 그 대사를 기다렸다. '무로키 씨에게 몹시 불리한 상황'이 찍힌 사진. 아마도 비밀리에 거래하려 했던 물건은 그걸 거야."

"호오. 그카믄 그 불리한 사진이라는 기 구체적으로 무신 사진일까예?"

나카오가 적극적으로 가담했다. 이야기의 골인 지점이 코앞에 다가왔다고 기대한 모양이다. 하지만 그렇게 마음대로 풀리지는 않는다. 거기서부터는 상상력을 동원할 수밖에 없고, 무책임한 상상의 날개라면 얼마든지 펼칠 수 있었으므로.

"잠깐."

소파에 푹 파묻혀 있던 하지마가 눈을 번쩍 떴다.

"무로키 씨에게 불리한 사진을 아이하라 씨가 가지고 있었다. 그래서 무로키 씨가 사진을 매수하려 했다면…… 단적으로 말해 아이하라 씨는 무로키 씨의 약점을 쥐고 있었다는 뜻이 돼."

"그기 그런 셈이겠제." 나카오가 추임새를 넣었다.

"무로키 씨는 아이하라 씨가 그런 위험한 사진을 가지고 있다는 사실을 어떻게 알았을까? 뭔가 나쁜 짓을 하다가 딱 걸렸다는 걸 눈치챈 건가……?"

생각에 잠긴 하지마를 보며 나는 다른 경우를 떠올렸다.

"불쾌한 상상이지만, 어쩌면 아이하라 씨가 협박했는지도 몰라요. 내가 이런 사진을 찍었다, 이러이러한 가격으로 사지 않겠느냐 하고요. 무로키 씨는 그 가격이 얼토당토않은 요구라 여기고는 죽여서 빼앗으려 했는지도 몰라요."

"그렇다 캐도 사건 전에 무로키 씨가 먼저 전화한 것 아입니꺼?"

"그 전에 아이하라 씨 쪽에서 협박 전화를 했을 가능성도 있죠."

오다가 스푼을 테이블 위에 툭 던졌다.

"모르겠다. 난 숟가락 놨어."

"숟가락은 던져졌다, 그건가."

모치즈키가 한숨을 쉬었다. 아직은 신병확보라고 해야 할지도 모르지만, 이제는 무로키가 체포되길 기다리는 수밖에 없나 보다.

"커피 한 잔 더 하실랍니꺼?"

나카오가 친절하게 말해주었지만 우리는 사양했다. 나카오는 자기 몫을 따르러 주방으로 나갔다. 그때 전화가 울렸다.

"예, 나카오입니더."

한 손에 컵을 들고 수화기를 드는 나카오의 뒷모습이 보였다. 이런 시간에 전화라니, 응급 환자라도 생겼나?

"상태가 어떻십니꺼?"

나카오의 목소리가 대번에 긴박한 분위기를 띠었다. 우리는 얼굴을 마주 보았다.

"당장 가겠십니더."

나카오는 수화기를 내려놓더니 빈 컵을 손에 든 채 우리 곁으로 달려왔다.

"무로키 씨가 다쳤다 캅니더."

/ 3 /

 나카오는 왼손에 진료 가방을 들고, 오른손으로는 가운의 앞섶을 여미며 데리러 온 자동차에 올라탔다. 우리가 배웅하는 가운데 나카오를 태운 순찰차는 배기가스를 밤공기 속에 흩뿌리며 고개를 향해 떠났다.

 전화는 나카오의 고향집이 있는 다쓰모리 마을 주재소에서 걸려왔다. 무로키는 두 시간 가까이 걸어 이웃 마을까지 다다랐던 것이다. 마을 변두리의 빈 오두막에 숨어 있던 그는 순경에게 불심 검문을 받을 것 같아 다시 산으로 도망쳤다가 산길에서 발을 헛디뎌 계곡에 굴러떨어졌다고 한다. 주재소로 이송했지만 전신에 심한 타박상을 입어 움직이면 위험하다고 판단하고 나카오에게 전화한 것이다. 순찰차가 온 것은 그 직후였다.

 순찰차의 미등을 배웅하는 사람은 우리만이 아니었다. 카메라맨 살인범을 알아냈다, 우체국 무로키라더라, 산으로 도망쳤다, 소방대를 불렀단다, 붙잡았다, 이런 정보가 전광석화처럼 퍼져나가 한밤중의 마을은 시끌벅적했다.

 나카오를 태운 자동차가 떠난 후에도 마을 사람들은 줄줄이 집에서 나와 여기저기 모여 정보의 조각들을 교환하고 덧대며 수런거리고 있었다.

"시상에, 무시라."

"무로키 씨가 우예 그란 짓을."

초로의 부부가 뒤쪽에서 술렁거리나 싶더니 한발 앞서 산에서 돌아온 소방대원이 저 멀리서 질문 공세를 받고 있다. 우리는 그런 상황 속에서 고립된 채로 길가에 덩그마니 서 있었다. 비일상적인 그 공기를 떨쳐내고 여관으로 돌아가기가 아쉬웠던 것이다.

그러는 사이에 고개를 넘어 무로키의 집으로 달려가는 또 다른 순찰차가 보였다. 사이렌 소리를 듣고 또 몇 사람이 밖으로 뛰쳐나왔다. 소동은 잠잠해지기는커녕 서서히 커지는 듯했다.

"잠깐 가보지 않을래?"

모치즈키가 순찰차가 정지한 쪽을 가리키며 말했다. 싫으면 나 혼자서라도 다녀오마, 하고 말하고 싶은 눈치다. 천성이 구경꾼 기질인 오다와 내가 반대할 턱이 있나. 우리 셋은 당장 동시에 걸음을 뗐다.

여관 앞에 니시이가 주인아주머니와 나란히 서 있었다. 때아닌 소란에 밖으로 나온 모양이다.

"무로키 씨가 붙잡혔다면서요?"

니시이가 우리 쪽으로 어슬렁어슬렁 다가왔다. 모치즈키가 그냥 붙잡히기만 한 게 아니라 다쳐서 나카오가 다쓰모리 마을에 불려 갔다고 이야기했다. 니시이는 안경 속에서 눈을 휘둥그레 뜨며 깜짝 놀랐다.

"또 순찰차가 도착한 모양인데, 저건 뭡니까?"
"그런 사정까지는 모르겠습니다. 그래서 가보려고요."
모치즈키가 말하자 니시이는 당연하다는 듯이 따라왔다.

무로키의 집에는 산사나무 산울타리로 둘러싼 비좁은 앞뜰이 있었고, 그 앞에 두 대의 순찰차가 서 있었다. 회전하는 램프가 범인의 집을 둘러싼 구경꾼들을 붉게 물들였다. 밧줄을 둘러놓아 안에 들어갈 수는 없었다.

"자자, 방해되니까 들어오면 안 됩니다."

밧줄 코앞까지 몰려든 마을 사람들을 타이르는 그 목소리가 귀에 익었다. 까치발로 겹겹이 울타리를 친 사람들 너머를 살펴보다 후지시로 경위와 눈길이 마주쳤다. 역시 짐작이 맞았다.

"아아, 당신들!"

후지시로는 만세를 부르듯이 두 손을 높이 들더니 손목을 위아래로 흔들어 우리를 불렀다. 무슨 일인가 싶으면서도 우리는 앞사람을 헤치고 다가갔다. 나도 부르는 건가 하는 얼굴로 니시이도 밧줄을 넘었다. 마을 사람들의 호기심 어린 주목을 등 뒤로 받으며 우리는 정원 안쪽까지 걸어갔다.

"당신들 말이 맞았어요. 다쓰모리에서 누마이 경감님 연락이 들어왔는데, 무로키가 범행을 시인했답니다."

형사는 한 손으로 입가를 가리며 작은 소리로 말했다.

"자백한 건가요? 크게 다쳤다고 들었습니다만."

모치즈키가 마찬가지로 작게 묻자 후지시로는 몸을 빙글 돌려 구경꾼들에게 등을 돌렸다. 우리도 따라 했다.

"목숨에 큰 지장이 있는 상처는 아니지만, 더 이상 도망칠 수 없으니 체념했나 봅니다. 덕분에 놓치지 않고 끝났습니다. 아이하라가 그 편지로 지정한 시각이 실제로는 7시였다는 사실도 확인할 수 있었습니다."

"엇, 어떻게요?"

우리의 추리가 적중했다는 사실에 나는 새삼 놀랐다. 후지시로는 씩 웃으며 대답했다.

"아이하라의 방에 남아 있던 메모지를 조사했습니다. 가장 위쪽의 백지를 말이죠. 그랬더니 아이하라가 쓴 편지의 흔적이 희미하게 남아 있었습니다. 빛에 비추어보니 육안으로도 '7시에 만나고 싶습니다.'라고 읽을 수 있더군요. 아이하라 나오키 살해 사건의 범인은 여러분 추리대로 무로키 노리오였습니다."

"말씀드린 게 빈말로 끝나지 않아 다행이라는 생각에 마음이 놓이는군요."

모치즈키가 기특한 태도로 말했다. 본심이 그럴 것이다.

"그래서 지금부터 철저하게 가택수색을 시작하는 건가."

형사는 오다의 혼잣말을 놓치지 않았다.

"지금부터 시작하는 게 아니라 아까부터 철저하게 하고 있습니다. 아직 알 수 없는 점이 많은 사건이라서요. 그래서 말인데, 묘한 물건이 나왔습니다."

"묘한 물건?"

몇 명이 한목소리로 되물었다.

"예. 깜짝 놀랐지 뭡니까."

혼자서만 놀라지 말고 빨리 불어. "뭔데요?" 오다가 애가 탄다는 듯이 물었다.

"책상 서랍 안쪽에서 나왔는데, 이게 글쎄, **사람 귀였습니다.**"

그런 말도 안 되는 물건일 줄은 몰랐다. 우리는 말이 금방 나오지 않았다.

"놀라셨죠? 오른쪽 귀인데, 예리한 칼날로 잘라낸 지 아직 얼마 안 된 것 같더군요."

모치즈키가 머뭇머뭇 물었다.

"그건…… 죽은 사람에게서 잘라낸 건가요?"

그리 기분 좋은 질문은 아니었다. 시체의 귀를 절단한다는 것도 끔찍한 얘기지만, 산 사람 귀라면 더더욱 소름 끼친다.

"감식 결과를 기다리고 있지만, 아무래도 시체에서 잘라낸 것 같습니다. 무로키가 어째서 그런 걸 가지고 있었는지, 그건 누구의 귀인지, 조사할 필요가 있어요."

아이하라의 시체에 그런 상처는 없었다. 그렇다면 무로키는 또 다른 시체와 접촉했다는 뜻이 되나? 아이하라 살해의 전모조차 여전히 명확하지 않은데, 수수께끼는 계속해서 저 멀리 도망치려 한다.

"누구 귀인지 짐작은 하고 계십니까?"

모치즈키의 질문에 후지시로는 고개를 저었다.

"아직은 전혀. 최근에 이 부근에서 나온 시체는 그 카메라맨뿐이니까요. 어떤 경위로 그랬는지는 모르지만, 누가 사건이나 사고에 휘말렸겠지요. 복스러운 귀였는데."

니시이가 눈을 깜빡였다. "왜 그러세요?" 나는 귓가에 대고 물어보았다.

"아뇨, 아무것도 아닙니다. 그냥……."

"그냥?"

"기쿠노 씨와 약혼한 오노 씨가 복스러운 귀를 갖고 계셔서, 잠시……."

니시이는 웅얼웅얼 말꼬리를 흐렸다. 나는 그게 얼마나 중요한 정보인지 몰랐는데, 니시이 본인은 그 사실을 형사에게 전할 생각이 없는 듯했다. 그래도 되나 싶으면서도 니시이의 판단에 맡겼다.

"설마 무로키 씨가 누군가 다른 사람을 또 죽인 건 아니겠지요?"

모치즈키는 속삭이듯 말했다. 후지시로는 의식적인 건지, 무의식적인 행동인지, 자기 오른쪽 귓불을 두세 번 살짝 잡아당겼다.

"나쓰모리, 다쓰모리, 스기모리를 비롯해 이 부근에서 행방불명된 사람은 없습니다. 무로키 씨 입으로 듣는 게 빠르지만 그 점에 대해서는 입을 열지 않는다는군요. 부상 때문에 진술이 힘든 건지도 모르지만."

형사는 이 부근에서 행방불명된 사람은 없다고 했지만 기사라 마을의 상황까지는 파악하지 못했을 것이다. 그렇다면 니시이가 불쑥 흘린 말처럼, 서랍에서 나온 귀가 오노라는 남자의 귀일 가능성도 부정할 수는 없다. 나는 그렇게 생각했다.

후지시로 경위에게 얘기해보는 편이 낫겠다는 말을 하려고 니시이 쪽을 돌아보았다. 바닥을 내려다보고 있는 니시이가 고개를 들기를 기다리는 찰나, 내 시선은 니시이의 어깨 너머로 날아가 밧줄 너머 구경꾼들 사이에 있는 얼굴에 딱 멎었다.

마리아?

드디어 재회하는 건가? 하지만 마리아가 이런 곳에 있을

리가 없다. 설마 하면서 다시 보니 그건 아케미였다. 순찰차 두 대의 붉은 불빛을 받아 긴 머리가 붉게 물든 바람에 착각했나 보다. 조금 전 아케미와 통화하다가 마리아 생각이 났었기에 실제로는 별로 생김새가 닮지 않은 두 사람의 이미지가 겹친 탓도 있을 것이다.

뭐야, 아케미구나. 몸의 긴장이 풀린 순간, 나는 어떤 사실을 깨달았다. 그 점을 확인해야 한다는 생각에 아케미 쪽으로 다가갔다. 니시이에게 뭐라 말하려 했던 일은 머리에서 쏙 빠졌다. 아케미가 자기 쪽으로 걸어오는 나를 본 것 같아 나는 '아케미 씨' 하고 부르기 위해 입을 O자로 벌렸다. 그러자 그녀는 게처럼 옆으로 움직여 몸을 숨기려는 것이 아닌가.

"아케미 씨."

나는 또박또박 발음했다. 그녀가 몸을 숨기는 방패가 되었던 남자가 고개를 돌려 등 뒤의 아케미를 보았다. 아케미와 내 눈은 정면에서 부딪쳤다.

"묻고 싶은 게 있어요."

아케미는 반걸음 뒤로 비스듬히 이동하면서 체념한 듯 말했다.

"뭐죠?"

"잠깐 이쪽으로."

나는 아케미를 인파에서 떨어진 곳으로 불렀다. 뒤를 슬쩍 살펴보니 오다가 의아한 눈빛으로 이쪽을 보고 있었지만, 다른 세 사람은 신경 쓰지 않는 눈치였다. 아케미를 이웃집 차고 앞까지 데려가 단도직입적으로 물었다.

"무로키 씨에게 귀띔하셨죠?"

무로키의 도주는 아무리 생각해도 타이밍이 지나치게 절묘했다. 책상 서랍에 숨겼던 귀를 가져가지도 않고, 혹은 깜빡 잊고 냅다 달아날 정도로 서둘렀다는 말은 경찰이 곧 들이닥친다는 사실을 눈치챘기 때문이라고밖에 생각할 수 없다. 경찰이 무로키의 집으로 향한다는 사실을 알고 있었던 사람은 극소수. 그리고 그 사실을 무로키에게 전할 수 있었던 사람은 아케미뿐이었다. 도출되는 결론도 하나다.

아케미는 그런 힐문을 각오하고 있었는지 놀라는 기색은 보이지 않았다. 하지만 수긍하지도 않는다.

"이런 시간에 구경하러 나오는 것도 아케미 씨답지 않다는 생각이 들어요. 어째서 그렇게 무로키 씨를 걱정하시는 거죠?"

아케미는 눈동자를 불안하게 좌우로 굴리며 내 눈을 피했다. 질문을 바꾸었다.

"무로키 씨 집에서 사람 귀가 나왔답니다. 알고 계신가요?"

이번에는 분명한 반응이 있었다. 아케미는 두 눈을 번쩍 뜨고 경악으로 굳은 표정으로 단호하게 고개를 저었다.

"모르세요?"

"제가 그런 걸 알 리가 없잖아요. 그건 누구 거죠?"

"모르겠습니다. 경찰도 이제부터 조사할 건가 봐요. 그건 몰랐다 치고, 무로키 씨에게 '당신을 범인으로 의심하고 있다.'고 알려준 건 아케미 씨가 맞지요?"

그녀는 까딱 고개를 꾸벅였다. 이윽고 내 얼굴을 똑바로 마주 보면서 설명을 시작했다.

"그건…… 사정이 있습니다."

제16장

미궁의 출구 - 마리아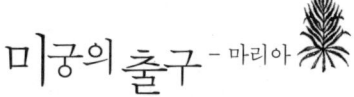

/1/

유이와 똑같은 이름을 가진 향수가 조향실에서 사라졌다는 말만 듣고도 온몸에서 핏기가 가시는 듯했다. 그것만으로도 유이가 이미 이 세상에 없다고 확신하고 말았던 것이다.

"유이 씨 방에 가보자."

에가미 선배는 그렇게 말하면서 문을 박차고 긴 다리를 복도로 내뻗었다.

"설마······."

가슴 앞에 두 손을 모으고 우뚝 서 있는 고토에를 남겨두고 나도 부장을 따라갔다. 유이가 시체가 되어 나뒹구는 모습은 보고 싶지 않다. 하지만 이곳에 웅크리고 앉아 에가미 선배의 보고를 기다리는 일도 못할 짓이었다.

내가 계단을 끝까지 올랐을 때, 촛대를 손에 든 에가미 선배는 벌써 유이의 방 앞에 도착했다.

'싫어, 더 이상은.'

소리 없는 비명을 지르면서도 나는 걸음을 멈출 수 없었다. 유이의 시체에서 고개를 돌리는 나 자신을 용납하고 싶지 않았다. 두 눈으로 보고, 기도해주어야 한다. 그것이 유이에 대한 배려 아닐까. 그런 생각이 나를 호되게 채찍질했다.

"유이 씨."

에가미 선배가 문을 두 번 두드렸다. 부장이 대답을 기다린 시간은 2초도 채 되지 않았다. 몸을 부딪쳐 문을 열고서 어깨를 흠칫 떠는 모습이 보였다.

"에가미 선배, 유이는……?"

나는 문가에 선 부장까지 2미터를 남기고 물었다. 에가미 선배는 나를 돌아보더니 얼굴을 홀딱 뒤덮은 긴 머리를 쓸어 올렸다.

"자고 있어."

"자고 있다?"

나는 멈추려던 걸음을 다시 서둘러 에가미 선배 옆에 나란히 서서 방 안을 조심스레 들여다보았다. 부장이 내민 촛불에 비친 광경은 렘브란트의 그림 같았다.

그곳에 핏빛으로 물들어 바닥에 뒹구는 유이는 없었다. 그녀는 아이처럼 천진하게 잠든 얼굴을 우리 쪽으로 돌리고 침대에서 곤한 숨소리를 내고 있었다. 태아처럼 몸을 말고 잠든 유이의 윤곽이 담요 위에 드러났고, 그것이 호흡을 따라 조용히 들썩이고 있었다. 확실하다. 유이는 평화로운 잠결 속에 있다.

"다행이야……."

진심으로 신에게 감사했다. 유이가 살해당했다고 믿어 의심치 않았던 것이다. 나는 어쩜 이리 덤벙거릴까.

'죽지 않아서 다행이야.'

정신을 차리고 보니 나는 에가미 선배의 어깨에 얼굴을 묻고서 울고 있었다. 무심결에 흘러넘친 눈물은 좀처럼 멎지 않아 부장의 셔츠에 한없이 스며들었다.

1분쯤 그러고 있었을까.

"정말 자고 있을 뿐인지 확인해보자."

에가미 선배의 말에 나는 고개를 들고 끄덕였다. 그리고 부장보다 앞서 침대로 다가가 나이트 테이블 위에 놓인 촛대의 양초에 불을 붙였다. 우리는 유이의 얼굴을 들여다보았다. 규칙적인 숨소리. 윤기 있는 탐스러운 볼. 보기만 해도 나까지 졸음이 쏟아질 것 같다. 유이의 입이 홍알홍알 움직이는 게 우스워서 나는 울다가 웃고 말았다.

"무사해요. 유이는 푹 자고 있어요."

눈물과 웃음이 섞인 얼굴로 돌아보자 에가미 선배는 가슴을 쓸어내리는 시늉을 했다.

"……씨."

유이가 뭐라 중얼거렸다. 꿈을 꾸는 모양이다.

"아이, 구가 씨……."

그 말을 알아들은 순간, 나의 환희는 시들었다. 유이는 자신을 농락하다 버린 남자에게 꿈속에서 이야기하고 있는 것이다. 그 잠든 얼굴의 입가에 떠오른 상냥한 미소를 본 나는 이번에는 슬픈 눈물을 흘렸다.

'그런 남자 생각은 이제 그만해.'

나는 아둔하기까지 한 유이의 정열을 힐난했다. 그리고 그런 그녀를 사랑하며 떠난 남자를 동정했다.

'야기사와 씨, 당신의 인생은 어디서부터 그렇게 잘못된 길로 들어서고 말았나요?'

사람의 목숨을 빼앗고, 사람에게 목숨을 빼앗겨 종지부를 찍은 그의 인생. 그것만으로도 서글픈데, 최후의 순수한 연심도 사랑하는 이에게 닿지 않았다. 끝맺지 못한 곡의 음표가 산산이 흩어져 허공에 떠도는 광경이 내 눈에는 보인다. 격렬하고, 아름답고, 그리고 차가운 선율이 부서지는 소리가 내 귀에는 들린다.

"마리아, 그만 울어."

에가미 선배가 내 등에 대고 말했다. 나는 눈을 질끈 감고 소매로 눈물을 훔쳤다. 남 앞에서 태연히 우는 짓은 그만두자고 생각하면서.

유이가 잠결에 몸을 뒤척였다. 어깨까지 덮고 있던 담요가 펄럭였다. 또 뭐라 중얼거린 것 같았지만 알아들을 수는 없었다.

"이 향기는?"

에가미 선배가 물었다.

"향기?"

"봐, 냄새가 나."

듣고 나서야 깨달았다. 아련한 향기가 감돌고 있다. 바닐라 비슷한 달콤한 공기 속에 희미하게 코를 찌르는 자극적인 냄새를 품은 향기.

에가미 선배는 침대로 다가가 담요 밖으로 나온 유이의 오른손에 얼굴을 살짝 갖다 댔다. 이윽고 자신감 넘치는 표정으로 작게 고개를 끄덕였다.

"유이의 손에서 향기가?"

"그래. 이게 '유이'라는 향기인가?"

그렇다. 어째서 유이의 손에서 나는지 모르겠지만, 이 향기가 '유이'라는 사실은 알고 있다.

"하지만 어째서……."

그렇게 말하다가 입을 다물었다. 또다시 몸을 뒤척인 유이가 살짝 눈을 뜨는 모습이 보였기 때문이다. 내 목소리가 너무 컸는지도 모른다.

"내가 깨웠어?"

나는 무릎에 손을 짚고 몸을 숙이며 물었다.

"미안해. 좀 걱정이 되어서 보러 왔어."

"그랬나요……."

유이는 감정 없는 목소리로 말했다. 아직 잠결 속인가 보다.

"조향실에서 향수를 꺼내 갔지요?"

에가미 선배는 온화하게 물었다. 그 목소리에 이끌렸는지 유이는 순순히 "네."라고 대답했다.

"그 향수를 어떻게 했습니까?"

"버렸어요. 화장실에 흘려보내서……."

에가미 선배는 살짝 턱을 집어넣으며 끄덕였다.

"무서웠나요?"

유이는 에가미 선배의 눈을 보며 대답했다.

"네."

"당신과 같은 이름을 가진 향수가 사라지면 범인에게 공격당할 일은 없으리라는 생각에 그런 거지요?"

"네."

"병은 어떻게 했습니까?"

유이는 오른팔을 뻗어 침대 밑을 가리켰다.

"여기에 있어요."

"언제 꺼내 갔지요?"

"모두가 식당에서 이야기하고 있을 때."

다들 이야기에 몰두하고 있었기 때문이리라. 전혀 눈치채지 못했다.

"자고 있지 않았군요?"

"사에코 씨가 살펴보러 오셨을 때도 자는 척하고 있었어요. 당장이라도 그 사람이 칼을 휘두를 것 같아 실눈을 뜨고 도망칠 준비를 하고 있었어요. 물론 그런 일은 없었지만……."

"그 후에 향수를 가지러 몰래 아래층으로 내려갔지요?"

"네. '유이'라는 향수를 처분해버리니 마음이 놓여서, 그 후에는 잠들 수 있었어요."

거기서 유이는 입술을 깨물며 우리를 올려다보았다. 이윽고 미안한 목소리로 말했다.

"죄송해요. 저 혼자만 살겠다고 그런 짓을 했어요. 마리아 씨 향수도 함께 버리면 좋았을 텐데, 그러지 않아서 미안해요……."

"괜찮아, 그런 건."

내가 할 수 있는 말은 그뿐이었다. 유이를 탓할 마음은 들지 않았다. 나 역시 똑같은 생각을 했다면 나를 가리키는 향수만 손에 들었으리라.

"고토에 씨께도 몹쓸 짓을 하고 말았어요. 소중한 작품인데."

"미안해하더라고 우리가 전해줄게."

고토에는 2층으로 올라오지 않았다.

"네 이름이 붙은 향수가 사라진 걸 알고 깜짝 놀라 달려왔는데, 그런 사정이었으니 다행이야. 깨워놓고 말하는 것도 이상하지만, 그만 푹 자."

"놀라게 해서 미안해요."

유이는 사죄의 말을 다시 한 번 되풀이했다.

"괜찮아." 나도 되풀이했다. "그런 건."

/ 2 /

아래층으로 돌아와 걱정하고 있던 고토에에게 전말을 이야기하자 그녀는 두 손을 심장께에 대고 의자에 주저앉았다.

"수명이 줄어든다는 말은 이런 걸 두고 하는 말인가 보군요. 정말이지, 사람 간 떨어지게 하는 아이라니까."

"귀한 작품을 버렸다고 미안해하더군요."

에가미 선배가 말하자 고토에는 붉은 입술을 활처럼 휘며 미소를 지었다.

"염려할 필요 없어요. 그런 짓을 한 그 아이 심정도 이해할 수 있고, 재료만 모이면 똑같이 조향할 수 있으니까요. 그나저나 피해를 입은 제 향수는 이걸로 여섯 개째군요. 이제 그만 좀 끝났으면 좋겠어요."

"말씀대로 될지도 모릅니다."

에가미 선배는 촛대를 들고 향기를 가둔 병이 진열된 선반을 바라보았다. 불빛에 비친 부장의 눈이 유리구슬처럼 빛나고 있다. 나는 오뚝한 콧날을 뚫어져라 쳐다보았다.

"이제 그만 주무실 거지요?"

부장은 선반에서 시선을 떼지 않고 고토에에게 물었다.

"네. 자야죠. 이곳에서 밤새도록 향수를 감시하고 있을 생각은 없으니까요."

"그럴 필요도 없을 겁니다."

우리는 나란히 방에서 나와 위층으로 올라갔다. 내 방 앞에서 셋 다 멈춰 섰다.

"그럼 안녕히 주무세요."

나는 손잡이를 붙잡았다. 고토에는 "잘 자요."라고 답해주었지만 에가미 선배는 아니었다.

"잠깐 하고 싶은 얘기가 있어."

"뭔데요?"

에가미 선배가 미처 대답하기 전에 고토에가 "그럼." 하고 고개를 숙이고 자기 방으로 향했다. 고토에가 어떻게 생각했는지 모르겠다. 우리 사이를 오해했을지 모르지만 신경도 쓰이지 않았다.

"무슨 얘기인데요?"

에가미 선배가 좀처럼 대답을 하지 않아 나는 거듭 물었다. 부장은 고토에가 자기 방 안으로 사라지는 모습을 곁눈질로 지켜본 후에야 겨우 입을 열었다.

"싫으면 그만인데, 지금부터 야기사와 씨 시체를 보러 갈 거야. 따라오겠어?"

이게 무슨 소리람. 나는 익살스럽게 십자가를 그었다.

"'저를 시체안치소로 데려가주세요.'라고 말할 줄 알았어요?"

"아니, 그냥 물어봤어."

부장은 몸을 빙글 틀어 등을 돌렸다. 나는 이유도 없이 당황했다.

"갈게요."

에가미 선배는 어깨 너머로 나를 흘깃 쳐다보았다.

"무리할 필요 없어."

"갈래요." 따라가지 않으면 안 될 것 같은 뒷모습이었다. "이 등으로 여자 좀 울렸겠어요."

부장은 콧등을 긁적였다.

음악실 옆에 있는 야기사와의 방문을 열었지만, 당연히 그곳에 불빛은 없었다. 시신은 침대에 뉘어 있었다. 에가미 선배는 촛대를 내게 맡기고 침대로 다가갔다.

"비춰줘."

부장은 반듯이 누운 시신의 가까운 쪽 어깨에 손을 얹었다. 나는 똑바로 쳐다보지 못하고 얼굴을 90도 돌린 채로 불빛을 앞으로 쭉 내밀었다. 부장이 아무 말 않는 것을 보니 제대로 비추고 있나 보다.

시신이 구르는 소리가 났다. 침대가 자그맣게 삐걱거렸다. 시신을 뒤집었다는 것은 등에 난 창상을 보고 있다는 뜻이다. 대단한 정신력이야. 나는 기가 막히면서도 감탄했다.

"조금 더 이쪽으로."

그런 지시를 받았지만 역할을 완수하지 못했는지, 부장이 내 손에서 가만히 촛대를 빼앗아 직접 목적한 위치에 불빛을 가져가는 듯했다. 벽에 너울거리는 부장의 그림자는 몸을 숙여 시신에 얼굴을 들이대고 있었다. 그 옆에 목석처럼 서 있는 그림자는, 물론 나다.

문을 노려보고 있었다. 그 문을 갑자기 벌컥 열고 흉악한 존재가 침입하지 않을까 감시하고 있었던 것이다. 촛대를 드는 역할도 변변히 해내지 못한 내가 할 수 있는 일은 그것뿐이었다.

"번졌어."

에가미 선배의 낮은 목소리가 들렸다.

"뭐가 말이에요?"

나는 문에 시선을 고정한 채로 물었다.

"등의 상처 주위에서 피가 번져 나와 굳어 있어. 향수 때문에 번졌나 봐."

"그야 번지기도 하겠죠."

내 목소리는 감출 수 없을 정도로 확실하게 떨리고 있었다.

"범인은 야기사와 씨를 찌르자마자 향수를 뿌린 거야."

이 고생까지 해가며 그런 점을 확인하고 싶었던 걸까? 당연한 것 아닌가?

"에가미 선배."

나는 부장의 그림자에 대고 이름을 불렀다. 대화를 하는 편이 마음이 편했다.

"왜?"

"오노 씨를 죽인 건 야기사와 씨죠?"

"나는 확신해."

부장의 그림자는 아직도 몸을 숙여 시체를 살피고 있다.

"그런 야기사와 씨가 살해당한 이유는 뭐죠? 야기사와 씨가 오노 씨를 살해한 범인이었기 때문인가요?"

"있지, 마리아."

에가미 선배의 그림자가 상체를 일으켜 나와 나란히 섰다. 이제 목적을 달성한 모양이다.

"도서실에서 야기사와 씨가 오노 씨를 살해했다는 이야기를 하다가 방을 나올 때 창문이 열려 있었지? 들어갔을 때는 닫혀 있었던 창문이."

"네. 전 창문 쪽을 바라보고 앉아 있었는데, 에가미 선배가 그렇게 말할 때까지 몰랐지만요."

너울거렸던 커튼을 떠올렸다.

"우리가 한창 이야기하고 있을 때 누가 창문을 연 거야. 엿들으려고."

"정말요?" 나는 부장의 얼굴을 쳐다보았다.

"증거는 없어. 창문 아래는 콘크리트여서 발자국도 남지 않았으니까. 하지만 창문이 저절로 열릴 리도 없지."

"엿듣다니…… 야기사와 씨가 오노 씨를 살해한 범인이라는 이야기를 하고 있었잖아요. 그런 얘기를 들었는데 어째서 그 인물은……." 나는 그제야 감이 왔다. "그 인물은 야기사와 씨가 범인이라는 사실을 다른 사람들에게 알리지 않았어요. 그렇다는 말은…… 그 이야기를 듣고 야기사와 씨에게 살의를 품었다는 뜻인가요?"

"증거는 없어." 오늘 밤의 에가미 선배는 이 단어에 애착이 가나 보다. "그냥 억측이야."

"무슨 일이든 억측에서 출발하는 거예요. 그렇다면 야기사와 씨 살해 동기는 복수일지도 모르겠네요. 향수를 뿌린 것도 복수의 표현일지도."

"복수라면, 예를 들어 기쿠노 씨가?"

에가미 선배의 말에 나는 고개를 저었다. 문득 사건에 대해 복잡하게 생각하는 일이 지긋지긋했다.

부장은 나가자며 내 등을 떠밀었다.

"음악실로 가자."

그러고는 또 그런 즐거운 제안을 하는 것이었다. 나는 한숨을 쉬며 따랐다. 오늘 밤 어떤 꿈을 꿀지 불안해하면서.

일단 복도로 나와 이웃한 음악실로 들어갔다. 소리도 없이 열리는 문. 이곳도 깜깜했다. 창가에도 달빛이 없다. 날씨가 또 흐려지고 있는 모양이다.

에가미 선배는 촛대를 좌우로 서서히 움직여 방 안을 살폈다. 똑, 촛농이 한 방울 바닥에 튀었다. 오렌지색 불꽃이 가장 먼저 비춘 것은 덮개가 열린 피아노. 그것은 마치 중세의 고문 도구처럼 으스스하게 비쳤다. 오른쪽 구석에서 어렴풋이 금빛으로 빛나는 중국 병풍도 오싹했다. '미쓰루'의 잔향은 마치 향기로운 죽음의 냄새 같았고, 귀를 기울이니 살인자에 의해 중단된 소리가 한을 품고 잔향殘響으로 남아 있는 것 같았다. 이렇듯 나는 대단한 겁쟁이다.

에가미 선배는 성큼성큼 피아노로 다가가 건반을 들여다보았다. 잠시 가만히 있나 싶더니 집게손가락을 내려놓는다. 쇳소리 같은 도. 부장은 몸을 왼쪽으로 움직여 가장 높은 음에서 가장 낮은 음을 향해 건반을 훑었다.

"음은 정상이군."

그렇게 중얼거리는 소리가 새어 나왔다. 뭔가 실험을 하고 있는 모양이다.

부장은 이어서 검은 건반을 차례로 눌렀다. 모든 음이 정상이다. 그것을 확인한 후에 부장은 장난인지 검은 건반만 사용해 중국풍 소곡을 즉흥으로 연주했다. 피아노를 칠 줄 모르는 사람이 흔히 즐기는 장난이다.

"레슨 하러 온 거예요?"

내가 비아냥거리자 부장은 뚝 그쳤다. 착한 아이다.

"미안. 저게 마음에 걸렸거든."

부장은 건반에서 들어 올린 손가락으로 중국 병풍을 가리켰다. 무슨 의미 없는 소릴 하고 있담. 그렇게 생각하니 약간 긴장이 풀렸다.

"피아노 소리가 마음에 걸려요?"

"특별히 마음에 걸렸던 건 아니야. 이상한 점이 없는지 조사했을 뿐이지. 건반에 향수가 묻어 있었던 이유를 모르겠어."

"오노 씨 때하고는 다르니까요."

"범인이 향수를 뿌린 데에는 이유가 없을지도 몰라."

부장이 그렇게 말했을 때였다. 누군가의 방문이 열리는 소리가 났다. 흠칫 놀라 몸이 얼어붙었다.

"문을 안 닫았구나?"

에가미 선배가 내 쪽을 돌아보며 말했다. 그렇다. 나는 음악실에 들어가기가 싫어서 열린 문 그림자에 숨어 부장의 일거수일투족을 관찰하고 있었던 것이다. 부장은 그걸 이제야 알아차렸나 보다.

"마리아 씨, 거기서 뭘 하고 계십니까?"

고비시였다. 아직 이 저택에 있었던 것이다. 에가미 선배의 즉흥 연주를 듣고 무슨 일인가 싶어 나온 게 틀림없다. 실수했다.

"죄송해요. 잠깐······."

그럴싸한 변명을 궁리하고 있으려니 에가미 선배가 복도에 고개를 내밀었다.

"소란을 피웠군요. 여기서 조사하고 싶은 점이 있어서요."

"아아, 에가미 씨도 계셨습니까? 탐정놀이라도 하고 계셨나요?"

"그런 셈이지요."

고비시는 말없이 에가미 선배를 쳐다보고 있었다. 비난하는 것도 아니고, 재미있어하는 것도 아니다. 늘 그렇듯 고비시의 속내는 읽기 힘들다.

"뭐 도울 일 있습니까?"

무용가는 진의를 알기 어려운 말을 했다.

빨리 자라는 소리를 에둘러 표현했을 뿐인지도 모른다.

"아니요, 없습니다. 벌써 끝났으니까요."

"그러십니까. 뭐, 수확은 있었습니까?"

에가미 선배가 대답하려 했을 때, 이번에는 누가 계단을 올라오는 소리가 났다. 그 때문에 고비시의 질문은 영원히 대답을 얻지 못하고 끝났다.

"2층에서 파티라도 시작했나요? 아래층까지 다 들려요."

한 손으로 가운 앞자락을 여미며 다른 한 손으로 촛대를 든 기쿠노가 나타나 불쾌한 목소리로 말했다. 책임자인 에가미 선배가 바로 사과했다.

"누가 살금살금 걷는 소리뿐이었다면 저도 무서워서 나오지 못했겠지만, 이렇게 요란한 소리를 내는데 안 올라오고 배기겠어요? 여러분 탐정놀이도 나름대로 진지하겠지만, 적당히 하지 않으면 위험하고 주위에도 실례예요."

"무슨 일이에요?"

기쿠노의 뒤, 복도 구석방에서 사에코의 얼굴이 보였다. 수상한 중국풍 음악에 겁먹고 있다가 기쿠노의 목소리를 듣고 상황을 살펴볼 마음이 들었는지도 모른다.

"다른 분들을 깨우고 말았군요. 죄송합니다."

에가미 선배는 또 고개를 숙였다. 내가 문을 제대로 닫았더라면 이런 소동이 벌어지지는 않았을 텐데, 하고 반성했다.

"어쨌든 이것으로 탐정님께도 퇴장을 부탁드립시다. 어서 쉬세요."

기쿠노는 보란 듯이 하품을 했다.

우리가 고분고분 대답을 마치자 고비시가 "사모님." 하고 불렀다.

"왜 그러시죠, 고비시 씨?"

"라디오는 거실에 있습니까?"

"그런데요……. 그게 왜요?"

"저녁때부터 또 구름이 끼는 것 같아 일기예보를 듣고 싶습니다. 실례." 고비시는 에가미 선배의 손목시계를 들여다보았다. "10시 반이 넘었군요. 이제 곧 일기예보 시간입니다."

"그러고 보니 날씨가 또 나빠지는 것 같더군요." 기쿠노가 중얼거리더니 말했다. "저도 신경 쓰이니 함께 들으러 갑시다."

"저희도 가도 되겠습니까?"

에가미 선배가 묻자 기쿠노는 턱을 들어 돌아보았다.

"물론 괜찮고말고요. 얌전히만 있겠다면요."

에가미 선배는 항복하는 시늉을 했다.

/ 3 /

거실에는 사에코도 따라왔다. 라디오를 켜니 느긋한 아메리칸 팝이 흘러나왔다. 아직 10분쯤 더 기다려야 할 것 같다.
"커피라도."
사에코가 제안했다. 나는 뜨거운 커피가 몹시 그리워 "제가 끓일게요." 하고 일어섰다. 이래저래 밤늦게까지 어영부영 움직이고 있다.

커피가 나올 때까지 거실에서는 아무도 입을 열지 않았다. 이미 서로 할 이야기가 없다는 듯이.

"드세요." 하며 기쿠노 앞에 잔을 놓자 그녀는 "고마워요." 하고 미소를 지었다.

'이 사람이 복수를 위해 야기사와 씨를 죽인 걸까?'

나는 믿을 수 없었다. 야기사와 씨가 오노 씨를 살해했다는 사실조차 이해 못하겠는데, 진상은 점점 멀리 달아난다. 이제 오늘 밤은 아무 생각도 말아야지, 하면서 설탕을 담뿍 넣은 커피를 홀짝였다.

"있죠, 마리아 씨."

사에코가 침묵을 깼다.

"괜찮다면 그 그림을 드리고 싶어요."

"그래도 되나요?"

나는 창가의 사에코를 쳐다보았다.

"모델 곁에 있어야 좋은 그림이라는 생각이 들어요. 받아주시겠어요?"

정말 괜찮을까 하면서도 나는 사에코의 후의에 감사했다.

"물론 기꺼이. 완성이 점점 더 기다려지네요."

"벌써 완성했답니다."

아니, 그럴 리는······.

"마지막 손질 단계까지 함께 할 필요는 없으니까요. 오늘 완성했어요. 마지막 한 획을 그은 후에 에가미 씨에게 봐달라고 했던 거예요."

"그러셨어요?"

"칭찬을 받았으니 당당하게 건네드릴 수 있겠어요. 마리아 씨의 스무 살 초상화예요."

이 마을을 떠나면서 그런 멋진 기념품을 받을 수 있을 줄은 꿈에도 몰랐다. 마치 갑자기 머리 위에서 꽃이 가득한 박이 터진 것 같은 기분이다.

"내일이 되면 외부에서 사람이 들어오겠지요. 이 소박한 낙원에 종말이 오는 거군요."

사에코는 어두운 창밖을 바라보고 있었다. 쓸쓸한 얼굴이 유리에 비쳤다.

"마리아 씨가 이곳을 나가는 날이 드디어 온 거예요. 당신이나 유이 씨는 조금 더 빨리 나가는 편이 좋았어요. 그랬다면 이런 사건에 휘말릴 일도 없었는데."

모두 아무 말 없이 사에코의 가녀린 목소리를 듣고 있었다.

"이곳을 나갈 수 있게 된 건 당신에게 다행한 일이지만, 그 전에 딱 한 가지 시련이 남아 있군요. 당신이 두 달 동안 함께 생활한 사람들 가운데 누군가가 살인범이라는 사실을 받아들여야만 할 테니까."

나는 고개를 끄덕였다.

"괜찮습니다."

유리에 비친 사에코의 조용한 미소가 보였다.

사에코는 낙원 추방을 우려하고 있다. 그래서 내가 근심 없이 이곳을 떠나기를 바라며, 그런 내게 자신을 투영해 본인도 구원받으려는 건지도 모른다. 그런 생각이 들었다.

라디오는 중고차 가게나 가구 직판 소식을 전하고 있었다. 모르는 사이에 프로그램이 끝났다. 이제 곧 일기예보가 시작된다.

―뉴스를 전해드립니다.

젊은 아나운서의 목소리가 말했다. 일기예보는 이다음이다.

―고치 현 나쓰모리 마을에서 도쿄의 카메라맨, 아이하라 나오키 씨가 살해당한 사건을 수사하던 고치 현 경찰본부는 오늘 밤 10시경, 용의자 무로키 노리오를 살인 혐의로 체포

했습니다.

누군가의 잔이 요란한 소리를 내며 바닥에 떨어졌다. 깜짝 놀라 고개를 드니 기쿠노가 창백한 뺨을 두 손으로 힘껏 감싸고 있었다. 반쯤 열린 입술이 부르르 떨리고 있다.

"왜 그러십니까?"

고비시가 물었다. 기쿠노는 바로 대답하지 못했다.

"사모님."

사에코가 기쿠노의 어깨에 손을 얹었다. 나는 무슨 일이 일어난 건지 이해하지 못하고 맹렬한 불안에 휩싸였다. 바닥 위에서는 쏟아진 커피가 생명체처럼 스멀스멀 퍼져갔다.

"무로키 노리오는…… 제…… 조카예요."

나는 점점 더 영문을 알 수 없었다. 어째서 기쿠노의 조카가 등장하고, 아이하라 나오키를 살해해야 하는 거지?

"조카? 그 우체국에 다니는 분 말인가요?"

"그 우편배달부?"

사에코와 고비시가 저마다 말했다. 우편배달이라는 말을 듣고 보니 떠오르는 얼굴이 있기는 했지만, 그 사람이 기쿠노의 조카인 줄은 몰랐다. 나는 이야기를 열심히 쫓아갔다.

"그 우체국 직원이 기쿠노 씨의 조카라는 걸 사에코 씨하고 고비시 씨는 알고 계셨나요?"

두 사람은 그렇다고 했다.

"저는 마에다 내외분께 들었어요. 고비시 씨는?"

"저는 예전에 고토에 씨께."

기쿠노가 넋 나간 모습으로 말했다.

"고토에 씨가 소문을 냈군요. 그 사람한테는 말한 적이 있었으니……. 그야 비밀이라고 당부했던 건 아니었지만."

뉴스에 따르면 범인인 무로키는 도주하다가 산속에서 부상을 입고 치료를 받고 있다고 한다. 중상인 모양이다.

"중태가 아니라 중상이라는 말은 생명에 지장은 없다는 뜻입니다. 괜찮을 겁니다."

고비시가 위로하려 했지만 기쿠노는 그런 말을 듣고 싶었던 게 아니었나 보다.

"그 애가 어째서 카메라맨을 죽였을까? 이런 망신이 또 있을까. 내가 고모인 줄 금방 알 텐데……."

격렬한 경악에 이어 기쿠노를 찾아온 감정은 비탄이 아니라 순수한 분노인 듯했다. 주름 깊은 두 손은 여전히 뺨을 감싸고 있다.

―또한 용의자 무로키의 자택에서는 시체에서 잘라낸 것으로 추정되는 귀가 발견되었습니다. 경찰은 용의자가 다른 사건과도 관계가 있는 것으로 보고 용태를 살펴 신문할 예정입니다.

"귀?!"

소리를 지른 건 한 사람만이 아니었다.

코앞에 번개가 떨어져도 이 정도로 놀라지는 않았으리라. 수수께끼는 똘똘 뭉친 경악 덩어리를 던져놓고 점점 더 멀리 도망간다.

"귀라고 하면 오노 씨의 시신에서 잘라냈다고밖에 생각할 수 없어요. 그 무로키라는 사람이 오노 씨를 죽인 건가……"

고비시가 매끈한 자기 머리를 쓰다듬으며 말했다. 아니, 그게 아니야. 나는 그렇게 말하려다 참았다. 에가미 선배가 숨기고 있는 사실을 내가 공개할 수는 없다.

머릿속이 뒤죽박죽 혼란스러워 불쾌할 정도였다. 나는 구원을 바라며 선배를 보았다.

그곳에도 이상한 광경이 있었다. 부장은 두 손으로 긴 머리를 쓸어 올린 채, 마치 조각상처럼 굳어 있었다. 부장을 덮친 혼란은 나를 능가하는지도 모른다.

기쿠노가 비틀비틀 일어섰다.

"괜찮으세요, 사모님?"

기쿠노가 일어서려는 사에코를 손짓으로 말렸다.

"신경 쓰지 마요. 혼자 있게 해줘요."

기쿠노는 일기예보를 전하기 시작한 라디오에 손을 뻗었다.

"이건 제 방으로 가져가겠어요. 속보가 들어올지도 모르니까."

기쿠노가 스위치를 끄기 직전에 내일 날씨가 들렸다. 흐리고 때때로 맑음, 지역에 따라 한때 비.

"방으로 돌아가겠어요. 쉬세요."

우리의 답인사도 기다리지 않고 기쿠노는 거실을 나갔다. 발소리가 복도 안쪽으로 멀어져 '탕' 하고 문을 닫는 소리가 들릴 때까지 우리는 숨죽이고 가만히 있었다.

"무로키라는 사람이 한밤중에 숨어들어 오노 씨를 살해한 건가?"

고비시가 아까와 같은 말을 중얼거리자 사에코가 가운뎃손가락으로 턱을 짚으며 말했다.

"그럴까요? 아직 그렇게 단정할 수는 없지 않나요?"

"그 사람이 범인이 아니라면 어떻게 죽은 사람의 귀를 가지고 있었겠습니까? 달리 귀가 잘린 사람이 있다고 생각하십니까?" 사에코는 대답하지 않았다. "저는 그렇게 생각하기가 더 어렵습니다."

"그래요, 무로키라는 사람이 가지고 있었던 건 오노 씨의 귀일지도 몰라요. 하지만 그렇다고 해서 무로키 씨가 오노 씨를 살해했다는 결론에 덥석 달려드는 것도 좀 그렇군요."

"범인이 아니라면 어째서 그런 걸 가지고 있었다는 겁니까?"

"모르겠어요. 저는 뭐가 뭔지……."

고비시는 포기했다는 듯 두 손을 펼쳐 설레설레 흔들었다.

"이제 정말 잡시다. 부족한 정보로 상상을 키워봤자 아무 득도 없습니다. 벌써 11시가 넘었어요. 저는 무로키 씨 이야기를 고토에 씨에게 전하고 돌아가겠습니다."

무용가는 그렇게 말하고는 테이블 위의 잔을 치우기 시작했다. 나는 그제야 주방으로 달려가 행주를 가져왔다. 하지만 잿빛 카펫 위에 묻은 커다란 다갈색 얼룩은 도저히 지울 수 없었다.

"마리아 씨, 소용없어요. 이 카펫은 이제 못 쓰겠네요. 포기하고 오늘 밤은 그만 쉽시다."

"그러네요."

엎드려 있던 나는 일어섰다.

"에가미 선배는요?"

"마리아 씨 잔을 개수대로 가져갔어요. 친절한 선배군요."

"훌륭한 사윗감이 되겠어요."

사에코는 살짝 미소를 지었다.

"그럼 먼저." 고비시가 말했다.

"안녕히 주무세요." 나는 나가는 두 사람에게 말했다.

"잘 자요. 조심하고." 두 사람의 대답. 또 그 소리다.

혼자 남은 나는 에가미 선배가 돌아오기를 기다렸다. 하지만 1분이 지나도 돌아오지 않고, 주방에서도 아무 소리도 들리지 않는 통에 걱정이 되어 거실 밖으로 나갔다.

"에가미 선배, 뭐해요?"

들여다보니 부장은 어두운 주방에서 개수대를 마주 보고 서 있었다.

"마리아."

갈라진 목소리가 나를 부른다.

"이곳하고 나쓰모리 마을에서 무슨 일이 있었는지 알 것 같다."

"정말이에요?"

나는 아까부터 계속 놀랄 따름이다.

부장이 이쪽을 돌아보는 줄은 알았지만 불빛이 없어 표정은 보이지 않는다. 그 얼굴은 어둠이 들러붙은 것처럼 새카맸다.

"야기사와 씨를 살해한 사람이 누군지도 알아냈어요?"

나는 검은 그림자에게 물었다. 그림자의 입가가 움직이더니 이런 말을 했다.

"그건 아래층으로 내려오기 전에 이미 알았어."

"이미 알았다?"

나는 부장이 무슨 소리를 하는지 이해하려 애썼다.

"그래. 지금 깨달은 건 범인의 이름 그 이상의 내용이야. 이곳하고, 그곳에서, 무슨 일이, 일어났는지. 오노 씨, 야기사와 씨, 아이하라 씨. 이 세 사람이, 어째서, 살해당해야 했는지."

그림자는 그렇게 한 마디 한 마디 띄엄띄엄 말하더니 내게 한 걸음 두 걸음 다가왔다. 에가미 선배의 얼굴이 보인다.

"무슨 일이 있었던 거죠?"

나는 부장의 눈동자를 똑바로 쳐다보며 물었다.

"천천히 얘기할게. 만약 내가 틀렸다면 알려줘."

에가미 선배는 담배를 꺼내 물었다. 얌전히 기다리는 내 귀에, 작게 중얼거리는 부장의 목소리가 들렸다.

"악마."

## 독자에 대한 세 번째이자 마지막 도전

기나긴 이 이야기도 마침내 마지막 장 앞까지 다다랐다.
다음 장에서 야기사와 미쓰루를 살해한 범인의 이름과,
나쓰모리 마을과 기사라 마을에 연이어 일어난
살인 사건의 연관성, 즉 사건의 전모가 밝혀진다.
에가미 지로가 자신이 밝혀낸 진상을 말하는 것이다.
마리아와 똑같은 혼란 속에 있는 독자는 그곳에서 탈출할 수
있을 테고, 이미 진상을 꿰뚫어본 독자는—힘내라! 페이지는
이제 얼마 남지 않았다!—지루함에서 해방될 것이다.
어찌 되었든 기쁜 일이다.
솔직히 고백하자면 독자에게 지적을 요구할 문제는
'누가 야기사와 미쓰루를 살해하였나?'라는 한 가지로 그쳐야
할지도 모른다. 이 문제에 관해서는 유일무이한 해답이
있으며, 거기에 이르는 데이터는 독자에게 이미 제공했으므로.
'사건의 전모'에 대해서는 어떨까? 먼저 말한 문제는 작가가
남긴 아리아드네의 실을 따라가면 그리 어렵지 않지만,
이번 문제는 약간 사정이 다르다. 독자는 실을 쫓아가기만
해서는 미궁에서 탈출할 수 없으리라. 탈출의 길목에서 앞길을
가로막는 마지막 암반을 상상의 힘으로 폭파하기 바란다.
폭파에 성공하면 당신은 영양가 없는 혼란에서 탈출할 수
있으며, 이 추리소설은 경사스럽게 막을 내릴 것이다.
부디, 그리 되기를.

제17장

# 실락의 향기 - 마리아

/1/

이미 밤이 깊었는데도 그녀는 아직 깨어 있었다.

한밤중에 방으로 찾아간 우리를 탓하지 않고 당연한 얼굴로 "들어오세요." 하고 맞이했다.

그녀는 겨우 글을 쓸 수 있을 정도로 작은 책상을 마주하고 무언가를 적고 있었던 듯했다. 일기라도 쓰고 있었던 걸까. '탁' 하고 덮은 책상 위의 그것을 재빨리 서랍에 집어넣는다.

"이런 시간에 무슨 일인가 싶으시겠지만, 긴히 드릴 말씀이 있습니다."

에가미 선배의 말에 그녀는 말없이 고개를 끄덕였다. 그 이야기의 내용을 예측하고 있는 건지 모르는 건지 전혀 짐작할 수 없다.

"이야기가 긴가요? 의자가 이것 하나밖에 없어서……."

그녀는 입으로는 미안하다는 듯이 말했지만, 허점을 드러내지 않으려는 경계의 빛이 깃든 눈은 싸늘했다. 그 눈을 본 순간, 나는 아래층에서 에가미 선배가 방금 전에 말해준 이야기가 현실이라는 사실을 확신하고 말았다. 3미터도 채 떨어지지 않은 거리에서 의자에 앉아 있는 그녀가, 무서웠다.

"서 있어도 괜찮습니다. 말씀만 나눌 수 있다면 아무 상관없습니다."

"그런가요. 그럼 어서 듣도록 하지요. 날짜가 바뀔 정도로 이미 밤도 깊었으니."

에가미 선배의 왼쪽 옆에서 반걸음 물러나 서 있던 나와 그녀의 눈이 마주쳤다. 혼자 대치하고 있었다면 비명을 지르며 도망쳤을지도 모른다. 도저히 익숙한 그녀의 눈빛 같지 않은 그 시선에, 나는 모골이 송연했다.

"야기사와 씨를 살해한 사람은 당신입니다."

에가미 선배의 목소리는 평소와 다름없었다. 그 목소리를 가까이서 들으니 내가 대지에 발을 붙이고 있다는 확신이 들었다. 하지만 그 내용은 비일상 그 자체였다.

"어째서 그런 말씀을 하시나요?"

칼날을 겨누었는데도, 그녀의 말투는 어디까지나 정중했다. 얼굴은 똑바로 에가미 선배를 향하고 있다.

"그렇지 않으면 이치에 어긋나기 때문입니다. 당신 외에 범인은 있을 수 없습니다."

그녀는 손으로 입가를 가리고 조소했다.

"호호. 어쩜 그리 자신감 넘치는 소리를 할 수 있을까. 시시한 착각이었다고 나중에 고개를 숙여도 용서 못하는 경우가 있어요."

"시시한 착각인지 아닌지는 이야기를 들은 후에 정하십시오. 만약 틀렸다면 구차하게 용서를 구하지 않겠습니다."

그녀의 오른쪽 눈 밑 근육이 경련하듯 작게 움직였다. 격렬한 적의가 온몸에 차오르고 있을지도 모른다.

"뜸 들이지 말고 말씀해보시죠."

"예."

어두운 주방에서 방금 전 들은 이야기가 다시 시작되었다.

"이 기사라 마을과 강 건너편 나쓰모리 마을에서 꼬리를 물고 일어난 세 살인 사건의 진상에 대해, 저는 가설이 있습니다. 커다란 전체 구도부터 말씀드리겠습니다. 저는 이들 사건이 결코 독립적인 사건이 아니며, 뿌리는 하나라고 믿고 있습니다."

그녀는 우아한 동작으로 다리를 꼬았다.

"동감이에요. 이런 평화로운 산속에서 우연히 세 건의 살인 사건이 연속해서 발생했다고 생각하기란 거의 불가능하죠."

"찬성해주시니 고맙습니다. 사실, 그게 이성적인 판단이겠지요."

"그래요. 무엇보다 나쓰모리 마을 사건의 범인이 오노 씨의 귀를 가지고 있었다는 사실이 강 건너편과 이쪽에서 일어난 사건이 불가분의 관계에 있다는 물적 증거일 테니까요."

"회담의 출발은 순조로운 것 같군요."

에가미 선배는 몸의 중심을 오른발에서 왼발로 옮겼다.

"전체 구도를 설명하기 위한 전제로 미리 말씀드리지만, 저희는 오노 씨를 살해한 범인이 야기사와 씨라는 사실을 알고 있습니다. 뜻밖이라는 표정은 그만두시지요. 그 점은 본인께서 가장 잘 알고 계실 텐데요."

"아니요, 뜻밖이고말고요. 그 상냥한 피아니스트가 오노 씨를 살해했다니, 당장은 믿을 수 없군요. 두 분은 무슨 근거로 그런 대담한 말씀을 하시는 거죠?"

그녀는 어디까지나 시치미를 뗄 심산인 듯했다. 박진감 넘치는 연기였지만 그 눈은 여전히 방범 카메라처럼 우리의 반응을 살피려 애쓰고 있었다.

"출발이 순조롭다는 말을 취소해야겠군요."

에가미 선배는 유감스러운 목소리로 말했다. 부장은 도서실에서 내게 들려주었던 추리를 되풀이했다. 배배 꼬이며 몇 갈래로 갈라지는 종유동 안에서 오노를 미행하려면 아리아드네의 실이 필요했을 것이다. '히로키'라는 향수를 그 도구로 사용했다. 그걸 오노의 우산에 뿌려놓았을 테고, 그럴 수 있었던 사람은 야기사와 미쓰루뿐이다. 이것이 진상이라면, 오노의 시체와 소지품에 '히로키'가 묻어 있었던 이유나 현관에 여러 종류의 향수가 묻어 있었던 이유도 설명할 수 있다.

"납득하셨습니까?"

에가미 선배의 질문에 그녀는 냉소로 답했다.

"허황된 소리군요. 궤변을 쌓아 도출한 대단한 착각입니다. 당신은 세상이 게임판처럼 좁다고 생각하는 것 같군요. 사건 당일 밤, 다쓰모리 강의 다리는 아직 멀쩡하게 걸려 있었어요. 외부에서 침입한 누군가가 저지른 범행일지도 모르잖아요? 그 무로키라는 우체국 직원이 오노 씨도 죽였을 수 있지 않나요? 어쨌든 오노 씨의 귀를 가지고 있었으니까요."

"그 무로키라는 인물이 범인이라면, 종유동으로 향하는 오노 씨를 숲 속 나무 그늘에 숨어 숨죽이고 지켜봤던 걸까요? 굳이 조향실의 향수를 훔쳐내 우산에 뿌리는 귀찮은 방법을 취할 이유가 있었을까요? 있을 수 없는 일입니다."

그녀는 색이 하얗게 변할 정도로 입술을 깨물고 있었다.

"무로키 이외의 미지의 인물일지도 모르죠. 혹은 이 저택의 누군가일지도 모르고요. 어쨌든 당신의 가설은 너무나 비약이 심해 도저히 검찰에서 채택할 것 같지 않군요."

에가미 선배가 뭐라 대꾸하려 했을 때, 그녀는 번거롭다는 듯이 손을 저어 그 말을 막았다.

"좋아요. 야기사와 씨가 오노 씨를 살해했다는 전제하에 말씀하세요. 그렇지 않으면 오도 가도 못하는 모양이니까요. 근거는 진부하지만 일단 그 전제를 받아들이겠어요. 일단은."

이 회담의 앞길은 꽤 험하지 않을까. 몇 겹이나 연막을 쳐서 지금까지 정체를 숨겨왔던 그녀가 그리 간단히 무너질 리는 없다. 눈앞의 그녀가 뿜어내는 저항의 기운은 보통이 아니어서, 나는 살갗에 따끔한 통증이 이는 착각에 빠졌다.

"하지만 어째서 야기사와 씨가 오노 씨를 죽여야 했을까요? 살인에는 그에 상응하는 이유가 있어야 할 텐데요. 두 분이 어째서 야기사와 씨를 살인범으로 몰아세우려는지 더 묻지는 않겠지만, 그 점만이라도 말씀해주시겠어요?"

어디까지나 정중한 말투였다.

"예, 그러지요. 야기사와 씨가 오노 씨를 살해할 명백한 동기는 분명 표면상으로는 존재하지 않았습니다. 사건 직후에 저희는 누가 오노 씨의 죽음을 원했는가에 대해 이야기한 적이 있는데, 그때도 야기사와 씨의 점수는 극히 낮았습니다."

"점수?"

"그렇습니다. 대략적이었지만 저희는 모든 사람의 동기지수를 표로 만들어보았습니다. 예를 들어 오노 씨가 기쿠노 씨와 결혼 후 건설하려 했던 예술의 디즈니랜드 구상에 단호히 반대했던 마에다 부부의 지수는 95였습니다. 야기사와 씨의 지수는 10. 이 마을에서 야기사와 씨가 했던 작업은 거의 완성을 앞두고 있었고, 이곳에서 나가는 일에 그리 저항도 없는 듯했으니까요. 게다가 평소 오노 씨와 반목했던 사실도 없고, 어느 쪽인가 하면 서로 관심이 희박했다고 들었습니다."

"확실히 그렇긴 했지요."

나는 그녀가 자신의 지수를 궁금해할 줄 알았는데, 무관심을 가장하는 건지 아무 것도 묻지 않았다. 에가미 선배는 이야기를 계속했다.

"즉 야기사와 씨가 오노 씨를 살해할 동기는 극히 희박했다는 인식은 저희도 가지고 있었습니다만, 그래도 범인은 야기사와 씨라는 결론에 도달하고 말았습니다. 그때 제가 생각한 의문은 정말로 야기사와 씨가 범인일까 하는 점이 아니라, 정말로 야기사와 씨에게는 동기가 없었을까 하는 점이었습니다. 거기서 숨은 동기는 무엇인가를 탐구해보았습니다. 탐구는 방금 전까지 계속해야만 했습니다. 그 라디오 뉴스를 듣는 순간까지."

그녀는 눈이 부신 듯 실눈을 떴다.

"뉴스가 무슨 상관이죠?"

그녀의 긴장이 고조되고 있는 것이 느껴졌다.

"무로키 아무개가 아이하라 나오키라는 카메라맨을 살해

한 범인이었다는 뉴스를 듣고, 저는 비로소 일련의 사건이 갖는 전체상을 보았습니다. 야기사와 씨가 어째서 오노 씨를 죽였는지도, 무로키가 어째서 아이하라 씨를 죽였는지도 동시에 이해했습니다. 그리고 당신이 무슨 짓을 했는지도."

그 조용한 목소리 속에는 에가미 선배가 그녀에게 품은 걷잡을 수 없는 혐오감이 배어 있었다.

그녀는 방어하는 대신 가슴을 폈다.

"제가 한 짓이라는 게 뭐죠?"

"잠시 질문하지 말고 들어주십시오. 모든 진상은 단숨에 밝혀집니다. 야기사와 씨가 오노 씨를 살해한 동기에 대해서도 아직 설명하지 않았는데 이야기가 비약하는 것 같아 죄송하지만, 누군가가 아이하라 씨를 살해했다는 오전 뉴스를 들었을 때 느꼈던 바를 말씀드리겠습니다. 그것은 어째서 아이하라 씨가 살해당해야 했나 하는 의문이었습니다. 아이하라 씨는 기사라 마을에 도촬하러 왔다가 쫓겨난 인물이지만, 나쓰모리 마을에서는 아무 문제도 일으키지 않았을 터였습니다. 그런데 어째서 나쓰모리 마을의 폐교 같은 장소에서 살해당했을까요? 아이하라 씨가 이곳 기사라 마을의 부지 안에서 몰매를 맞아 죽었다면 차라리 이해가 갈 텐데. 그것이 제 의문이었습니다. 아이하라 씨를 증오하는 사람은 기사라 마을에 있는데, 어째서 나쓰모리 마을에서 살해당했나?

그리고 밤이 되어 판명된 범인은 무로키라는 인물. 무로키가 어째서 그런 짓을 했는지 경찰도 아직 밝혀내지 못한 것 같더군요. 아마도 무로키가 자백하지 않는 한 짐작도 못하겠지요. 하지만 저는 알았습니다. 무로키가 기쿠노 씨의 조카이자, 또 하나의 육친이라는 말을 들은 순간에."

"생각보다 서론이 길군요. 길어지면 서서 이야기하기도 피곤할 텐데요?"

비아냥거리는 그녀의 말에 에가미 선배는 고개를 저었다.

"아니요, 조금도."

"말씀 중에 질문은 삼가기로 하지요."

"그럼 저도 이야기를 서두르겠습니다. 저는 야기사와 씨가 오노 씨를 죽였다는 결론을 내렸습니다. 한편, 나쓰모리 마을에서는 무로키가 아이하라 씨를 죽였다는 사실이 판명되었습니다. **이 두 개의 사건은, 범인은 알아냈지만 범행 동기가 확실치 않다는 것이 공통점입니다.** 수수께끼가 두 개로 늘어난 것처럼 보이기도 합니다. 하지만 마이너스 곱하기 마이너스는 플러스인 경우도 있습니다. 실례했습니다. 아직도 에둘러 말하고 있군요." 에가미 선배는 자기 머리를 쿡 쥐어박았다.

"야기사와 씨가 오노 씨를 살해했다. 동기는 이해 불가. 무로키가 아이하라 씨를 살해했다. 이것도 동기는 이해 불가. 두 사건 다 범인과 피해자의 조합을 이해할 수 없습니다. 하지만 **지금 말한 조합을 뒤바꿔보면 어떻게 되겠습니까?**"

"조합을 뒤바꾼다……?"

그녀는 처음으로 가벼운 동요를 드러냈다. 마른침을 삼킨 것이다.

"야기사와 씨가 아이하라 씨를 살해했다. 무로키가 오노 씨를 살해했다. 만약 이렇다면 충분히 이해할 수 있지 않겠습니까? **이곳에서 벌어진 일은 교차 살인이었던 겁니다.**"

/ 2 /

그녀는 얼굴을 찌푸렸다.

"그럴까요? 저는 꼭 그럴 것 같지는 않습니다만."

"어째서입니까? 이 조합으로 살인 사건이 일어났다면 각각의 동기는 분명합니다. 야기사와 씨에게 아이하라 씨를 살해할 동기가 있었다는 점은 인정하시겠지요?"

"하지만……."

그녀는 말을 얼버무렸다.

"'그 사람이 그런 짓을 하다니.'라는 말은 이제 족합니다. 아이하라는 실제로 살해당했습니다. 그리고 저는 이 주변에서 그런 짓을 할 가능성이 가장 높았던 인물은 야기사와 씨라고 말씀드리는 겁니다. 아이하라 나오키는 야기사와 씨가 사랑하는 지하라 유이 씨의 눈물을 뽑아냈던 사람입니다. 섭식 장애를 일으킬 때까지 괴롭히고, 유이 씨가 머물고 싶었을 화려한 세계에서 그녀를 몰아낸 남자. 그 남자가 마치 하늘이 주신 사명이라도 되는 것처럼 기가 막힐 정도의 정열로 유이 씨를 쫓아왔습니다. 카메라를 손에 들고, 유이 씨의 정신을 농락하기 위해. 그저 대중의 비열한 호기심과 자신의 뒤틀린 사명감을 만족시키기 위해. 이틀 전 나쓰모리 마을에 진을 친 아이하라는 마침내 다리를 건너 예술의 성지로 넘어왔습니다. 그리고 유이 씨를 카메라에 담는 데 성공하고 말았습니다. 그런 사진이 공표되면 유이 씨의 정신은 또다시 무너지고 말지도 모릅니다. 어쩌면 야기사와 씨는 그 남자를 죽이는 일이 유이 씨에게는 정당방위라고 생각했을지도 모릅니다."

"살해당한 카메라맨에게만 존칭을 붙이지 않다니 비상식적이지 않나요?"

에가미 선배는 그녀의 말을 무시했다.

"야기사와 씨는 카메라맨이 찍은 필름을 빼앗아 버렸습니다. 하지만 야기사와 씨가 처분한 필름 외에 몰래 찍은 사진이 없다는 보장은 없습니다. 만약 아이하라가 그 사진을 손에 넣었다는 사실을 야기사와 씨가 알았다면, 무슨 짓을 해서라도 되찾아오려 했을 겁니다. 살의도 품었겠지요. 이것이 동기입니다."

"자신의 가설을 검증할 때는 몹시 안일하군요. 아이하라 씨가 그런 사진을 갖고 있었다는 증거는 없지 않나요? 야기사와 씨는 아이하라 씨가 몰래 찍은 필름을 완력으로 빼앗아 처분했어요. 당장 꺼지라면서 쫓아냈습니다. 그것으로 끝났다고 생각하는 게 자연스럽지 않겠어요?"

"증거는 없지만 가능성은 있습니다. 아이하라가 쫓겨난 날 오후, 마에다 데쓰코 씨가 무언의 전화를 받았습니다. 그것은 아이하라의 거래 요청이었을지도 모릅니다."

그녀는 조소했다.

"어불성설이군요. 단순히 잘못 걸려온 전화였을 가능성이 백배는 더 클 텐데요."

"한낮의 뉴스가 더 의미심장한 소식을 전했습니다. 아이하라는 누군가와 거래를 하려 했던 듯하다, 그리고 어떠한 사건에 휘말린 듯하다는 뉴스. 거래 품목은 유이 씨의 사진, 유이 씨에 관한 정보였을지도 모릅니다. 아이하라는 자기가 쥔 그 정보를 돈을 받고 팔려 했던 겁니다. 그 누군가는 물론 무로키 씨고, 무로키 씨는 야기사와 씨의 대리인 자격으로 거래를 요청했겠지요."

"따라갈 수 없는 얘기로군요. 하지만," 그녀는 다리를 바꿔 꼬았다. "야기사와 씨가 카메라맨에게 적의를 품었다는 부분은 인정하겠어요."

"그렇다면 다음은 무로키 씨의 경우입니다. 무로키 씨에게는 오노 씨를 살해할 동기가 있습니다."

"어째서죠?"

"무로키 씨가 어떤 인물인지 저는 모릅니다. 알고 있는 사실은 그가 **기사라 기쿠노 씨의 하나뿐인 육친**이라는 점뿐입니다. 다시 말해 **무로키 씨는 기쿠노 씨가 사망했을 때 이 세상에서 그 유산을 상속할 수 있는 단 한 사람이라는 뜻이 됩니다.**"

그녀는 잘 알겠다는 듯이 크게 고개를 끄덕였다.

"단 한 명의 유산 상속인. 무로키 씨는 언젠가 올 그 날에 고모의 막대한 유산을 상속할 꿈을 꾸고 있었겠지요. 우편물을 분류하며, 배달 중에 자전거 페달을 밟으며, 소포의 무게를 재며, 언젠가 거금이 들어오리라 믿고 있었겠지요. 하지만 그 꿈이 예기치 못한 위기를 맞습니다. 기쿠노 씨가 결혼을 결심했기 때문입니다. 만약 기쿠노 씨가 결혼하면 사망했을 경우 그 유산은 배우자가 집어삼키게 됩니다. 배우자가 먼저 죽으면 문제가 없지만 오노 씨는 기쿠노 씨보다 열다섯 살이나 연하였습니다. 오노 씨가 살아남아 유산을 차지할 확률이 더 큽니다. 무로키 씨가 얼마나 놀라고 실망했을지 짐작 가시지 않습니까? 무슨 수를 써서라도 결혼을 막아야 한다. 그것이 불가능하다면 약혼자를 없애버려야 한다. 그런 극단적인 생각으로 치달았는지도 모릅니다."

"알겠어요. 그런 식으로 사람이 살의를 품을 수 있을지도 모른다는 점은 일단 인정하겠어요. 하지만 무로키 씨는 자기 고모가 오노 씨와 약혼을 발표했다는 사실을 어떻게 알았나요? 이 마을 주민들밖에 몰랐을 텐데요."

"그렇습니다. 그러니 이 마을 주민이 무로키 씨에게 알려준 겁니다."

"그게 야기사와 씨라고 말하고 싶은 거군요?"

"아니요, 그렇지 않습니다."

그녀는 오른쪽 무릎 위에 얹은 왼쪽 다리를 까딱까딱 흔들고 있었다. 그 동작이 초조함을 나타내고 있다.

"어째서 아니라는 거죠? 당신 가설은 이런 것 아니었나요? 아이하라 씨가 유이 씨를 몰래 촬영했다. 그리고 어찌어찌해서 그 사진을 사라고 야기사와 씨에게 거래를 요청했다. 야기사와 씨의 분노는 증오에서 살의로 발전해, 아이하라 씨를 살해할 결심을 했다. 하지만 직접 나쓰모리 마을로 나가 손을 쓰기는 위험하니, 무로키 씨에게 살인을 의뢰했다. 교환 조건으로 무로키 씨의 이익 보전을 위해 오노 씨를 살해해주기로 했다. 두 사람은 합의에 이르렀고, 살인을 실행했다."

"제 말이 그렇게 들렸습니까? 아닙니다. 그렇지 않습니다."

"어머, 어째서죠? 억지 같은 소리지만 일단 말은 되는 것 같은데요."

"요령 좋게 정리해서 말씀해주셨지만 큰 실수가 있습니다. 그것은 **야기사와 씨가 무로키 씨에게 교차 살인을 요구할 기회는 없었다**는 점입니다. 야기사와 씨가 교차 살인을 제안했다면 당연한 소리지만 그것은 아이하라가 기사라 마을에 침입했다가 들켜서 쫓겨났을 때부터 오노 씨가 살해당하기 전까지, 그 사이라는 뜻이 됩니다. 아이하라의 불법 침입을 발견하기 이전의 야기사와 씨는 그의 존재조차 몰랐을 테니까요. 하지만 아이하라가 쫓겨나는 소동이 있은 후에 야기사와 씨는 하루 종일 2층 음악실에 틀어박혀 있지 않았습니까? 밤이 되어 아래층으로 내려왔지만, 거실에 혼자 있을 기회는 없었습니다. 따라서 나쓰모리에 몰래 나가 무로키와 만나기는커녕 전화로 의논조차 할 수 없었습니다. 교차 살인을 제안한 사람은 야기사와 씨가 아닙니다."

"그럼…… 무로키 씨 쪽에서 제안했다고 말씀하시는 건가요?"

"그건 더없는 모순입니다. **무로키 씨는 기사라 마을의 주민이 알려주지 않는다면 고모의 약혼을 몰랐을 텐데요?** 무로키 씨 쪽에서 교차 살인을 제안하는 게 가능할 리가 없습니다."

그녀는 곤혹스러운 표정을 지었다.

"아아, 모르겠어요. 야기사와 씨도, 무로키 씨도 제안할 수 없었다면 두 사람은 대체 어떻게 의사소통을 한 거죠?"

"두 사람에게 교차 살인을 제안한 제삼자가 있다는 말이 됩니다. 교차 살인의 중개자, 혹은 프로듀서. **그 인물은 기쿠노 씨와 오노 씨의 약혼도, 아이하라의 정체도 알고 있었으므로 이 기사라 마을의 주민이라는 뜻이 됩니다.**"

"말도 안 되는 소리. 살인을 중개하다니 정신 나간 소행이에요. 그 인물은 어째서 그런 짓을 해야 했던 거죠?"

"설마 야기사와 씨나 무로키 씨의 행복을 배려해 그러지는 않았겠지요. 살인이 걸린 문제니 오지랖이나 변덕으로 중간에서 참견하는 것과는 사정이 다릅니다. 교차 살인을 기획함으로써 그 인물이 직접 얻는 이익이 있었던 겁니다."

"어떤 이익이 있었다고 생각하시나요?"

"**범인 역시 오노 씨나 아이하라 씨, 혹은 두 사람을 다 죽이고 싶었다는 뜻입니다.**"

그녀가 얼핏 고개를 숙였다. 의미도 없을 텐데 두 손의 손톱을 잠시 쳐다보더니 다시 고개를 들었다.

"말하자면 자기 손을 하나도 더럽히지 않고 죽이고 싶은 상대를 장사 지내려 했다는 말인가요?"

"그렇습니다." 에가미 선배는 힘을 실어 말했다. "야기사와 씨와 무로키 씨의 살의를 감지하고, 혹은 그것을 부추겨 두 사람을 살인 도구로 사용한 겁니다. 자기 손을 피로 더럽히지 않으려고 꼭두각시 인형으로 만든 겁니다. 아마도 조종당한 야기사와 씨는 이 흉사의 공범자가 무로키 씨인 줄 몰랐을 테고, 무로키 씨도 공범자가 야기사와 씨인 줄 몰랐겠지요. 그들은 마지막까지 자신에게 교차 살인을 제안한 인물과 계약을 나누었다고 믿고 있었던 게 분명합니다."

"그렇게 생각대로 사람을 조종할 수 있을까요……."

그녀는 혼잣말처럼 중얼거렸다. 에가미 선배의 이야기는 차츰 열기를 띠며 빨라졌다.

"이 범죄는 항간에 넘치는 수많은 살인과는 전혀 의미가 다릅니다. 히치콕이 그린 교차 살인은 생각하기에 따라서는 몹시 인간적인 행위예요. 서로 자신의 운명을 담보로 내놓고 아슬아슬한 상황에서 상대를 믿는 행위는 남녀의 사랑과도 흡사합니다."

"호호." 그녀는 오랜만에 웃었다. "이런 때에 남녀의 사랑을 비유로 꺼낼 줄은 몰랐네요. 대단한 로맨티스트로군요."

"얼마든지 비웃으십시오. 피아니스트와 우체국 직원은 가련할 정도로 용기를 짜내 어떤 인물과 믿음을 나누었다고 생각했습니다. 하지만 사실 두 사람은 완전히 속았습니다. **그들이 믿었던 어떤 인물은 자신의 손을 더럽힐 생각은 털끝만큼도 없이, 두 남자가 내건 극한의 신뢰를 배반했던 겁니다.** 인간에게 살인은 가장 큰 죄입니다. 하지만 그 인물의 죄는 그것마저도 초월한다고 생각하지 않으십니까? 저는……."

에가미 선배는 입술을 깨물었다.

"저는 그것이 악마의 소행 같습니다."

처음으로 침묵이 찾아왔다. 세상에서 모든 소리가 소멸했다고 착각할 정도로 짙은 정적이 우리를 감쌌다.

에가미 선배가 침묵을 깼다.

"교차 살인이 있었다고 가정한다면, **무로키 씨의 집에서 오노 씨의 귀를 발견했다는 사실이 의미를 가집니다. 그것은 '나는 살인에 성공했소. 이번에는 귀하의 차례요.'라는 메시지였던 겁니다.** 오노 씨의 목을 잘라 보내면 가장 확실한 증거가 되었겠지만, 그런 거창한 짓을 할 필요까지는 없다고 생각했겠지요. 자르는 쪽도 힘들고, 받은 쪽도 처리하기 곤란합니다. 귀라면 훨씬 간단하고, 오노 씨의 복스러운 귀는 충분히 그 사람의 인식표가 되었을 테니까요."

"어이가 없군요……." 그녀는 보란 듯이 탄식했다. "당신은 어쩜 그리 감쪽같이 궤변을 늘어놓을 수 있죠? '약속을 지켰다.'는 신호로 삼기 위해 오노 씨의 귀를 잘랐다니…… 그야말로 악마 같은 발상이에요."

"그럴까요? 이 부분이야말로 실로 인간이라는 동물이 하고도 남을 짓 아닙니까? '믿을 테니 증거를 보여라.' 이것이 인간의 발상이 아니고 뭐겠습니까. 신도 악마도 그렇게 말하지는 않을 겁니다."

"과연 그럴지도 모르겠군요. 하지만 만약 그런 식으로 일이 진행되었다면 먼저 범행에 이른 야기사와 씨는 꽤나 사람을 잘 믿는 분이었군요. '내가 먼저 죽여줄 테니 그 증거를 보면 너도 약속을 지켜라.'라는 뜻이잖아요? 무로키 씨가 계약을 이행하지 않는다면 큰일 날 텐데요."

"맞는 말씀입니다. 그래서 교차 살인의 착수에 앞서 그들은 서로를 속박하는 계약서를 썼을지도 모릅니다. '나는 당신에게 살인을 의뢰한다.' 운운하는 문서 말입니다. 상대가 배반해 자기만 체포당할 경우 그 문서를 공표하면 될 테고, 의뢰자는 어엿한 공동 정범이 됩니다. 쌍방이 성실하게 계약을 이행하면 그 시점에서 계약서는 파기하기로 했겠지요. 저는 '그들'이라고 말했지만 그건 물론 야기사와, 무로키 두 사람만 가리키는 게 아닙니다. 계약서가 실존한다면 그것은 야기사와-X, 무로키-X 사이에서 오간 셈이 됩니다."

에가미 선배는 뭐라 말하려는 그녀를 제지했다.

"이때 야기사와 씨 쪽에 이상한 조항이 포함되었습니다. '오노 씨를 죽이면 그 귀를 잘라 내게 건넬 것.' 야기사와 씨는 어째서 그런 걸 원하는지 캐물었을지도 모르겠군요. 하지만 X는 그럴싸한 대답으로 둘러댑니다. 그 귀는 인식표로 무로키 씨에게 전하기 위한 증거이니 X는 진실을 말할 수는 없었습니다."

그녀는 쓴웃음을 지었다.

"공상의 날개가 점점 더 커지네요. 마치 자기가 탄 차가 이미 절벽에서 떨어진 줄도 모르고 열심히 운전하고 있는 것 같군요."

"아동용 애니메이션에 나오는 개그로군요. 그 경우 운전사가 바퀴 밑에 땅이 없다는 사실을 깨닫지 못하면 차는 계속 달릴 수 있다는 규칙이 있습니다."

"당신은 깨닫지 못했나요?"

"앞만 보고 있으니까요."

"밑을 보세요."

"목적지에 도착한 후에 보겠습니다. 그곳에 땅이 있다면 그 사이에도 땅 위를 달린 셈이 되니까요."

그녀는 고집스런 남자라고 말하고 싶은 듯이 어깨를 으쓱했다.

"아이하라가 살해당했다는 최초의 뉴스를 들었을 때, 야기사와 씨가 어떻게 반응했는지 기억하십니까?"

"아니요." 그녀는 고개를 저었다.

"다른 사람들과 마찬가지로 충격을 받은 것처럼 보였습니다. 그리고 저는 이렇게 중얼거리는 소리를 들었습니다. '어젯밤…….'"

"무슨 말을 하고 싶은 거죠?"

"먼저 야기사와 씨의 경악은 연기가 아니었다는 점입니다. 그야 그렇겠지요. 야기사와 씨는 이 마을의 주민 X와 계약을 했습니다. 그리고 먼저 임무를 수행했지만, 그 이튿날 아침 다리가 떨어지고 말았습니다. 아무리 X가 '좋아, 이제 내 차례다.' 하고 사명감을 불태웠어도 아이하라를 죽이러 갈 수가 없습니다. 그런데 아이하라는 살해당했습니다. **자기가 오노 씨를 죽인 이튿날 밤에 X가 어떻게 의무를 다했는지 이상하게 생각하며 중얼거린 말이 '어젯밤…….'이라는 한마디입니다.**"

"대답할 말이 없군요. 야기사와 씨가 그렇게 중얼거리는 소리를 저는 듣지 못했으니까요."

"저는 들었습니다. 당신이 이 세상의 모든 소리를 감지할 수 있는 건 아닙니다."

이것은 도발적인 표현이었다. 그녀는 불쾌한 듯이 헛기침을 했다.

"그렇군요. 제가 보고 듣는 현상은 한정되어 있어요. 그에 비해 당신은 천리안에 밝은 귀까지 가진 모양이군요."

그녀는 또다시 여유를 잃었는지 날카로운 얼음 같은 시선을 에가미 선배에게 쏟았다. 부장은 그런 상대의 공격을 피하듯 여유로운 모습으로 왼쪽 어깨부터 벽에 기댔다.

"놀란 야기사와 씨는 어떻게 했을까요? 어떻게 된 일인지 X에게 물었나요?"

"그랬을지도 모릅니다. 그리고 X는 천재적인 거짓말로 야기사와 씨를 납득시켰을지도 모르고, 납득하지는 못했어도 결과가 좋으니 야기사와 씨가 그냥 물러났을 가능성도 있습니다."

"X 입장에서는 간이 조마조마한 장면이었겠군요."

"예. 스위치를 누른 본인도 작동을 시작한 시스템을 멈출 수는 없었습니다. 뭐, 그것도 X에게는 훌륭한 결과였습니다. 다리가 무너진 덕분에 누가 헛다리를 짚어도 자기가 아이하라 살인 혐의를 받을 우려가 사라졌으니, 오히려 예상치 못한 행운으로 받아들였을지도 모릅니다. 성공한 겁니다. 어쨌든 꼭두각시 인형은 둘 다 명령대로 춤을 추었으니까요."

그녀는 지쳤는지 눈을 감았다. 에가미 선배가 물었다.

"뭔가 질문하실 점은?"

"있어요." 그녀는 눈을 감은 채로 물었다. "X는 언제 야기사와 씨에게 귀를 받아 무로키 씨에게 건넸다는 건가요?"

"야기사와 씨는 살인 직후에 소정의 방법으로 X에게 귀를 건넸겠지요. 방에 가져다주었을 수도 있고, 어디에 놓고 왔을지도 모릅니다. 그리고 X는 오노 씨의 시체가 발견되기 전, 이른 아침에 그것을 봉투에라도 담아 우체통에 넣으면 그만이었습니다. 우편물 집하 시간은 이른 아침이니 무로키 씨는 다리가 떨어지기 전에 가져갈 수 있었습니다."

"질문을 하나 더 하죠."

눈을 굳게 감은 채 그녀는 미간에 주름을 잡았다. 여름밤의 더위에 신음하듯이.

"한밤중에 쳐들어와서 제게 이런 이야기를 하는 이유가 뭔가요?"

에가미 선배의 머리카락이 힘없이 얼굴에 내려왔다.

**"당신이 X이기 때문입니다, 고토에 씨."**

/ 3 /

고토에는 꼭 달라붙은 눈꺼풀을 떼어내듯이 서서히 눈을 떴다. 겁 많은 나는 눈을 내리뜨고 발밑의 바닥을 보았다. 꼼꼼하게 청소한 마룻바닥에 ∫ 모양의 흠이 외롭게 나 있었다. 잠시 그거나 보고 있어야겠다.

"작작 좀 하시지요." 쩌렁쩌렁 큰 목소리였다. "당신이 탄 자동차는 이미 계곡 밑바닥에 떨어져 박살 났어요. 그만 단념해요."

"아뇨, 단념하지 않을 겁니다. 지금부터 가속 페달을 밟아 속력을 낼 작정이니까요."

에가미 선배는 기대어 있던 벽에서 몸을 떼고 섰다.

"당신은 어리석어요."

그 목소리는 분노로 떨리고 있었다. 나는 주먹을 쥐고 겁먹지 않으려 애썼다. 지하철 막차에서 시비를 거는 취객에게 걸어차였을 때도 이 정도로 무섭지는 않았다.

"저를 붙잡고 악마라고요? 그런 막말을 잘도 하는군요. 소금쟁이보다도 연약하고 무해한 제가 악마라니……."

"화를 내시는군요? 그렇다면 어째서 나가라고 소리치지 않으십니까?"

나는 에가미 선배의 목소리도 무서웠다. 부장의 목소리는 떨리지는 않았지만, 치밀어 오르는 분노를 애써 억누르고 있는 기색이 느껴졌다. 가루이자와 역에 가출한 딸을 데리러 왔던 아버지가 이런 목소리를 냈다면, 열세 살의 나는 공황상태에 빠졌을지도 모른다.

"사죄하고 나가요."

"사죄하지 않겠습니다."

"어째서 제가 X죠? 분명 시시한 궤변을 준비했겠지요?"

"예. 이야기를 계속하라는 말씀이군요?"

나는 살짝 고개를 들어 고토에를 보았다. 그녀는 입술을 깨물고 마음을 가다듬으려는 듯 안경을 고쳐 썼다. 그 렌즈에 촛불이 비쳤다. 몸을 뒤트는 불꽃의 그림자는 마치 내면에서 흘러넘치는 고토에 자신의 분노 같았다.

"당신이 X의 자격을 가지고 있다는 점을 먼저 말씀드리겠습니다. 먼저 당신에게는 오노 씨를 살해할 동기가 있습니다. 이곳은 당신에게 약속의 땅은 아니었겠지만, 마지막 보금자리로 정한 장소였을 겁니다. 속세와 단절되었고, 정성 들여 가꾼 허브 정원이 있습니다. **이곳의 변질은 당신에게 실락失樂을 의미했겠지요. 때문에 오노 씨의 구상은 용서하기 힘든 일이었습니다.**"

"사람 마음을 흙발로 헤집는 짓은 그만두세요. 야만인이 따로 없군요."

"이어서."

"무시할 셈인가요?"

"당신이 X라면 오노 씨의 시체를 바윗단에 끌어 올려놓은 점도 설명할 수 있습니다. **그렇게 해놓으면 힘없는 여성, 특히 젊지 않은 당신의 혐의는 대단히 희박해지니까요.** 당신은 자신의 알리바이가 확고하게 존재하는 시간대에 오노 씨를 죽여주길 원했을지도 모르지만, 야기사와 씨는 다른 방법으로 당신의 혐의를 벗겨주려 했습니다. 한정된 사람밖에 없는 이 마을에서 당신에게 완벽한 알리바이를 보장하기란 어려웠을지도 모릅니다. 당신이 다른 누군가와 함께 있었다는 알리바이를 가진다는 말은 그 상대에게도 알리바이를 부여하는 셈이 됩니다. 알리바이의 신빙성을 높이기 위해 그 증인은 여럿이면 좋겠지만 그런 짓을 하다가는 그렇지 않아도 작은 원이 점점 더 줄어

들어 실행에 옮긴 사람의 위험이 대단히 커지고 마니까요."

"궤변." 고토에가 내뱉었다.

"그리고 당신에게는 무로키 씨와 사전에 의논할 기회가 있었습니다. 아이하라 씨가 쫓겨난 그날 오후, 당신과 시도 씨는 전화를 오래 사용했다고 들었습니다. 그리고 무로키 씨를 다리로 불러내 세부 사항을 정하고 계약서를 주고받을 시간도 있었습니다."

"그런 일은 저만 가능했던 게 아닐 텐데요."

"그렇군요. 아무런 증거도 되지 않습니다."

처음으로 에가미 선배가 한 걸음 물러섰다. 고토에는 눈을 가늘게 떴다.

"X라는 인물의 중개로 정말 교차 살인을 저질렀다고 해도, 그 X가 저라는 증거는 없어요. 본인이 세운 진기한 가설에 취하는 건 자유지만, 제 방에 뛰어들다니 경솔하기 짝이 없는 짓이군요."

"여기서 이야깃거리가 동났다면 그런 비난을 받아도 별수 없겠지요."

"지루한 이야기가 아직도 남아 있나요?" 고토에는 지긋지긋하다는 듯이 말했다. "이제 그만 좀 해요. 벌써 1시 반이에요."

우리 세 사람은 나란히 벽시계를 보았다. 1시 28분. 꼼꼼한 사람이니 이 시각은 아마도 정확할 것이다.

"지금부터 야기사와 씨가 살해당한 사건에 대해 말씀드릴 겁니다."

고토에는 또 다리를 바꿔 꼬았다.

"아직은 체력도 기력도 조금 더 버틸 수 있으니 들어볼까요. 당신의 진기한 가설이 맥없이 시드는 말로를 보고 싶기도 하니."

조향가가 눈을 깜빡이는 찰나에 나를 흘깃 쳐다보았다. 그 눈은 '당신, 거기서 고목처럼 우뚝 서서 뭘 하고 있죠?'라고 비웃고 있었다. 나는 등줄기를 폈다. 이 자리에 입회해 진실을 알고 싶다고 에가미 선배에게 부탁한 사람은 나니까.

"살인이라는 큰일을 해낸 야기사와 씨가 어째서 살해당하고 말았는가? 그 이야기를 하겠습니다."

"그건 좋지만 조금만 속도를 높여요. 졸릴 것 같으니."

"그러겠습니다. 마리아도 녹초가 되었을 테고요."

부장은 이 방에 들어온 후 처음으로 내 눈을 보았다. 목소리와 표정은 온화했지만 부장 역시 다소 지친 기색이었다. 고토에의 반박을 하나씩 되받아치는 일에 다대한 에너지가 필요했으리라.

"괜찮아요."

내가 대답하자 에가미 선배는 고토에 쪽으로 몸을 돌렸다.

"야기사와 씨가 오노 씨를 살해한 범인이라는 사실을 저희가 깨달은 건 오늘 오후였습니다. 종유동에서 실험을 한 후에 저희는 도서실에 들어가 그곳에서 야기사와 씨가 범인이라는 결론을 검증했습니다."

실제로는 에가미 선배의 추리를 내가 듣고 있었을 뿐이다.

"저희가 들어갔을 때 닫혀 있던 창문이, 도서실을 나갈 때 보니 살짝 열려 있었습니다. 누가 엿들었다고밖에 생각할 수 없습니다. 만약 그 누군가가 무고한 인물이었다면 저희에게 따지거나 다른 사람에게 소문을 내고 돌아다녔을 겁니다. 혼자서 가슴에 묻어둘 필요가 없습니다. 하지만 아무 일도 일어나지 않았습니다. 일어난 건 야기사와 씨 살해뿐이었습니다. 이것은 무엇을 뜻하는 걸까요? 생각해볼 수 있는 경우는 두 가지입니다. 첫 번째, 엿들은 사람은 기사라 기쿠노 씨다. 진실을 안 기쿠노 씨가 그것을 공개해 사법의 손에 맡기는 데 만족하지 않고, 스스로 법이 되어 야기사와 씨를 단죄했다. 저는 일단 그렇게 생각했습니다. 하지만 그렇지 않다는 사실을 나중에 깨달았습니다. 두 번째, 엿들은 사람은 교차 살인의 프로듀서 X였다. X는 운명 공동체인 파트너가 꼬리를 밟혔다는 사실을 알자 그의 입을 통해 진상이 드러날까 우려해 살해했다. 그렇게 생각해볼 수도 있습니다. 이 가설은 야기사와 씨를 죽인 범인이 누구인지 깨달은 후에 떠오른 생각이지, 여기서 범인을 추론해낸 건 아닙니다."

"당신이 말하는 X는 저잖아요?"

"예. 그러니까 당신이 야기사와 씨를 죽였다고 말하는 겁니다. 저희가 도서실에 있었을 때, 당신은 기쿠노 씨와 허브 정원을 손질하고 계셨다고 했는데, 화장실에 다녀오는 길에 저희 밀담을 눈치챘겠지요. 화장실에 다녀온 적이 있었다는 건 알리바이 조사 때 당신이 직접 증언한 내용입니다. 저희 이야기를 전부 듣지는 못했겠지만 야기사와 씨가 범인이라는 사실이 발각되었다는 점은 조금만 들어도 알 수 있었을 겁니다."

고토에는 목덜미를 우아하게 긁적였다.

"이것도 저것도 전부 제 탓이군요. 전 그렇게 거물이 아니랍니다."

"부정하시는 겁니까?"

"하고말고요. 알겠어요? 당신은 기묘한 살인의 삼각관계를 가정했지만 결국 그 중개자 X가 저라는 사실을 입증하지 못했어요. 그런데 야기사와 씨 살해 동기는 X에게 있다는 식으로 이야기를 일단 돌렸다가 '따라서 X인 당신이 저지른 범행이다.'라는 말로 돌아오다니 비논리적이에요. 교활한 흉내는 그만두세요. 아니면 그저 머리가 거기까지밖에 돌아가지 않을 뿐인가요?"

"당신의 그런 반론은 극히 당연한 일입니다. X가 당신이라는 사실을 저는 아직 입증하지 못했습니다. 그렇다면 이런 등

반 루트는 어떨까요? '야기사와 씨를 죽인 건 당신이다. 그러므로 당신이 X다.'"

"제가 야기사와 씨를 죽였다는 결론이 먼저라는 말인가요?"

"그렇습니다. 그건 밤 뉴스를 듣기 전에 내린 결론입니다. 교차 살인이 벌어졌던 게 아닐까 하고 깨달은 건 뉴스를 들은 후였으니까요. **야기사와 씨를 살해할 수 있었던 사람은 당신뿐입니다.**"

"입증하지 못할 말을 어림짐작으로 떠드는 짓은 그만두세요. 당신처럼 단정하다가는 이곳 주민 모두 범인이 될 수 있겠어요."

"이번에는 입증할 수 있습니다."

"픽이나."

"가능합니다. 지금부터, 입증하겠습니다."

에가미 선배는 끈질기게 얼굴에 흘러내리는 머리카락을 쓸어 어깨 뒤로 넘겼다.

"그 전에 잠시. 오해와 혼란을 피하기 위해 제가 어떤 순서로 추론을 진행했는지 정리해 차례대로 말씀드리겠습니다.

먼저 어제 정오 이후, 오노 씨를 살해한 범인이 야기사와 씨라는 사실을 알았습니다. 오후 3시경, 마리아와 도서실에서 그 문제를 토론하다가 누가 엿들었다는 사실을 깨달았습니다. 오후 5시에 야기사와 씨가 시체로 발견되었습니다. 그때 엿들었던 사람은 기쿠노 씨이고 복수를 한 게 아닌가 하는 의혹을 품었습니다. 밤이 되어 식당에서 수사 회의가 열렸습니다. 그곳에서 어떤 사실을 깨달은 저는 시체와 범행 현장을 확인해 기쿠노 씨가 아니라 당신이 범인이라는 결론을 내렸습니다. 하지만 당신이 어째서 야기사와 씨를 죽여야 했는지, 그 밖에도 석연치 않은 점이 많았습니다. 그리고 **밤 11시경에 나온 뉴스를 듣고, 야기사와-무로키-X가 변칙적인 교차 살인을 실행했다는 전체 구도가 눈에 들어왔던 겁니다. 이 미지수 X에 당신의 이름을 대입하면 방정식은 풀립니다.**"

"네네, 거기까지는 알겠어요. 천동설도 믿으려고만 하면 현대에서도 근거를 찾아낼 수 있을 테니, 이제 당신 신념에 트집을 잡지는 않겠어요. 지금까지 들은 결론 없는 이야기를 아침까지 계속해도 소용없는 일이에요. 다만 제가 야기사와 씨를 죽인 범인이라는 문제 하나만 아직 논의되지 않은 거군요."

"예. 시작하겠습니다."

마지막 직선 코스에 들어갔다. 이제 골인 지점까지 똑바로 달리는 일만 남았다.

"수사 회의의 초점은 알리바이 조사였지만, 공교롭게도 알리바이가 성립하는 사람은 하나도 없어 알리바이로 범인을 걸러낼 길이 없는 것처럼 보였습니다. 하지만 '이건 실패인가.' 하면서 듣고 있던 저는 **마지막에 마리아가 증언한 내용에 이상한 점이 있다는 사실을 깨달았습니다**."

정작 말한 본인은 전혀 신경도 쓰지 않았던 점이었다.

"마리아의 증언은 간단했습니다. 오후 3시 반에 야기사와 씨와 위층으로 올라가 방 앞에서 헤어졌다. 그 후 시체를 발견하기까지 한 시간 반 동안 방에서 나가지 않고 책을 읽거나 사색을 하며 보냈다. 그사이 복도를 지나는 몇 개의 발소리를 들었지만 수상한 소리는 듣지 못했다."

내 이야기는 그게 전부였다. 지금 다시 한 번 말해보라고 해도 덧붙일 이야기는 아무것도 없다.

"분명히 마리아 씨 얘기는 그랬어요. 그것뿐이었죠. 당신은 뭐가 이상하다는 거죠?"

이야기의 요점을 파악하지 못한 탓이리라. 나는 고토에의 목소리에서 경계와 긴장의 낌새를 느꼈다.

"**수상한 소리는 듣지 못했다. 그럴 수가 있을까?** 야기사와 씨가 어디에서 뭘 하고 있다가 습격을 당했는지 기억해보십시오. 방음 처리된 음악실에서 피아노를 치다가 등 뒤에 칼을 맞았습니다. 그리고 연주하던 곡은 〈저녁노을〉이라는 제목이 붙은, 야기사와 씨가 직접 작곡한 곡입니다. 끝없이 **빠른 포르테**가 이어지는 격정적인 곡."

나는 그렇게 격렬한 피아노곡을 들어본 적이 없다.

"야기사와 씨가 피아노를 마주하고 그 곡을 연주하고 있다. 범인은 발소리를 죽이고 음악실 문 앞에 선다. 손잡이를 쥐고 가만히 문을 연다. 연주에 몰입한 야기사와 씨는 당연히 등 뒤의 작은 소리를 알아차릴 턱이 없다. 실로 좋은 기회다. 범인은 나이프를 꺼내 야기사와 씨의 흔들리는 상체에 자신의 움직임을 맞추어 신중히 겨냥하고 단숨에 찌른다."

나는 그 장면이 선명하게 뇌리에 떠올라 얼굴을 찌푸렸다.

"자, 범행이 이렇게 이루어졌다면 마리아의 증언에는 큰 모순이 섞여 있는 셈이 됩니다. **만약 그랬다면 음악실 맞은편에 있었던 마리아는 수상한 소리를 들었어야만 했기 때문입니다. 범인이 아무리 문을 조용히 연다 해도, 야기사와 씨의 〈저녁노을〉이 복도에 흘러나오는 소리는 막을 수 없었을 테니까요.**"

조향 예술가는 한쪽 눈만 가만히 찌푸렸다. 아무 말도 하지 않는다.

"그런데 특별히 주의를 기울이지 않아도 발소리를 들을 수 있는 위치에 있었던 마리아는 수상한 소리를 듣지 못했다고 합니다. 실로 기묘하지요. 이 문제를 어떻게 설명하면 좋을까요. 마리아의 증언이 틀렸다? 아니, 틀릴 정도로 복잡한 문제가 아닙니다. 마리아가 거짓말을 했다? 거짓말을 해서 얻을 이득이 있을 것 같지도 않습니다. 더군다나 저는 마리아를 의심하는 거의 억지에 가까운 짓을 하지 않고도 진실과 타협할 수 있다는 사실을 깨달았습니다."

고토에는 또다시 눈을 감았다.

**"다시 말해 범인은 피아노 소리가 나지 않을 때 음악실 문을 열었다는 뜻입니다.** 그렇지만 그건 야기사와 씨가 문득 손을 멈추고 한숨을 돌렸을 때라는 뜻이 아닙니다. 만약 그랬다면 침입자의 존재를 알아차렸을 테니, 등을 돌리고 있지는 않았겠지요. 게다가 야기사와 씨가 몇 시 몇 분에 건반에서 손가락을 뗄지 과연 알 수 있었을까요? 따라서 범인이 문을 연 것은 피아니스트가 휴식을 취하고 있었을 때도 아닙니다. 그것도 아니라면 피아노 소리가 나지 않을 때는 언제일까요? **그렇습니다. 야기사와 씨가 음악실에 들어가기 전이라는 뜻이 됩니다. 범인은 3시 반 이전에 음악실에 들어가 피아니스트를 몰래 기다리고 있었던 겁니다."**

고토에는 조용히 오른손으로 이마를 짚더니 그 손을 곧 무릎 위로 되돌렸다.

"몰래 기다리려면 어딘가에 몸을 숨겨야만 합니다. 그 방에는 절호의 장소가 있었지요. 중국 병풍의 그늘입니다. 야기사와 씨가 문에서 피아노 앞으로 걸어가는 사이, 병풍 너머에 뭐가 있는지는 결코 눈에 보이지 않습니다. 그리고 연주에 열기를 띨 때 살금살금 나와 야기사와 씨의 등 뒤로 돌아가기란 간단한 일입니다. 그리고 나이프로 찌른다. **저는 이것이 가능**

**했던 사람은 이 세상에 세 사람뿐이라고 생각했습니다."**

"세 사람?" 고토에가 물었다. "누구하고 누구하고 누구라는 거죠?"

"야기사와 씨가 음악실에 들어간 시각, 3시 반에 저는 사에코 씨와 함께 제 방에 있었습니다. 마에다 씨 내외, 유이 씨, 고비시 씨는 거실에 있었습니다. 거기에 살아 있는 야기사와 씨와 방 앞에서 헤어진 마리아를 제외하면 남은 용의자는 당신, 기쿠노 씨, 시도 씨 세 사람뿐입니다."

"하지만 지금은 저 하나만 눈엣가시로 여기고 있는 것 같군요."

고토에는 코웃음을 쳤다.

**"기쿠노 씨와 시도 씨는 범인일 수 없습니다.** 어째서인가? 당신이 쓸데없는 조작을 했기 때문입니다."

"그건 뭘 가리키는 건가요?"

"'미쓰루'라는 향수를 현장에 뿌린 행동입니다. 그건 의미 없는 짓이었지요?"

"글쎄요, 저한테 물어도 모르는 일이에요."

"당신은 도서실에서 저희가 나눈 이야기를 엿들었습니다. 하지만 이야기를 전부 듣지는 못했겠지요. 그러니 오노 씨의 시체에 뿌린 향수가 갖는 합리적인 의미를 몰랐을지도 모릅니다. 단지 야기사와 씨 살해 현장에 직면한 저희가 동일범에

의한 연쇄 살인 사건일지 모른다는 혼란에 빠지길 기대하고, 야기사와 씨 살해 현장에도 눈속임으로 '미쓰루'를 뿌렸던 건지도 모릅니다."

"또 공상의 영역에 들어갔군요."

"그렇다면 범인이 병풍 그늘에 몰래 숨어 있었다는 앞부분은 공상의 영역 밖에 있다고 인정하시는 거군요?"

대답은 없었다.

"어쨌든 향수를 야기사와 씨 시체와 피아노에 뿌린 행동은 범인에게 있어 치명적인 실수였습니다. **3시 반에 알리바이가 없고, 또한 그 시간에 '미쓰루'를 손에 넣은 인물이라고 하면, 그것은 당신 한 사람을 가리키게 되니까요.** 당신은 3시 20분부터 40분까지 조향실에 있었고, 40분부터 4시까지는 자기 방에 있었다고 증언했습니다. 그리고 조향실에 있을 때 '미쓰루'는 제대로 선반에 있었다는 말씀도 하셨지요? 만약 당신의 증언에 거짓이 없고, 기쿠노 씨나 시도 씨가 범인이라면 그 시간에 '미쓰루'는 조향실 선반에서 사라졌어야 합니다. 당신 이야기는 모순이에요. 그 시간에 당신은 조향실에 없었습니다. 나이프와 향수병을 들고, 중국 병풍 그늘에서 숨을 죽이고 있었던 겁니다."

고토에는 여전히 저항을 포기하려 하지 않았다.

"꼭 그렇다고 할 수는 없어요."

"어째서입니까?"

"범인이 향수를 조향실에서 꺼내 간 게 3시 반 이전이라고 단정할 수는 없지 않나요? 조향실에 들어가는 제 모습을 본 범인이 일단 야기사와 씨를 살해한 다음 나중에 향수를 가지러 갔을지도 모르잖아요."

나는 반사적으로 그렇게 반론할 수 있는 고토에에게 감탄했다. 하지만 에가미 선배는 그 퇴로도 막았다.

"틀렸습니다. 저는 야기사와 씨의 시체에 난 창상을 조사했습니다. **상처의 응혈은 향수로 번져 있었고, 그것은 칼로 찌른 직후에 향수를 뿌렸다는 사실을 확실하게 보여줍니다.** 강박관념에 시달린 범인이 무슨 일이 있어도 향수를 뿌려야 한다는 생각에 나중에 조향실로 가서 병을 가져온 게 아닙니다. 그걸 확인했을 때가 당신이 범인이라는 사실을 깨달은 순간이었습니다."

에가미 선배는 그리고 단숨에 골인 지점으로 뛰어들었다.

"3시 20분부터 40분까지 조향실에 있었을 때 '미쓰루'는 선반에 있었냐는 질문에 당신이 '글쎄요, 어땠는지 기억이 안 나요.'라고 대답했다면 세 사람 중에서 범인을 추려낼 수 없었습니다. 하지만 당신은 '있었습니다.'라고 확실하게 잘라 말했어요. 그러지 않으면 너무 부자연스러웠으니까요. **하필 그 '미쓰루'의 파란 병은 가장 눈에 띄는 병이었습니다.** 그게 있었는지 없었는지 기억이 안 난다고 대답하면 정말로 조향실에 있었는지 의심을 살 게 뻔하다고 생각했겠지요. 반사적으로 대답하기에는 '있었습니다.'가 무난해 보였을 만도 합니다."

고토에는 눈을 뜨더니 소리 없이 한숨을 쉬었다.

그것은 마치 무성영화 속에서 공룡이 쓰러지는 장면을 보는 듯했다.


/ 4 /


"당신은 제게 어쩌라는 거죠? 그 엉터리 이야기를 믿고 참회라도 하라는 건가요?"

이윽고 고토에는 입을 열더니 우리에게 그렇게 물었다. 단숨에 늙어버린 것처럼 쉰 목소리였다.

"진실을 알고 싶었습니다. 당신과 단둘이 이야기하고 싶었습니다. 경찰에 당신을 넘기기 전에."

그것이 에가미 선배의 대답이었다.

"경찰이 그런 아슬아슬한 궤변을 믿을 거라 생각하나요? 당신, 역시 어리석군요."

"당신 생각만큼 어리석지도 않습니다."

"풋내기 주제에 무슨 건방진 소리를."

독설을 내뱉고는 있지만 이미 고토에에게서 분노는 느껴지지 않았다.

"이제 아무 짓도 못합니다."

"뭐예요, 아직도 제가 살의를 품고 있다고 생각하는 건가요?"

고토에는 울컥한 목소리로 말했다.

"그런 일은 없겠지만, 지워버리고 싶은 증거가 몇 개 남아 있지 않습니까? 야기사와 씨, 무로키 씨와 교환한 연락 메모나 계약서는 이미 처분했습니까? 야기사와 씨 시체의 창상을 조작하고 싶지는 않습니까? '미쓰루'라는 라벨이 붙은 병은 하나 더 있었다고 말하고 싶지 않습니까?"

"그런 말까지 하는 건가요? 심한 소리를……." 고토에는 이번에는 소리 내어 한숨을 쉬었다. "모처럼 당신을 위해 조향하고 있었는데……."

"'지로' 말씀인가요?"

고토에는 조용히 미소 지었다.

"그래요. 전나무 껍질에 도는 트리 모스라는 이끼를 에센스로 만든, 온화하고 기품 있고 신비한 향기가 될 예정이었어요."

에가미 선배는 대답할 말을 찾지 못하는 듯했다.

"오해하지 마세요. 특별히 그 향수를 만들어 당신 시체에 뿌릴 생각은 아니었으니까."

그리고 고토에는 나를 쳐다보았다.

"이곳을 나갈 때 '마리아'를 가져가도 상관없어요. 당신이 원한다면."

"네……."

나는 솔직한 마음으로 대답했다. 하지만 그러길 원할지 원하지 않을지, 지금은 나 자신도 알 수 없다.

"더 이상 당신 얼굴을 보고 싶지 않아요. 이 방에서 나가면 다시는 내 앞에 나타나지 마세요."

"그러겠습니다."

"거짓말쟁이."

고토에는 붉은 입술을 일그러뜨리며 조소했다.

"증거를 인멸할까 봐 계속 감시할 생각이면서."

"아니요."

"됐어요." 고토에는 말을 가로막았다. "이제 됐어요."

팔걸이에 두 손을 짚고 고토에는 힘겹게 허리를 들었다. 에가미 선배가 악마라고 불렀던 사람은 일어서고 보니 역시 왜소한 여성에 지나지 않았다.

"말이 지나쳤던 부분이 있습니다. 사죄드립니다."

사과하는 부장에게 고토에는 "됐어요."라는 말을 되풀이했다.

"히구치 씨의 판화를 부수고 '미치오'를 뿌린 사람은 야기사와 씨예요."

고토에는 우리에게서 고개를 돌린 채로 말했다.

"그 카메라맨에게 유이 씨 이야기를 한 사람이 히구치 씨였다더군요. 그러니 그 일에 대한 보복이었겠지요."

나는 만난 적도 없는 동판화가를 생각했다. 어찌 보면 그 사람이 사건의 스위치를 켰다고 할 수 있지 않을까?

고토에는 태연한 얼굴로 에가미 선배를 바라보았다. 그리고 너무나 온화한 목소리로 이렇게 말했다.

"한 가지 부탁이 있어요. 내일도 향기를 만들 수 있을 줄 알고 남겨놓은 일이 있어요. 그걸 마치게 해줘요. 하는 김에 제 '마리아'를 가져오도록 하지요."

"조향실에 가시는 겁니까?"

"안 되나요?"

"아닙니다." 부장은 조용히 말했다. "물론 당신의 자유입니다."

"5분도 걸리지 않을 겁니다."

고토에는 회중전등을 손에 들고 방을 나갔고, 에가미 선배와 나는 남았다.

"괜찮아?"

부장은 내게 짧게 물었다.

"네."

"의자에 앉아."

고토에의 체온이 남은 그 의자에 앉을 마음이 들지 않았다. 잠시 생각한 다음 나는 에가미 선배와 나란히 침대에 걸터앉았다.

"에가미 선배는 고토에 씨가 미웠나요?"

무심코 그런 질문을 했다.

"내 말이 그렇게 독했어?" 부장은 쓸쓸한 눈으로 말했다.

"인간을 조종하는 건 신이나 운명만으로도 충분해."

"운명론자가 된 것 같아요. 점술 같은 건 믿지 않죠?"

"물론. 그런 건 지식을 모르는 문맹의 심심풀이에 지나지 않는걸. 다만 복권도 당첨될 때가 있어. 아니, 어딘가에서 반드시 당첨자가 나와. 점술도 맞는다고 해서 놀랄 건 없지."

"아, 믿는구나."

에가미 선배는 손바닥으로 나를 때리는 시늉을 했다.

5분이 지났다. 또 2분이.

책상 위의 양초는 완전히 녹아, 불꽃은 꺼지기 직전의 밝기에 다가가고 있는 듯했다. 나는 내가 들고 온 촛대의 양초에 불을 옮겼다.

"조향실에 가보자."

에가미 선배가 내게서 촛대를 앗아갔다.

쥐 죽은 듯 고요한 복도로 나가, 우리 둘의 발소리밖에 들리지 않는 계단을 내려가 종유동처럼 어두운 아래층으로 향했다. 우리는 L자 모양의 복도 모퉁이를 돌아 조향실 문 앞에서 멈춰 섰다.

"고토에 씨?"

에가미 선배가 부르는 목소리도, 노크도 무시당했다.

"열겠습니다."

부장이 문을 연 순간, 뭐라 표현할 수 없는 향기가 우리를 감쌌다.

어떻게 표현하면 좋을까. 그것은 애절하리만치 향기롭고, 맑고, 아름다운 향기였다. 극락조의 날개처럼 넘치는 색채로 어둠을 물리친다. 보드라운 봄날 구름의 품속에 안긴 듯한 안락한 기분으로 나를 데려간다. 아득한 옛날에 꾼 꿈처럼 그리운 감정이 밀려든다.

"고토에 씨."

에가미 선배가 촛대를 앞으로 내밀었다.

그녀는 의자에 깊숙이 앉아 눈을 감고 고개를 숙이고 있었다. 책상 위에 뚜껑 열린 향수병이 하나, 오도카니 서 있다. 이쪽을 향한 그 라벨에 'moi', '나'라고 적힌 글자가 보였다.

'이건 고토에 씨의 향기야. 그 사람이 자신만을 위해 창조한 향기.'

에가미 선배는 축 처져 움직이지 않는 고토에에게 다가가더니, 무언가를 발견하고 허리를 숙였다. 바닥 위에서 작은 물건을 집어 들었다. 힘없이 늘어진 고토에의 손에서 떨어진 것으로 보이는 그 물건은 손바닥에 쏙 감길 듯한 약병이었다.

그것이 무엇인지 묻지 않아도, 고토에가 독을 마셨다는 사실은 금방 알 수 있었다.

그녀는 자신의 향기와 함께 죽음을 선택했다. 싱그러운 향기의 바닷속에 그 몸을 던진 것이다.

나는 그저 아연히 서 있었다.

"마리아."

에가미 선배가 등을 돌린 채로 말했다.

"나는 이것도 자비라고 생각해."

"고토에 씨가 자살할 줄…… 예상하고 있었군요? 에가미 선배는 그럴 줄 알았던 거죠?"

부장은 고개를 떨어뜨렸다.

"이런 일은 처음이야. 지금, 사람이 목숨을 끊으려 하는 줄 알면서도 나는……."

떨리는 부장의 어깨를 보면서 나는 무슨 말을 해야 할지 알 수 없었다.

'사람은 자기도 모르는 사이에 사람을 먹는 경우가 있어요.'

고토에의 말이 또다시 뇌리를 스쳤다.

그리고 고토에의 육신에서 떠나가는 온기를 뒤쫓듯, 향기는 서서히 스러져갔다.

에필로그

# 아리스

"봐요, 저기 있어요. 마리아예요."

아케미가 내 어깨를 톡톡 두드리며 말했다.

마리아는 다쓰모리 강 건너편 기슭에서 에가미 선배와 나란히 서 있었다. 맞은편 강가에 나란히 선 사람은 두 사람만이 아니었다. 키 큰 스킨헤드 남자. 오동통한 여자아이. 부부처럼 보이는 어깨를 맞댄 남녀와 온통 검은 옷을 두른 여성. 더벅머리를 긁적이며 하늘을 우러러보는 젊은 남자, 이 사람은 시도 아키라다. 두꺼운 비밀의 장막 저편에서 마침내 별세계의 주민들이 모습을 드러낸 것이다.

"건너편 주민은 여섯 명이…… 아니죠?"

헤아리다가 말하자 아케미는 그렇지 않다고 대답했다.

"전부 나온 게 아니네요. 기쿠노 씨가 없고, 그 밖에도 몇 사람 더 있었을 텐데 모습이 보이지 않아요. 아직 저택에 몇 명 남아 있나 봐요."

물가까지 나간 모치즈키와 오다가 손을 흔들자 에가미 선배와 마리아도 손을 흔들어 답했다. 건강해 보인다. 아케미와 나는 말없이 그 모습을 바라보고 있었다.

"좋아, 간다!"

소방대원이 큰소리로 외치며 도르래를 건 밧줄을 힘껏 잡아당겼다. 새장처럼 생긴 구출용 의자가 술술 강 위를 건너갔다. 강 건너편의 주민들은 그 의자를 타고 이쪽으로 건너오는 것이다.

"무로키 씨는 한 달쯤 입원하면 된대요."

기계의 신이 휘청휘청 흔들리며 나아가는 모습을 지켜보던 아케미가 말했다.

"다행이네요." 나는 말했다.

"제가 그 사람을 피신시키려 해서 아리스가와 씨는 화가 나셨나요?"

그건 벌써 끝난 얘기 아닌가.

"아뇨. 급환에 걸린 귀여운 사촌동생을 읍까지 데려가주신 분이니, 아케미 씨가 감쌀 만도 하죠."

"그 사람, 필사적으로 차를 몰아주었어요. '힘내, 힘내.' 하고 사촌동생을 다독이면서. 그래서……."

"이제 됐잖아요?"

아케미는 살짝 미소 짓더니 바로 순한 표정으로 돌아왔다.

"무로키 씨 차를 탔을 때 '팔레 이데알' 이야기를 들었다고 했죠. 그건…… 그때 들었던 거예요. 말수 적은 무로키 씨하고 제가 겨우 발견한 화제가 팔레 이데알이었어요."

무로키는 진심으로 팔레 이데알 건설을 꿈꾸었는지도 모른다. 그렇기에 고모의 약혼자를 죽이려고 교차 살인에 손을 물들였다. 자신의 파노라마 섬이, 타인의 파노라마 섬에 희생되는 일을 견딜 수 없었던 것이다.

나는 강 건너편의 마리아를 보았다. 무로키의 자백으로 기사라 마을에서도 살인이 벌어졌다는 사실을 알았을 때, 나는 마리아의 불운을 원망했다. 저 고립된 장소에서 또 참극을 만나 마리아가 더 심한 상처를 입지는 않았을까. 그런 생각을 하니 걱정에 자꾸만 가슴이 아렸다.

손을 흔들었다. 마리아는 금방 알아차리고 까치발을 들며 손을 흔들어 답했다.

이제 곧. 이제 조금 있으면 마리아가 돌아온다.

나는 치밀어 오르는 감정을 억누르며 강 건너 검은 눈동자를 향해 소리 없이 기도했다.

이제, 아무 데도 가지 마.

# 마리아

 멸망한 낙원을 뒤로하고 우리는 강가로 향했다. 출발하는 아침의 하늘은 전날 밤 예보대로 흐리긴 했지만 그래도 환한 하늘이었다.

"마리아 씨, 전 역시……."

투정을 부리는 유이의 등을 떠밀었다.

"이제 와서 무슨 소리야. 여기에서 나가 돌아가는 거야, 원래 있던 곳으로. 휘파람을 불며 가자고."

잘난 척 떠들고 나서 진심을 속삭였다.

"사실은 나도 좀 무서워."

마에다 부부와 고비시는 말없이 선두에서 걸었고, 꼬리에 시도가 있었다. 유이와 나는 걸음을 멈추고 저택을 돌아보았다. 기쿠노만 남은 저택은 마치 신기루처럼 아련해 보였다. 시인은 안 된다는 듯이 고개를 저었다.

"뒤돌아보면 안 돼. 소금기둥이 되고 말 테니."

우리는 고개를 끄덕이고 걸음을 뗐다. 모두가 저택을 나올 때, 기쿠노는 거실 창가에 울적한 표정으로 서 있었다. 사건의 진상을 알았을 때 그녀는 후회하는 기색으로 말했다.

"고토에 씨, 당신을 괴롭힐 생각은 없었는데……."

고토에의 책상 서랍에는 쓰다 만 일기가 들어 있었다. 자신의 죄에 대해서는 아무 기록도 없어, 우리가 한밤중에 문을 두드리지 않았다면 그녀는 태연한 얼굴로 다음 날 아침을 맞이했을 거란 생각이 들었다.

에가미 선배는 사에코와 나란히 대열의 중간, 나와 유이의 대각선 앞에 있었다. 귀를 기울이니 또 내 초상화 얘기를 하고 있는 것 같아 부끄러워 얼굴이 화끈거렸다. 그 소중한 그림은 에가미 선배가 옆구리에 끼고 대신 들어주었다. 무슨 이야기를 한 걸까, 사에코가 빙그레 웃는 모습이 보였다. 유이가 또 문득 걸음을 멈추고 뒤를 돌아, 나도 발길을 멈추었다. 시도가 이번에는 아무 말 없이 우리를 앞질러 갔다. 저택은 거의 너도밤나무 숲에 파묻혀 슬레이트 지붕만 보였다. 유이는 이름을 부르려던 나를 돌아보고 "이제 됐어요."라고 말했다.

"이제 됐어요. 야기사와 씨에게 감사와 이별 인사를 한 것뿐이에요."

나는 구원을 받은 기분이었다. 그리고 검은 저택을 향해 유이와 똑같은 행동을 했다. 강 건너편에 이미 많은 사람들이 모여 있다는 사실에는 놀랐다. 이제 막 낚싯대 같은 기구를 사용해 이쪽에 밧줄을 건넨 참인 듯했다.

"다 나와서 기다리고 있군."

에가미 선배의 말을 들을 필요도 없이 모두의 모습이 눈에 왈칵 들어왔다. 두 선배가 손을 흔들고 있다. 뜨거워지는 눈시울을 누르지도 않고 나는 크게 손을 흔들었다. 밧줄을 타고 탈출을 위한 의자가 건너왔다. 이 요상한 의자도 평생 잊지 못하리라.

"여기서 그쪽으로 건너가겠습니다!"

고비시가 소리 높여 외쳤다. 건너편에서 알겠다는 대답이 돌아왔다.

"무서워 보이니 남자 분이 시범을 보여줘요." 데쓰코가 말했다. 그녀의 남편이 뒷걸음질을 치자 고비시가 "그렇다면." 하고 지원했다. 갑갑한 듯이 의자에 앉아 안전벨트를 단단히 매고는 건너편에 "오케이!"라고 외쳤다.

"어머, 제법 재밌어 보이네. 다음엔 내가 갈까?"

데쓰코가 무용가의 계곡 이동을 보며 말했다. 의자는 몇 번이나 왕복해 마에다 부부를, 사에코를 강 건너편으로 운반했다.

"다음은 유이야."

내가 귓가에 대고 말하자 유이는 괴로운 얼굴로 입술을 깨물었다.

"오다라는 선배가 있어. 봐, 저 앞쪽에 있는 키 작은 사람. 네 엄청난 팬이야. 첫인사가 끝나면 티셔츠 등판에 사인해줘. 분명 기뻐할 거야."

오다라면 분명히 기뻐하겠지.

유이는 작은 목소리로 말했다.

"한참을 안 해서…… 분명 엉망일 거예요."

"누가 알겠어. 저쪽은 처음 받는 사인인걸."

유이는 "응."이라고 했다. "응, 그러네요."

이윽고 의자가 돌아오자 유이는 주저 없이 앉았다. 그리고 강을 건너갔다.

'나도 무서워.'

용기를 얻으려고 에가미 선배를 보았다.

"아리스가 제일 많이 걱정했어."

에가미 선배는 발밑의 돌을 강으로 걷어차면서 말했다.

"나도 아리스가 제일 걱정됐어요."

그렇게 대답하자 부장은 "무슨 소리야." 하고 내 이마를 꾹 눌렀다.

웃으려던 나는 부장의 눈동자에서 수심의 빛을 보고 말았다. 떠나간 사람들을 떠올리고 있었으리라.

오늘 아침, 퍼걸러의 메마른 장미에 뿌린 '마리아'의 향기가 문득 되살아났다.

아리스는 가만히 이쪽을 보고 있었다. 나도 아리스를 바라보았다. 마음 가득 미안하다는 말과 감사를 담아.

'내가 이곳에서 나갈 때 이렇게 가까이서 기다려줘서 기뻐. 무척.'

내가 탈 의자가 온다. 아버지와 어머니, 아리스, 모두가 있는 세상으로 나를 데려갈 의자가 서서히 다가온다.

그 의자를 가만히 바라보고 있기가 숨 막혀서, 나는 하늘을 우러러보았다.

구름 낀 환한 하늘.

열여섯 살의 가을에 좋아했던 록발라드의 마지막 한 소절이 떠올랐다.

    나는 기도하네
    이 노래가 끝나는 순간
    비야, 조금만 내려다오.

작가의 말

# 아리스가와 아리스

 이 작품은 《월광 게임》, 《외딴섬 퍼즐》에 이은 시리즈 세 번째 작품이지만, 두 전작을 읽지 않아도 감상에 지장은 없다. 다만 《외딴섬 퍼즐》을 읽었다면 아리마 마리아가 '가출'한 사정을 잘 이해할 수 있을 것이다. 작가로서는 이 작품에서 에가미 지로 일행을 처음 만난 분들이 거꾸로 전작을 읽어주신다면 다행이라고 생각할 따름이다.

 '게임'에 '퍼즐'이었으니 세 번째 작품의 제목을 뭐라 지을지 약간 고민했다. 적당한 단어가 떠오르지 않았다. '매직'은 《매직미러》라는 다른 작품에서 사용했고, '메이즈미궁'는 외래어로 정착되지 않았다. 시리즈의 통일성을 연출하기 위해 어떻게든 '한자 두 글자+외래어'로 짓고 싶었던 내가 짜낸 당초의 가제는 《인형 가든》이라는 제목이었다. 이 시점에서 이 작품의 기본 아이디어는 이미 완성되어 있었다.
 딱히 와 닿는 제목이 아니었기 때문에(주위의 반응도 좋지 않았다) 갖다 버렸지만, 만약 그 제목이었다면 기사라 저택은 너른 정원이 있고, 아티스트 중에 인형사가 등장했으리라. 집필하지 않은 환상 속 작품의 아이디어가 잘 정리된다면 언젠가 다른 이야기가 탄생할지도 모른다.

당초 《쌍두의 악마》라는 제목에는 약간 거부감이 있었다. 내용에 딱 맞기는 하지만, 독자는 내용을 알기 전에 제목부터 마주한다. 그때 '멋은 잔뜩 부렸는데 촌스러워.'라는 반응이 너무 뻔히 보였다. 하지만 버리기도 아까워 계속 보류하고 있었다.

이 제목으로 해야겠다는 결단을 내리게 해준 사람은 도시샤 대학 추리소설연구회 선배이기도 한 시라미네 료스케 씨다. '두 개의 마을이 호우로 고립되고, 그 사이를 연결하는 다리도 떨어지고 만다. 그리고 각각의 마을에서 살인 사건이 발생한다.'라는 개요만 들었던 시라미네 씨가 어느 날 너무나 자연스럽게 "《쌍두의 악마》는 얼마나 썼어?"라고 말했던 것이다. "아아, 아직 제목을 못 정했지? 하지만 《쌍두의 악마》라, 좋은 제목이야."라는 말도. 그 순간 결심했다.

지금은 카피라이터이기도 한 시라미네 씨의 감각을 믿길 잘했다 싶다.

나는 치밀한 설계도를 그린 다음 글을 쓰는 타입이 아니다. 창작 노트도 없고, 대강의 줄거리를 완성하면 현장 박치기로 쓴다. 물론 트릭이나 범인 한정을 위한 복선은 준비한 후에 집필을 시작하지만, 등장인물 설정은 대개 글을 쓰면서 다듬어가기 때문에 몇 명이 등장할지도 미리 알지 못하고, 새로 한 사람씩 튀어나올 때마다 '아, 이 녀석도 이름을 붙여줘야지.' 하고 고민에 빠진다. 그것은 《쌍두의 악마》에서도 마찬가지였다.

이 작품을 쓰기 시작했을 때 있었던 일은 선명하게 기억하고 있다.

오프닝은 기사라 저택 테라스. 저녁노을이 질 무렵, 그곳에 선 마리아에게 여러 인물들이 차례로 말을 건다. 그런 방법으로 그곳에 어떤 주민들이 있는지 간단히 소개하려 했다. 그런데 스무 장 가까이 썼을 때, 실수로 워드프로세서의 전원을 뽑아버리는 바람에 전부 삭제되고 말았다. 집필 속도가 느린 인간에게는 충격적인 실수다.

망했다고 툴툴거리면서도 바로 새로 썼다. 그런데 예상치 못한 일이 벌어졌다. 삭제된 부분은 여전히 기억에 새로운데, 나는 전혀 다른 문장을 치고 있었다. 어라, 왜 바꾸는 거야? 스스로도 이상한 생각이 들었다. 그래도 손은 멈추지 않았고, 본서의 모두에 있는 프롤로그가 완성되었다.

그 후에 이어질 긴 이야기를 끌어낼 프롤로그가 훌륭한 도입부 아니냐고 자부하지는 않지만, 실수로 잃어버린 문장보다는 훨씬 낫다. 또한 만약 전원이 빠지지 않았다면 시인은 시도 아키라라는 이름이 아니었을 테고, 그 정도로 냉소적인 성격도 아니었을 것이다. 그랬다면 시도를 모델로 창작한 히무라 히데오(나의 또 다른 시리즈에 등장하는 범죄학자 탐정)도 태어나지 않았다. 이런 일이 있으니 현장 박치기는 재미있다.

무대를 고치 현 산속으로 삼은 이유는 과소화 문제로 폐촌이 많이 발생하고 있다는 기사를 신문에서 읽은 것이 계기였다.

이 작품을 읽은 어느 분께서 "어디 부근이 모델인지 알아냈습니다. ○○○ 산속이죠?"라고 물은 적이 있지만, 구체적인 모델은 존재하지 않는다. 집필 당시 나는 47개 행정구역 중에서 딱 두 곳, 고치 현과 오키나와 현에는 발을 들여놓은 적이 없었다.

오히려 미지의 지역이기 때문에 마음껏 공상을 키울 수 있겠다는 생각에 무대로 선택했다.

실수담 하나. 지리에는 강하다고 생각했는데 초고에 말도 안 되는 실수가 있었다. 교열 체크 덕분에 망신을 면했지만, 나쓰모리 마을의 위치를 '가가와 현과 만나는 접경에 가까운 고치 현 산속'이라고 기술했던 것이다. 뭐가 이상한지 모르겠다는 분은 일본 지도를 펼쳐보세요. 고치 현은 가가와 현과 가깝지만 접해 있지는 않다.—옮긴이

간사이나 수도권에서 떨어진 지역을 무대로 삼으면 방언 문제가 발생한다. 양친이 가가와 현 출신이라 나는 사누키 방언시코쿠 지역 가운데 가가와 현에서 사용하는 방언—옮긴이은 그럭저럭 쓸 줄 안다. 하지만 같은 시코쿠라 해도 사누키 방언과 도사 방언고치 현에서 사용하는 방언—옮긴이이 전혀 다르다는 점은 명백한 사실이다. 그래서 도쿄소겐샤東京創元社의 도가와 야스노부 씨의 중개로 고치 출신인 오모리 노조미 씨에게 대사의 '번역'을 부탁했다. 작품 속에 도사 방언으로 소설이 생기를 띠는 부분이 있다면 그것은 오모리 씨 덕분이다. 큰 감사를.

400자 원고용지 1천 매에 이르는 이 작품은 내 저작 중에서도 특히나 길다. 낮에는 회사원으로 일하면서 이 작품을 써냈단 말인가, 양다리를 걸쳤을 때는 체력도 기력도 있었구나……. 이렇게 감탄하고 있을 때가 아니다.

에가미 지로와 EMC의 이야기에는 아직 뒷이야기가 있다. 그 이야기를 내놓지 못한 채 7년 넘게 지나고 말았으니, 이따금 "그 시리즈는 3부작이죠?"라는 말을 들어도 할 말이 없다.

이 시리즈는 장편을 두 개 더 써서 5부작으로 만들 예정이다. 다음 작품의 무대도, 제목도, 사건도, 결말도, 복안은 완성되어 있다. 나는 빨리 그 작품을 읽고 싶다. (쓰지 않고 읽을 수 있다면 편할 텐데.) 혹시 읽고 싶은 분이 계시다면 부디 인내심을 갖고 기다려주십사 엎드려 부탁드립니다. 작가는 결국 2007년, 15년 만에 시리즈 네 번째 작품《여왕국의 성》을 발표했다.—옮긴이

팔레 이데알에 대해서는 이 작품을 완성한 후에 사쿠힌샤作品社에서《우편배달부 슈발의 꿈의 궁전》(오카야 고지 저)이라는 좋은 책을 출판했다.

그 책에 따르면 슈발의 딸의 이름은 앨리스작가의 필명 '아리스'는 '(이상한 나라의) 앨리스'의 일본어 발음에서 따온 것이다.—옮긴이. 앨리스의 무덤에는 슈발이 발견한 돌 중에서 가장 아름다운 돌을 사용했다고 한다.

말미에서나마 신세를 졌던 분들에 대한 감사를.

먼저《월광》,《외딴섬》,《쌍두》를 멋진 표지로 장식해주신, 존경하는 크리에이터 오지 히로미 씨. 늘 고맙습니다.

다쓰미 마사아키 씨의 해설은 나를 비평받는 기쁨으로 채워주었습니다. 문고판에는 미스터리 비평가 다쓰미 마사아키의 해설이 실려 있으나 보다 쉬운 작품 이해를 위해 이 책에서는 야마구치 마사야의 단행본판 해설을 사용했다.—옮긴이 이 소설을 쓰길 정말 잘했지.

처음 출간되었을 때 작가와 함께 이 소설과 격투해주신 전 편집장 도가와 야스노부 씨에게도 깊은 감사를.

그리고 문고화 작업 당시 구석구석 들춰보자는 게으른 작가의 부탁

을 받고 천 군데가 넘는 세세한 가필, 삭제, 정정을 함께 해준 편집부의 이토 시호코 씨. 정말 고맙습니다.

저는 무척 만족합니다. 바라건대 독자 여러분도 그러하길.

1999.3.11

작품 해설

# 야마구치 마사야

 아리스가와 아리스에게는 반감을 품고 있다.
 왜냐? 이유야 몇 가지 있다. 순서대로 설명하련다.
 먼저 그의 데뷔 당시 도쿄소겐샤가 내건 '90년대의 퀸'이라는 캐치프레이즈. 이것이 마음에 들지 않았다. 나도 과거에는 젊은 혈기에 '퀸은 본마누라, 카는 첩'이라는 헛소리를 떠벌렸을 정도로 엘러리 퀸을 좋아했으니 이 표현에는 울컥했다. 물론 내가 이미 퀸의 적자로 인정받을 만한 소설은 쓸 수 없는 몸(어떤 몸 말이지?)이 되었다는 점은 충분히 자각하고 있다. 하지만 그 명예로운 칭호를 남이 소유하다니 용서할 수 없었다. 최근에는 퀸의 팬을 표명하는 신진 작가가 증가하고 있으니(예를 들어 신본격 선생님들이나), 이런 생각을 한 사람은 비단 나 혼자만이 아니었으리라 확신한다.
 그 '90년대의 퀸'을 파티 석상에서 만났다. 상대가 먼저 인사했다. 음, 제법 예의 바른 게 호감 가는 남자가 아닌가. 내 마음속 응어리는 다소 풀렸다. 명함을 교환했다. 받아 든 명함을 별생각 없이 획 뒤집었을 때, 내 마음은 또다시 돌처럼 굳었다. 글쎄, 거기에는 《이상한 나라의 앨리스》에 등장하는 체셔 고양이의 일러스트가 인쇄되어 있지 않겠는가! 사실 나도 루이스 캐럴의 엄청난 팬이라 테니얼 경이 그린 체셔 고양이 삽화를 뒷면에 박은 명함을 줄곧 애용했다. 그 명함이 하필 그때 다 떨어졌는데, 시간도 없었고 해서 별수 없이 삽화를 박지 않은 명함을 사용하고 있었다. '언젠가 삽화가 든 명함을 부활시켜야지.' 했는데, 이로써 그것도 불가능해졌다. 야마구치는 아리스가와 아리스 흉내쟁이라고 오해를 살 것 아닌가!

용서 할 수 없다. 아리스가와 아리스는 나의 우상을 두 개나 앗아가 버렸던 것이다. 더군다나 당시 그는 아름다운 부인을 동반하고 있었다. 그것은 애당초 내가 가지고 있지 않은 것이다. 내 소중한 존재를 두 개나 앗아가고, 그것도 모자라 가지고 있지 않은 것까지 가지고 있는, 그런 녀석을 용서할 수 있는 사람이 있다면 그것은 치매가 찾아온 교황 정도이리라.

…….

뭐, 됐다. 그래, 참자. 내가 더 연장자이고 미스터리 계에서 가혹한 밑바닥 생활을 오래 한 덕분에 인내심도 있다. 게다가 그때 아리스가와 아리스는 "《미스터리의 친구》 재미있었습니다." 하고 내 과거의 작업을 칭찬해주었다. 나는 애정에 굶주린 외로운 남자라 타인의 호의적인 말에는 몹시 약하다. 그 자리에서는 얌전히 물러나기로 했다.

이튿날, 도쿄소겐샤에서 데뷔한 작가들이 모두 모여 회식할 기회가 있었다. 이 무슨 운명의 장난인가. 아리스가와 아리스의 옆자리에 앉게 된 것이다. 나는 조마조마했다. 이 사람한테 내 마음속 응어리를 들켜서는 안 된다. 나는 어디까지나 '관대한 인격자' 이미지의 선배여야 한다. 나는 그 자리가 어색해지지 않도록 황급히 화제를 찾았다. 그렇다, 퀸 이야기라면 공통의 취미이니 적당하겠구나. 얘기가 잘만 무르

익으면 그에 대한 내 반감도 조금은 엷어질지도 모른다.

나는 가볍게 속을 떠보기로 했다.

"아리스가와 씨, 퀸의 작품 중에서 뭘 제일 좋아하십니까?"

그는 고개를 살짝 기울이며 생각한 후에 똑 부러지게 대답했다.

"그래요,《네덜란드 구두의 비밀》이 좋습니다."

이 한마디에 완전히 **뚜껑**이 **열렸**다. 작전은 역효과였다.《네덜란드 구두》는 내가 중학생 시절, 미처 읽기도 전에 무심한 친구가 범인을 폭로하는 바람에 여태 정당한 평가를 내리지 못한 유일한 작품이었다. 말하자면 내 트라우마다. 나는 지금도 '네덜란드'나 '풍차'라는 단어를 듣기만 해도 눈초리가 부르르 떨린다. 하필이면 마음의 상처를 들쑤시는 그런 작품을 제일 좋아한다니……. 나한테 싸움을 거는 건가? 당시 나는 아리스가와 아리스가 만들어놓은 증오와 반감의 개미지옥에 한없이 발이 빠지는 듯한 불쾌감에 사로잡혔던 것이었…….

### 독자에 대한 도전

그런 내가 왜 아리스가와 아리스의 신작 해설을 받아들였을까?

그 수수께끼를 풀 단서는 전부 독자 여러분의 손안에 있습니다.

자, 펜과 종이를 준비하시고 잠시 생각해보세요.

생각하셨습니까? 예? 단서가 어디에 있냐고요? 에이, 있잖아요, 당신 **손안**에, '에가미-아리스' 시리즈의 두 작품,《월광 게임》과《외딴섬 퍼즐》이. 이 책을 지금 손에 들고 있는 당신은 아마도 두 전작을 읽고, 아리스가와 아리스가 다음번에는 어떤 방법으로 독자에게 도전할지 은근히 기다렸던 진정한 본격 미스터리 팬일 테니까요. 그래요, 저도 그런 기대를 품고 이 신작을 기다렸던 사람입니다. 그리고 한마디 덧붙이자면 제 관대한 마음은 증오의 개미지옥보다도 깊었다는 뜻이랍니다.

***

진지하게 해설하련다.

이 책《쌍두의 악마》는 앞서 말한《월광 게임》,《외딴섬 퍼즐》에 이은 에이토 대학 추리소설연구회 회원 '에가미-아리스' 콤비가 활약하는 세 번째 작품이다. 퀸의 작풍을 표방하며 데뷔한 아리스가와 아리스가 당초부터 독자적인 스타일을 보였다는 점은 이미 독자 여러분도 알고 계시겠지만, 이 자리에서 다시 한 번 아리스가와 미스터리의 장점에 대해 정리해보자. 이유는 이 작품 역시 그 스타일의 연장선상에 있는 동시에 스케일이 확장된 작품이기 때문이다.

아리스가와 미스터리의 매력을 분석해보면 그것은 대략 세 개의 기둥으로 이루어져 있다고 볼 수 있다.

첫 번째 기둥은 누가 뭐라 해도 해결에 이르는 논리 전개의 재미, 바로 이것이다. 아리스가와 아리스는 억지스러운 대규모 장치를 피하고 공정한 단서의 제출과 그것을 쫓는 추리의 논리 전개가 갖는 재미에 주안점을 둔 미스터리를 쓴다. 착실하고 견실한 추리를 차곡차곡 쌓아 단서에서 도출되는 모든 가능성을 검토한다. 이 작품에서는 중반에 나오는 '배달되지 못한 편지'를 둘러싸고 에이토 대학 추리소설연구회 멤버들이 펼치는 꼼꼼한 추리에서 그 특징이 현저히 나타난다. 이 부분에서는 퀸이라기보다 콜린 덱스터가 떠오르는 '집요한 가능성의 탐구'가 이루어진다.

 한편 작가는 단서 그 자체의 연구도 게을리하지 않는다. 이번에 에가미 탐정이 파악하는 단서는 약간 특이한 실마리라, 내 기억을 더듬어봐도 과거에 두세 가지 전례밖에 떠오르지 않았다. 에가미 탐정은 그 단서를 그리스 신화에 등장하는 유명한 미궁 탈출의 실마리가 되었던 '아리아드네의 실'에 빗대는데, 그것이 그가 만난 사건의 무대가 글자 그대로 대종유동 안의 미궁이었기 때문이다.

 바로 이렇게 아리스가와 미스터리의 두 번째 기둥이 부각된다. 그는 늘 복잡한 무대 장치를 준비하는 작가로도 정평이 나 있다.

 이번 무대의 반쪽은 시코쿠 산속의 폐촌이다. 그곳을 사들인 어느 후원자 밑에 수행 중인 예술가들이 모여들어 주위와 단절된, 이른바 '신흥종교의 본산'과도 같은 곳에서 생활을 영위하고 있다. 그 마을에는 미궁 같은 대종유동이 있는데, 마을을 리조트로 개발하겠노라 주장하는 화가가 동굴 안 아틀리에에서 기묘하게 사망하는 사건이 돌발한다. 설상가상으로 그칠 줄 모르고 쏟아지던 호우에 강이 범람해 예술가 마을과 이웃 마을을 연결하는 유일한 다리가 떠내려가고 만다. 살인 현장이 된 예술가 마을은 육지 속 외딴섬으로 변하고 만 것이다.

 아리스가와 아리스는 주위와 단절된 무대 설정을 즐긴다. 《월광 게임》에서는 화산 분화로 고립된 캠핑장을, 《외딴섬 퍼즐》에서는 글자 그대로 절해의 외딴섬을 각각 무대로 선택했다. 이렇게 특이한 무대를 설정하는 데에는 다 이유가 있다. 주위와 단절된 무대는 번거로운 과학 수사나 조직 수사의 개입을 피해 개인의 사색에 의한 순수 추리만을 배양하려는 작가가 준비한, 이른바 본격 미스터리의 실험용 샬레와 마찬가지다. 나는 그렇게 해석하는데, 어떤가? (이렇게 되면 아리스가와 아리스가 언제 '눈에 파묻힌 산장'이라는 무대 설정을 들고 나올지, 이 점에 팬들의 관심이 모일 것이다.)

무대 설정에 관한 작가의 이러한 지향성은 종유동의 미궁을 다룰 때도 명백히 드러난다. 종유동이 나오는 미스터리라 하면 당장 요코미조 세이시의 《팔묘촌》이 떠오르는데, 요코미조 작품에서는 종유동의 미궁을 모험소설적인 서스펜스 발효 장치로 사용한 반면, 이 작품은 미궁을 어디까지나 미스터리의 원리와 밀접하게 작용하는 요소로 사용하고 있다. 이런 점에서도 작가가 지닌 본격 미스터리 작가의 자질을 엿볼 수 있다. 아리스가와 아리스는 골수까지 '수수께끼 풀이' 작가이다.

자, 그렇다면 아리스가와 미스터리의 세 번째 기둥이라 하면 이는 당연히 싱그러운 청춘소설의 풍미가 될 것이다. 이번에는 전작 《외딴섬 퍼즐》에 이어 여주인공 아리마 마리아가 등장해 아리스와 함께 일인칭 화자를 분담하고 있다. 범람한 강을 사이에 두고 마리아는 예술가 마을의 사건을 설명하고, 아리스는 이웃 마을의 사건을 설명한다. 서로 연락을 취할 수 없는 상황에서 두 이야기가 교차로 진행되는 구성이 서스펜스 효과를 높이고 있는데, 특히나 지난번 사건에서 마음에 상처를 입고 감상에 젖어 여행을 떠난 마리아의 소녀다운 심리 변화를 그린 부분이 인상적이다. 또한 그녀의 존재가 부각되면서 마리아와 아리스, 에가미를 둘러싼 아련한 삼각관계의 행방도 팬들의 궁금증을 유발할 것이다.

이런 식으로 아리스가와 아리스는 이미 독자적인 스타일을 확립했으며, 이 작품에서는 그 스타일의 집대성이라고도 할 수 있는 이야기를 보여준다.

하지만 그렇게 독자적인 길을 걸으면서도 아리스가와 아리스는 본격과 작가의 마음의 고향, '퀸 산맥'에 다양한 루트로 등반하려는 시도를 잊지 않는다. 특히 이번에는 퀸 스타일 '범인 찾기Whodunit'에서도 가장 어려운 테마 중 하나에 과감하게 도전했다. 아직 읽지 않은 분들을 위해 더 이상의 설명은 피하겠지만, 작가의 기백이 대단하다는 말로 상급 미스터리 팬의 주의를 환기하고자 한다.

정말이지, 얄미운 짓을 하는 작가이다. 얄밉다…… 얄미워……. 그렇다, 나는 아리스가와 아리스가 미웠다.

얄미운 작가—아리스가와 아리스.

나는 그런 아리스가와 아리스에게 호감을 품고 있다.

옮긴이의 말

　사실 제가 처음 읽었던 아리스가와 아리스의 작품은 에가미 선배가 등장하는 '학생 시리즈'가 아니라 임상범죄학자 히무라 히데오가 등장하는 '작가 시리즈'였습니다. 작가의 팬으로서 두 시리즈 다 좋아하지만, 조금 더 냉정한 머리로 미스터리 팬으로서 어느 쪽이 좋으냐고 묻는다면 역시 학생 시리즈를 고르게 됩니다.

　단편부터 중편, 장편까지 고루 간행된 작가 시리즈와는 달리 학생 시리즈는 《쌍두의 악마》를 포함한 장편 네 작품을 제외하면 몇몇 단편이 잡지나 다른 작가들과 함께한 공동 단편집에 발표되었을 뿐이라 작품 수도 현저하게 적습니다. 학생 시리즈는 작가가 처음부터 장편 다섯 편으로 구성하고 그 후에 단편을 묶어 한 권의 단행본으로 낼 예정이라고 말했기 때문에 어떤 의미로는 끝이 보이는 시리즈입니다. 하지만 《쌍두의 악마》 이후 네 번째 작품인 《여왕국의 성》이 나오기까지 무려 15년 세월이 걸렸으니 완결편이 될 다섯 번째 작품은 과연 언제 나올지 짐작이 안 가는군요. 그래도 네 번째 작품, 그리고 언젠가 나올 다섯 번째 작품과 마지막 단편집까지 우리나라에 꼭 소개되어 여러분께서도 이 유쾌한 EMC 멤버들의 이야기를 끝까지 지켜볼 수 있기를 바랍니다. 네 번째 이야기는 무려 에가미 선배의 실종(!) 소재랍니다. 마리아 공주에 이어 탐정 선배까지 구하러 가야 하는 불쌍한 후배들은 그곳에서도 살인 사건에 휘말립니다.

학생 시리즈의 묘미는 두말할 나위 없이 '독자에 대한 도전'일 것입니다. 어렸을 때 홈즈를 읽으며 누가 범인일까 머리를 굴렸던 저는 못 맞힐 줄 알면서도 도전장이 나오면 일단 멈춰서 고민합니다. 특히나 여러 수수께끼들 중에서도 풀 수 있을 듯한 문제들. 《외딴섬 퍼즐》의 모아이 퍼즐과 자전거 바퀴 자국이 난 지도의 수수께끼가 바로 그런 문제들이어서 책을 읽을 때 메모지까지 동원해 머리를 싸맸던 기억이 납니다. 물론 범인은 맞히지 못했지만.

본격 추리소설의 묘미는 범인이 누구인지 알아내는 일, 어째서 그 인물이 범인일 수밖에 없는가를 풀어가는 과정이라 할 수 있습니다. 짐작으로만 맞힌다면 꽤 높은 확률로 범인을 알아낼 수 있을지도 모릅니다. 저는 심지어 만화 김전일에서 '이놈이 범인'이라는 낙서를 봐도 별로 화가 나지 않는데, 모든 수수께끼를 제 손으로 풀 수 있다면야 그보다 더한 즐거움이 없겠지만, 그렇지 않은 머리로 볼 때는 범인의 정체보다 그 뒤에 남은 '어째서 그 인물이 범인인가'에 대한 해설이 더 흥미롭기 때문입니다.

《쌍두의 악마》에서는 뛰어난 탐정인 에가미 선배의 도움을 받을 수 없는 상황에 처한 모치, 노부나가, 아리스가 이러한 수수께끼 풀이 과정의 재미를 여실히 보여줍니다. 미스터리 비평가 다쓰미 마사아키 씨는 여기에 싣지 못한 문고판 해설에서 "이 작품에서 내가 특히 좋아하는 장면은 아리스 일행이 펼치는 추리다. 그들은 에가미 선배 같은 명탐정은 아니지만 하나같이 미스터리 마니아에, 수수께끼 풀이에 대한 고집만큼은 누구에게도 지지 않는다. 그런 그들이 꾸물꾸물 먼 길을 돌아 토론을 거듭하며 진상에 다가가는 과정이 너무나 즐겁다."라고 쓰고 있습니다. 이들 캐릭터가 《쌍두의 악마》에서 특히 더 빛나는 이유는 그들이 독자들이 도저히 따라갈 수 없는 혜안을 가진 탐정이나, 그저 들러리처럼 화자 역할에 만족하는 탐정의 조수가 아니라 그 중간 지점에서 독자들과 함께 '수수께끼의 늪'에서 빠져나가려고 노력하기 때문입니다. 아리스 일행의 추리 부분을 읽을 때는 마치 저도 그 자리에서 함께 고민하고 있는 듯한 착각을 느낍니다.

마지막으로 《쌍두의 악마》는 문고판(1999)을 저본으로 번역했습니다. 작가 후기에서도 알 수 있듯 문고판에는 다쓰미 마사아키 씨의 정중한 해설이 실려 있었는데, 어느 날 우연히 하우미스터리(www.howmystery.com)에서 미스터리 작가 야마구치 마사야 씨의 단행본(1992) 해설 서두를 보게 되었습니다.

본격 미스터리 팬으로서 아리스가와 아리스와 그 작품에 대해 위트 넘치는 해석을 보여준 야마구치 씨의 해설을 차마 포기하기가 아까웠습니다. 다행히 후반의 진지한 해설이 다쓰미 마사아키 씨의 해설을 아우르는 면이 있어, 시공사 편집부와 함께 고민한 결과 이쪽 해설을 싣게 되었습니다. 좋은 아이디어와 해설 번역에 도움을 주신 키안 님, 아리스가와의 학생 시리즈 번역을 제게 선뜻 맡겨주신 윤영천

님, 꼼꼼한 교열과 조언으로 부족한 저를 도와주신 편집부 박윤희 님, 사투리 표현에 도움을 주신 최서영 님께 이 자리를 빌려 깊은 감사를 드립니다.

2010년 4월
김선영

— 팔레 이데알에 관해서는 다음의 저서들을 참고하였습니다. 작품 속의 저서 《건축의 몽상》은 가공의 책이지만 모즈나키 고毛綱毅曠 씨의 작품을 모델로 삼았습니다.

참고 도서
모즈나키 고, 《칠복을 부르는 건축술》(고분샤)
시부사와 다쓰히코, 《환상의 화랑에서》(시부사와 다쓰히코 집성IV, 도겐샤)
R. 카디닐, R. S. 쇼트, 에하라 준, 《쉬르레알리슴》(파르코 출판)
시모무라 준이치, 《신비한 건축─부활한 가우디》(고단샤 현대신서)

옮긴이 **김선영**

1979년 생으로 한국외국어대학교 일본어과를 졸업하였다. 옮긴 책으로는 아리스가와 아리스의 《월광 게임》《외딴섬 퍼즐》《하얀 토끼가 도망친다》와 사사키 조의 《경관의 피》 미나토 가나에의 《고백》 야마구치 마사야의 《살아 있는 시체의 죽음》 등이 있으며, 특히 일본 미스터리 문학에 깊은 관심을 가지고 번역 활동을 하고 있다.

## 쌍두의 악마 2

2010년 6월 4일 초판 1쇄 발행
2011년 11월 28일 초판 2쇄 발행

지은이 | 아리스가와 아리스
옮긴이 | 김선영
발행인 | 전재국

본부장 | 이광자
단행본개발실장 | 박지원
책임편집 | 박윤희
마케팅실장 | 정유한
책임마케팅 | 정남익 노경석 조용호
제작 | 정웅래 박순이

발행처 (주)시공사
출판등록 1989년 5월 10일(제3-248호)

주소 | 서울특별시 서초구 서초동 1628-1(우편번호 137-879)
전화 | 편집(02)2046-2852 · 영업(02)2046-2800
팩스 | 편집(02)585-1755 · 영업(02)585-0835
홈페이지 www.sigongsa.com

ISBN 978-89-527-5851-4 03830
ISBN 978-89-527-5060-0 03830(set)

본서의 내용을 무단 복제하는 것은 저작권법에 의해 금지되어 있습니다.
파본이나 잘못된 책은 구입하신 서점에서 교환해 드립니다.